Kristin Sander

Schatten über Mallorca

AF206021

Schatten über Mallorca

**Ein Roman von
Kristin Sander**

Bibliografische Informationen der Deutschen Nationalbibliothek:
Die Deutsche Nationalbibliothek verzeichnet diese Publikation in
der Deutschen Nationalbibliografie; detaillierte bibliografische
Daten sind im Internet über dnb.dnb.de abrufbar.

Herstellung und Verlag:

BoD – Books on Demand, Norderstedt

ISBN: 9783750471368

eins

Ticket für zwei

„So ein Mistkerl! Wie konnte er mir das antun? Der ist irre. Total weggetreten."

Jessy weinte in ein Papiertaschentuch, das ihre Freundin Sonja ihr gerade angeboten hatte. Um sie herum lag bereits ein Dutzend davon. Zerknüllt und durchweicht von Jessys Tränen, die wie ein scheinbar endloser Strom aus ihren Augen quollen. Sie fühlte sich furchtbar und konnte einfach nicht aufhören zu weinen. Erst hatte sie einen Mordskrach mit ihren Eltern gehabt, dann einen fürchterlichen Streit mit ihrem Freund. Danach war sie sofort zu Sonjas Wohnung gefahren und hatte ihrer Freundin stockend berichtet was geschehen war. Sonja hatte sich schweigend alles angehört, nur zweimal ungläubig den Kopf geschüttelt und einmal ein lautes Schnauben hören lassen. Sie hatte diesen Tomas nie besonders gut leiden können. Es war die Art, wie er verächtlich über Jessys Freunde sprach, als wäre er sich zu fein für sie. Er tat so, als ob er der Einzige wäre, mit dem sie sich abgeben dürfte. Streber, nannte er alle. Wichtigtuer. Fachidioten. Er hasste Studenten. Tomas selber war Maurer.

„Richtige Männer müssen richtig arbeiten,

studieren ist was für Weicheier und Schwächlinge", prahlte er immer und spannte dabei seine unnatürlich aufgepumpten Muskeln an, wobei er irgendwie aussah wie ein Gorilla.

Was für ein Idiot, dachte Sonja und sah aus dem Fenster.

Es war ein sehr schöner Tag, warm und sonnig. Über den makellos blauen Himmel segelte ein einziges weißes Wölkchen, das aussah wie luftige Zuckerwatte. Eine dicke Hummel versuchte sich auf die Blüte einer kleinen Rose zu setzen, die Sonja auf dem Balkon stehen hatte. Die Blüte neigte sich bedenklich unter dem Gewicht des kugeligen Insekts. Nach ein paar vergeblichen Versuchen von der Rose zu naschen, flog sie wieder davon. Es war Juni und die Semesterferien standen kurz bevor.

Sonja blickte wieder zu ihrer besten Freundin Jessy, die verheult und schniefend auf der kuscheligen beigefarbenen Couch hockte und ihre roten, geschwollenen Augen betupfte.

Sie hatten sich vor ungefähr zwei Jahren auf der Uni kennengelernt, als sie am gleichen Projekt arbeiteten. Seitdem waren sie so unzertrennlich wie Zwillinge. Äußerlich waren sie sich sogar sehr ähnlich. Beide waren fünfundzwanzig Jahre alt, etwa gleich groß und hatten lange dunkle Haare. Die meisten Leute, besonders die Männer, sahen nicht weiter hin und schlossen sofort auf eine Verwandtschaft.

„Die sind einfach zu oberflächlich. Haben ihr Hirn ́ne Etage tiefer", pflegte Sonja dann naserümpfend zu sagen.

Tatsächlich war die Ähnlichkeit auf den zweiten Blick nicht mehr so groß.

Sonjas Augen waren von einem dunklen Braun und leicht mandelförmig. Ihre Haare waren fast schwarz. Sie hatte hohe Wangenknochen und einen großen Mund mit vollen Lippen. Wenn sie lachte, und das tat sie oft, konnte man beneidenswert weiße Zähne sehen.

Sonja war kontaktfreudig und für jeden Spaß zu haben. Immer gut gelaunt konnte ihr kaum etwas die Stimmung vermiesen.

Jessy fand es unglaublich wie viele Leute Sonja kannte. Sie schien mit der halben Stadt befreundet oder bekannt zu sein. Ihre zahlreichen Verehrer wickelte sie um den kleinen Finger. Wie ferngesteuert wuselten sie um Sonja herum und tanzten nach ihrer Pfeife.

Insgeheim beneidete Jessy ihre Freundin oft um ihre Kontaktfreudigkeit, sie selber fand sich etwas zu schüchtern. Sie hatte lieber weniger Menschen um sich und stand nicht so gerne im Mittelpunkt. Auf einige wirkte ihre zurückhaltende Art arrogant. Aber das war sie ganz sicher nicht.

Jessy hatte nicht die wilde, sexy Ausstrahlung ihrer Freundin. Sie wirkte eher sanft und etwas geheimnisvoll.

Hinter langen, sehr dichten schwarzen Wimpern leuchteten smaragdgrüne Augen. Das glatte, dunkle Haar schimmerte in der Sonne in einem warmen Kastanienbraun. Ihr fein geschnittenes Gesicht, mit dem makellosen Teint, war zeitlos schön und sehr ebenmäßig.

Auch Jessy hatte jede Menge Verehrer. Die wenigsten trauten sich allerdings sie anzusprechen, was wohl wieder an ihrem zurückhaltenden Wesen lag.

„Und er hat wirklich gesagt, du darfst dich nicht mehr mit mir treffen? Was soll denn das? Der hat sie doch nicht mehr alle", schimpfte Sonja jetzt und stand vom Boden auf, wo sie die ganze Zeit gesessen hatte. Sie zupfte sich ein paar graue Katzenhaare ihres Katers Pepe von der Hose und fing an, die herumliegenden zerknautschten Taschentücher einzusammeln.

„Er denkt tatsächlich, ich würde dich zum Fremdgehen anstiften? Wie kindisch ist das denn? Der Mann hat Komplexe. Er denkt sicher du bist zu hübsch für ihn…, was auch stimmt. Und er kann es nicht leiden, dass du studierst. Du könntest dir auf der Uni einen Klügeren als ihn angeln. Was nicht wirklich schwer wäre", sagte Sonja gehässig. „Ich hab es dir immer gesagt, der Typ ist bescheuert."

Sonja hatte sich richtig in Rage geredet und riss Jessy energisch das letzte durchweichte Taschentuch aus der Hand.

„Der ist es gar nicht wert, dass seinetwegen

überhaupt jemand heult. Man Jessy, er hat dein Handy an die Wand geworfen, weil Marc dich wegen der Prüfung etwas fragen wollte.

Das Armband, das du von deiner Mutter zum Geburtstag bekommen hast, hat er zerrissen, weil er dachte es ist von irgendeinem Typen. Jetzt erzählt er deinem Vater, du würdest dir haufenweise Joints reinziehen, damit du zu Hause rausfliegst. Er weiß doch ganz genau, dass deine Eltern schon ausgerastet sind, als sie mal eine Schachtel Zigaretten in deinem Zimmer gefunden haben. War ja super ausgedacht von ihm. Wahrscheinlich hat Tomas dir gleich angeboten bei ihm einzuziehen, damit er dich komplett unter Kontrolle hat. Mach Schluss, bevor Schlimmeres passiert."

Sonja hatte einen roten Kopf bekommen und ihre Nasenflügel bebten. Sie war jetzt richtig in Fahrt. Es sah aus, als würde gleich Feuer und Rauch aus ihrem Hals schießen. Und wäre Tomas in diesem Moment hier im Raum gewesen, Sonja hätte ihn vermutlich in Stücke gerissen und an Pepe verfüttert.

Jessy musste grinsen, als sie ihre Freundin so sah. Wie sie da stand mit wütendem Gesicht, die Hände zu Fäusten geballt und sie wild schüttelnd. Wie ein Racheengel. Sehr eindrucksvoll.

Jessy atmete tief durch, sie fühlte sich etwas besser. Mit einer entschlossenen Handbewegung wischte sie eine letzte Träne aus ihren langen Wimpern und griff langsam nach der Tasse, mit dem inzwischen nur noch lauwarmen Kaffee, die Sonja ihr vor einer halben Stunde hingestellt hatte.

„Tja, ist wohl besser, wenn ich ihn loswerde", murmelte Jessy zwischen zwei Schlucken Milchkaffee nachdenklich.

„Sehr vernünftig", nickte Sonja zufrieden und entspannte sich sichtlich. „Sowas kann echt ins Auge gehen. Erst sind sie nur eifersüchtig, dann versuchen sie dein Leben zu bestimmen und ehe du weißt was los ist, liegst du angekettet im Keller."

„Sonja, jetzt hör aber auf. Du hast zu viele schlechte Filme gesehen", lachte Jessy.

„Kann sein", sagte Sonja augenzwinkernd. „Aber wenigstens kannst du wieder lachen. Und jetzt hör auf die kalte Brühe da zu trinken, Jessy. Ich mach uns einen neuen Kaffee. Außerdem habe ich eine Überraschung für dich. Betrachte es als verspätetes Geburtstagsgeschenk. Eine Ablenkung wie diese, wird dir sicher gut tun."

Jessy sah verwirrt auf und beobachtete, wie Sonja in einem wirren Haufen Papiere auf der Küchenzeile nach etwas suchte. Ein paar von Sonjas Kontoauszügen flogen dabei zur Seite, ein Scheck ihres Vaters hinterher. Sonja brauchte sich um Geld keine Sorgen zu machen. Ihre Eltern hatten ein gut gehendes Elektrogeschäft. Sie wurde während ihres Studiums reichlich finanziell unterstützt. Natürlich wurde sie auch mit dem neuesten Multimedia-Schnickschnack versorgt. Das tollste Handy, ein superflacher Fernseher für die Wand und so weiter. Sonjas neue Wohnung, in der sie sich gerade befanden, war ebenfalls der Großzügigkeit ihres stolzen Vaters entsprungen. „So ein fleißiges Mädchen ist meine Sonja, und gute Noten hat sie. Das muss doch belohnt werden…"

„Da sind sie ja!", rief Sonja aufgeregt. Sie stürmte auf Jessy zu und wedelte mit zwei länglichen Briefumschlägen.

Jessy stellte endlich die Tasse mit dem kalten Kaffee auf den gläsernen Couchtisch und richtete sich gespannt auf. „Was ist das?", fragte sie und betrachtete neugierig die Umschläge.

„Das, meine Süße, ist deine verdiente Entspannung. Das ist deine Chance, dich von diesem Spinner zu erholen und Spaß zu haben", erklärte Sonja mit gespielt hochmütiger Miene und präsentierte Jessy die Umschläge geziert auf der flachen Hand, als wären sie besonders kostbar. Auf einen der Umschläge hatte Sonja mit ihrer zierlichen Handschrift Jessys Namen geschrieben.

Jessy lachte und nahm sich den beschrifteten Brief.

„Was hast du dir wieder einfallen lassen?", fragte sie grinsend, während sie den Umschlag öffnete.

„Ist es ein Sektfrühstück mit anschließender Massage, oder ist es ein…oh, was…Sonja was ist…bist du verrückt?!"

Sonja hatte sich bereits triumphierend in den Sessel geworfen, der neben der Couch stand, und ließ Jessys verdatterten Gesichtsausdruck genüsslich auf sich wirken. Sie war froh, Jessy nicht mehr weinen zu sehen. Es zerriss ihr das Herz, wenn ihre

Freundin traurig war. Sie war ein so liebevoller Mensch und hatte es auf keinen Fall verdient, von so einem ekelhaften Kerl tyrannisiert zu werden.

Jessy hatte gerade ihre Sprache wiedergefunden und hielt den Inhalt des Kuverts in die Höhe. „Das ist ein Flugticket", sagte sie einfallslos, als ob Sonja es nicht wissen würde.

„Was du nicht sagst", neckte Sonja sie.

„Ein Ticket nach Mallorca. Mit Hotel für zwei Wochen. Und Halbpension", leierte Jessy.

„Ja. Halbpension war mir wichtig, da wir wahrscheinlich meistens das Frühstück verschlafen werden", erklärte Sonja feixend.

Jessy blinzelte. „Mensch, es geht doch nicht um die Halbpension..., du kannst mir nicht einfach einen Urlaub schenken..., weiß du was das kostet?"

„Nö, keine Ahnung. Meine Eltern schenken mir die Reise, weil sie dieses Jahr alleine nach Hawaii fliegen. Zweite Flitterwochen, oder so. Die liegen gerade an so einem Traumstrand mit Palmen und lassen sich bunte Cocktails servieren. Jedenfalls konnte ich mir aussuchen wohin und mit wem ich fliegen möchte, und du bist nun mal meine beste Freundin."

„Das ist unglaublich, ich kann´s nicht fassen. Das ist echt toll", seufzte Jessy. Sie sprang auf und fiel Sonja um den Hals.

„Klasse. Ich hatte schon Angst, dein toller Freund würde es dir verbieten. Aber das hat sich ja wohl erledigt", sagte Sonja erleichtert und erwiderte Jessys Umarmung herzlich.

„So, jetzt mach ich erstmal neuen Kaffee, oder sollen wir gleich mit einem Sekt auf deine neue Freiheit anstoßen?", lacht Sonja und verschwand wieder in der Küche.

Jessy sah auf das Flugticket.

In Gedanken hatte sie bereits Koffer gepackt und mit Tomas Schluss gemacht. Leider stand ihr beides noch bevor, wobei letzteres das Schlimmere war. Tomas würde ausflippen. Sie beschloss es kurz vor der Abreise zu tun. Jessy schielte noch einmal auf das Ticket. In zwei Wochen ging es los, in zwei Wochen würde sie es ihm sagen. Ihr Magen schnürte sich zusammen. Wie würde er reagieren? Egal. In zwei Wochen würde sie es wissen.

zwei

Einer sieht alles

„Jessy, nun komm schon", drängelte Sonja ungeduldig. „Ich weiß, wo wir hinmüssen."

Jessy studierte noch aufgeregt die Anzeige des Monitors im Terminal 2 des Hamburger Flughafens. Sie sah nur Nummern und Uhrzeiten und fragte sich, wie Sonja da so schnell

durchsah. Sie selber war noch nicht oft geflogen und war nicht so routiniert wie Ihre Freundin.

Sonja zupfte sie am Ärmel. „Jessy, los jetzt. Wir checken schnell ein und setzten uns in das Café da oben", sie deutete mit der Hand in Richtung der Rolltreppen, die in den ersten Stock fuhren.

Von dort oben konnte man, fernab des Trubels, in die Abfertigungshalle blicken, in der sie gerade standen. An einigen der kleinen Tische saßen wartende Passagiere und tranken Kaffee oder kalte Getränke, einige aßen eine Kleinigkeit. Gerade warf ein kleines Kind einen leeren Pappbecher über die Brüstung, seine Mutter schimpfte laut.

Eine große gläserne Tür führte hinaus auf eine weitläufige Terrasse, von wo aus man die Start-und Landebahn sehen konnte. Auch hier standen Tische und Stühle zum bequemen Verweilen.

„Du musst mir doch noch erzählen wie Tomas auf deine Abfuhr reagiert hat. Du hast doch Schluss gemacht, oder? Siehst auch noch ganz gut aus, er hat also nicht versucht dich in Ketten zu legen?"

Jessy riss sich von dem Monitor los und sah schuldbewusst in Sonjas erwartungsvoll blickende Augen.

„Ich war nicht persönlich bei ihm", gestand Jessy zögernd und zwirbelte eine Strähne ihres langen Haares. „Ich hab ihn aber angerufen und ihm erklärt, dass ich nicht mehr mit ihm zusammen sein kann. Wegen der ganzen Sachen, die vorgefallen sind. Und dass ich mit dir in den Urlaub fahre, um Abstand zu bekommen"

„Ja, und? Ist er nicht sauer geworden?", fragte Sonja ungeduldig.

„Tja, erst hat er gar nichts gesagt. Ich dachte schon er hätte einfach aufgelegt, aber dann sagte er ganz ruhig, dass er mich immer lieben werde. Er würde schon verstehen, dass mich seine Art erschreckt habe und es täte ihm leid. Dann hat er mir einen schönen Urlaub gewünscht", endete Jessy.

„Mehr hat er nicht dazu gesagt?", fragte Sonja erstaunt. „Das klingt so gar nicht nach Tomas. Hat er überhaupt begriffen, dass eure Beziehung endgültig zu Ende ist?"

Jessy zuckte gleichgültig mit den Schultern und sagte: „Keine Ahnung, ist mir eigentlich auch egal. Ist doch gut, dass er mir keine Szene gemacht hat. Ich hatte nämlich schon Angst, dass so was passieren würde. Deswegen wollte ich erst per SMS Schluss machen, das kam mir dann aber doch zu fies vor."

„Vielleicht braucht sein kleines Gehirn eine Weile, um die Information zu verarbeiten", meinte Sonja mit einem abfälligen Lächeln. Sie wusste, dass sie gemein war, aber dieser Tomas verursachte ihr eine Gänsehaut. Ihrer Freundin zuliebe hatte sie sich bisher mit allzu bösen Kommentaren zurückgehalten. Als Ex-Freund jedoch war er sozusagen Freiwild für kleine gehässige Lästereien.

Jessy schüttelte mit gespieltem Entsetzen den Kopf und grinste. Sie war jetzt wirklich froh, dass die Geschichte mit Tomas ein Ende gefunden hatte. Wenn sie genau darüber nachdachte fragte sie sich, wieso sie dass eigentlich alles so lange mitgemacht hatte. So toll war kein Mann, dass man unkontrollierte Eifersuchtsausbrüche ertragen musste. Und wer kann schon sagen, was als nächstes passiert wäre. Man hörte ja so einiges. Eifersuchtsdramen nahmen manchmal kein gutes Ende. Jessy lief ein Schauer über den Rücken und sie versuchte nicht mehr darüber nachzudenken.

„Falls ich je wieder einen Freund haben möchte, werde ich den Auserwählten von dir persönlich auf Beziehungstauglichkeit und Hirngröße prüfen lassen", erklärte Jessy feierlich.

Sonja tätschelte ihr gönnerhaft die Schulter und sagte: „Es wird mir eine Freude sein, meine Süße. Mir schlüpft so leicht kein faules Ei durch die Maschen. Für dich kommt nur der Beste in Frage."

„Hey! Was soll denn das? ", rief Sonja empört. Ein etwa zwölfjähriger Junge hatte in der Halle mit seinem Fußball gespielt und war dabei offenbar über die, etwas abseits stehenden, Koffer von Sonja und Jessy gestolpert. Sie sahen gerade noch, wie er über Sonjas Koffer fiel und ihn dabei mit sich zu Boden riss. Der Junge rappelte sich aber schnell wieder hoch, rieb sich das rechte Knie und stammelte mit hochrotem Kopf eine hastige Entschuldigung. Aufgeregt, und ohne die Mädchen noch einmal anzusehen, schnappte er sich seinen Fußball und lief eilig davon.

„Kinder", meinte Sonja nur nachsichtig lächelnd, stellte ihren Koffer wieder aufrecht hin und wandte sich dann Jessy zu.

„Na komm, checken wir ein."

Das Thema Ex-Freund war damit, zu Jessys Erleichterung, erledigt. Nachdem sie beide ihr Gepäck am Check-In losgeworden waren, schlenderten sie in Richtung Rolltreppe, die sie zum Café hinaufbrachte.

Es war eigentlich ein kleines SB-Restaurant, in dem man auch Sandwiches, Kuchen und sogar ein paar warme Gerichte bekommen konnte.

Jessy nahm sich einen Milchkaffee und ein Schokocroissant. Sonja entschied sich für einen Cappuccino und ein großes Stück Erdbeerkuchen. Sie bezahlten und suchten sich einen Platz, von dem aus sie das Getummel in der Halle unter ihnen beobachten konnten. Auf die große Terrasse wollten sie lieber nicht. Es war heute nicht besonders warm und es hatte gerade zu regnen begonnen. Eigentlich ein typischer Sommer in Hamburg, auf Sonne konnte man sich nicht wirklich verlassen. Beim Anblick des immer stärker werdenden Regens, freuten sie sich noch mehr auf das warme, sonnige Mallorca.

Während sie ihren Kaffee tranken und das Gebäck verspeisten, beobachteten sie die Leute, die unter ihnen beim Einchecken waren. An Schalter Nummer drei, an dem sie selber vorhin gestanden hatten, warteten noch sechs Leute. Ganz vorn am Schalter versuchte gerade eine aufgetakelte Blondine mittleren Alters, ihren riesigen Koffer auf das Band zu wuchten. Hilfe suchend sah sie den jungen Mann hinter sich an, der hatte aber nur Augen für seine ebenso junge Freundin. Anscheinend waren sie frisch verliebt, denn sie hielten sich an beiden Händen, tauschten schmachtende Blicke und küssten sich hin und wieder. Genervt wandte die Blondine sich wieder ihrem Koffer zu, aber ein aufmerksamer Gentleman aus der Reihe neben ihr, hatte sich ihm schon angenommen. Erfreut lächelte sie ihn an, warf ihr Haar in den Nacken und ließ ihn großzügig in ihren tiefen Ausschnitt starren.

Hinter den Verliebten stand ein älteres Ehepaar mit ihrem ungefähr neunzehnjährigen Sohn, welcher mürrisch ins Leere starrte. Er hatte seine Hände tief in die Taschen seiner Jeans gesteckt und hatte allem Anschein nach, nicht die geringste Lust die Ferien mit seinen Eltern auf Mallorca zu verbringen.

Worüber sich die Menschen dort unten unterhielten, konnten Sonja und Jessy nicht verstehen. Die Entfernung war dafür viel zu groß, außerdem herrschte ein ziemlicher Lärm um sie herum. Durch das Stimmengewirr der vielen Menschen drangen hin und wieder Lautsprecherdurchsagen, die auf bevorstehende Abflüge aufmerksam machten, verspätete Fluggäste zum Boarding baten, oder alle Wartenden zu ermahnen ihr Gepäck nicht aus den Augen zu lassen.

Nachdem Sonja und Jessy ihren kleinen Imbiss beendet hatten, machten sie sich auf den Weg zur Abflughalle. Sonja wollte unbedingt noch durch die kleinen Boutiquen stöbern, die auf dem Weg dorthin überall waren. Es gab keinen Laden, der vor Sonja sicher war, sie liebte Shopping. Das führte leider auch häufig dazu, dass sie Dinge kaufte, die ihr später gar nicht mehr gefielen. Jessy hatte dadurch schon so manch schöne Handtasche oder Schmuckstücke von ihrer Freundin abstauben können. Teilweise beschlich Jessy jedoch die Ahnung, dass Sonja absichtlich Sachen kaufte, die hauptsächlich Jessy gefielen. Indem sie dann einfach behauptete, sie wolle gerade Gekauftes doch nicht mehr haben, brauchte Jessy nicht das unangenehme Gefühl zu haben ständig von ihr beschenkt zu werden. Im Gegensatz zu Sonja hatte Jessy eben kaum Geld um sich mal etwas Teureres zu leisten. Und da Sonjas Herz genau so groß war wie ihr Bankkonto, konnte es durchaus sein, dass sie mit diesen kleinen Schwindeleien ihrer Freundin eine Freude machen wollte.

Als sie aufgestanden waren und sich auf den Weg machten merkten sie nicht, dass sie beobachtet wurden.

***

„Alex, Schätzchen, was ist mit dir? Du bist so still auf einmal. Alles in Ordnung?"

Alex Mutter strich ihm besorgt über sein zerzaustes Haar. Er war so tief in Gedanken versunken gewesen, dass er gar nicht bemerkt hatte, dass seine Eltern bereits einige Schritte vorgerückt waren. Er hatte etwas gesehen, das ihn an die furchtbare Sache vor drei Jahren erinnerte und grübelte gerade darüber nach.

„Was? Ach, nichts. Ich musste nur wieder an Katja denken…", sagt Alex und nahm die Hände aus seiner Jeans.

„Alex, es ist für alle schrecklich, aber du musst versuchen darüber hinwegzukommen. Es war ein Unfall", sagte seine Mutter mit betont sachlicher Stimme, aber sie merkte wie ihre Augen sich mit Tränen füllten und atmete tief durch.

Auch Alex hatte bemerkt, dass seine Mutter mit den Tränen kämpfte. Er wollte nicht, dass sie wieder weinte und sagte nichts mehr. Aber er wusste, dass es damals kein Unfall gewesen war. Es war Mord.

Als er noch einmal zum Café hinaufschaute sah er, dass die beiden Mädchen gegangen waren.

***

Am Gate D4 angekommen, sahen Sonja und Jessy, dass das Boarding bereits in Gang war. Eine lange Schlange hatte sich schon vor dem Schalter für den Abflug gebildet. Das Schalter-Personal nahm die Bordkarten entgegen und ließ die Passagiere nacheinander in den überdachten Gang gehen, der direkt vom Gate zum Flugzeug führte.

Jessys Blick fiel auf die Blondine, die sie vorhin vom Café aus beobachtet hatten. Sie flirtete gerade ungeniert mit einem älteren Herrn und ignorierte hartnäckig die vernichtenden Blicke seiner angesäuerten Ehefrau.

So aus der Nähe betrachtet konnte Jessy sehen, dass die Blondine noch gar nicht so alt war, wie sie gedacht hatten. Sie war mit Sicherheit nicht viel älter als dreiundzwanzig. Es war nur das dicke, ziemlich billig wirkende Make-up, dass sie so alt machte.

Sonja war Jessys Blick gefolgt und dachte offenbar das Gleiche.

„Die schon wieder! Was für eine Tussi. Sie hält sich offenbar für unwiderstehlich mit dem ganzen Kleister", schnaubte sie. „Ich wette mit dir, sie ist auch in unserem Hotel, hat das Zimmer neben uns und isst mit uns am selben Tisch. Wenn du jemanden am Flughafen schon gefressen hast, dann verfolgt er dich im ganzen Urlaub."

Jessy kicherte. Sie liebte es, wenn Sonja sich so theatralisch aufregte. Sie konnte sich bereits bildlich vorstellen, wie ihre Freundin mit dem Blondchen aneinandergeriet. Sonja konnte Mädchen nicht ausstehen, die sich auf billige Art und Weise zum Lustobjekt machten und dachten, dass alle Typen ihretwegen Frau oder Freundin verlassen würden.

Jessy sah sich weiter die wartenden Fluggäste an und ihr Blick blieb an dem mürrisch dreinschauenden jungen Mann hängen, den sie ebenfalls am Schalter beim einchecken beobachtet hatten. Er drückte sich hinter einer Säule herum, als lauere er auf irgendetwas, seine Eltern waren nirgends zu sehen. Jessy lief eine Gänsehaut über den Rücken, der Kerl starrte zu ihnen hinüber, er fixierte sie regelrecht mit zu kleinen Schlitzen verengten Augen.

Als er bemerkte, dass Jessy ihn entdeckt hatte und zurückstarrte, sah er schnell weg. Er tat so, als würde er jemand suchen und verschwand dann in einer Gruppe von Menschen, die sich gerade erhoben hatte, um sich zum Flugzeug zu begeben.

Jessy blinzelte und überlegte was sie davon halten sollte. War es Zufall, dass der Mürrische sie so fixiert hatte? Aber warum hatte er sich halb hinter der Säule versteckt gehalten? Und warum hatte er sich so merkwürdig verhalten, als sie ihn bemerkt hatte?

Es war natürlich nichts Ungewöhnliches, wenn ein Mann zwei hübsche Mädchen ansah, weil sie ihm gefielen. Und wenn er sehr schüchtern war, wäre es ihm auch unangenehm gewesen, wenn er sich dabei ertappt fühlte. Nur hatte dieser schlecht gelaunte, fast schon böse dreinblickende Spanner nicht viel gemeinsam mit einem schüchternen, schmachtenden Verehrer.

Jessy kam nicht dazu weiter darüber nachzudenken, Sonja zog sie mit sich, Richtung Schalter.

Sie gaben ihre Bordkarten der freundlichen Dame vom Bodenpersonal und wurden mit einem Lächeln und „Guten Flug" in den Gang zur Maschine gelotst.

Die meisten Passagiere waren schon an Bord und hatten ihr Handgepäck verstaut. Eine alte Dame schimpfte gerade auf die Stewardess ein, weil diese ihr Handgepäck in den Laderaum verfrachten wollte, es sei zu groß. Sonja meinte, das sei mal wieder typisch. Einige Leute schleppten geradezu koffergroßes Handgepäck in die Kabine, obwohl es eine Begrenzung auf fünf Kilo gab. Da jeder Fluggast auf Kurzstrecke ein Gewicht von zwanzig Kilo frei hatte, kamen einige auf die Idee einfach mehr in ihr Handgepäck zu stopfen, aus Angst für Übergepäck zahlen zu müssen.

„Geben sich hier wie *Lord Irgendwas* und sind zu geizig für ihren ganzen Kram zu bezahlen", zischte Sonja durch die Zähne und wich dem schweren Alukoffer aus, den die Stewardess nun entschlossen gepackt hatte und energisch von der protestierenden Dame wegzerrte.

Sonja und Jessy setzten sich auf ihre Plätze in Reihe fünf und schnallten sich schon mal an.

Jessy hatte den Fensterplatz und schaute gebannt nach draußen. Sie sah, wie die letzten Gepäckstücke verstaut wurden und der Tankwagen davonrollte. Ein Fluglotse kam geschäftig angelaufen und gab dem Piloten im Cockpit Zeichen. Sonja hatte sich das Bordmagazin geschnappt und studierte die Seiten des Bordshops. Die letzten Passagiere kamen eilig ins Flugzeug und suchten hektisch ihre Plätze. Wenig später ging es los. Das Flugzeug begann sich zu bewegen. Jessy hatte einen Kloß im Hals. Mit achtzehn war sie mit ihrem damaligen Freund mal nach Paris geflogen. Ein kleiner romantischer Urlaub, in dem sie allerdings nicht sehr viel von der Stadt zu sehen bekamen. Wenn sie sich gerade mal nicht geküsst hatten, waren sie damit beschäftigt gewesen sich Liebesschwüre ins Ohr zu hauchen.

Als Jessy zwanzig war, hatten sie sich getrennt, weil er die gleichen Liebeleien auch einer anderen ins Ohr gesäuselt hatte. Sie hatte den Untreuen, wütend und verletzt, in die Wüste geschickt und war mit ihren letzten paar Kröten spontan zu ihrer, in München lebenden Schwester geflogen, um sich auszuheulen.

Bei diesen beiden Flugerfahrungen war es bis heute geblieben. Daher war es nicht verwunderlich, dass Jessy etwas mulmig zu Mute war. War jemals ein Flugzeug nach Mallorca abgestürzt? Nicht, dass sie wüsste. Also nur nicht verrückt machen. Jessys Hände waren schweißnass. Die Maschine wurde immer schneller, Jessy wurde in ihren Sitz gepresst. Sie krallte sich in die Armlehnen und war käseweiß im Gesicht. Ihr war übel. Als sie abhoben gab Jessy ein würgendes Geräusch von sich und schloss die Augen.

„Hey, entspann dich mal", sagte Sonja sanft zu Jessy und ergriff ihre Hand. „Du hättest mir sagen können, dass du Flugangst hast."

Jessy drückte dankbar Sonjas Hand und lächelte schwach. „Geht gleich wieder", presste sie durch die zusammengebissenen Zähne. Ist bloß der Start."

Als das Flugzeug die Reisehöhe von circa 11000 Metern erreicht hatte und die Anschnallzeichen erloschen, entspannte sich Jessy langsam. Die ungesunde weiße Hautfarbe, die sogar einen leichten Grünstich gehabt hatte, wich wieder Jessys frischem Teint. Auch das hübsche Lächeln war wieder da. Es war ihr ein bisschen peinlich vor Sonja, der das Ganze anscheinend überhaupt nichts ausmachte. Sie saß cool, fast schon gelangweilt, in ihrem Sitz, als ob sie jeden Tag fliegen würde. Jessy riss sich zusammen und konzentrierte sich auf die schönen Seiten des Fliegens. Sie blickte aus dem Fenster und sah unterhalb des Flugzeugs flauschige Wolken vorüberziehen. Die Sonne schien von oben auf sie herab, was sie bezaubernd leuchten ließ. Es sah aus, als könne man sich auf sie legen und umhersegeln. Jessy lächelte. Das Abenteuer Mallorca konnte beginnen.

drei

Oleander und Pinien

Der Flug verlief angenehm ruhig und die Zeit verging einigermaßen schnell. Bald nach dem Start wurde ihnen ein kleiner Imbiss serviert. Da es bereits zwanzig Uhr war gab es Abendbrot, das aus zwei kleinen Roggenbrötchen und einer Scheibe Schwarzbrot bestand. In einer anderen Schale lagen zwei winziges Päckchen, eins mit Butter eins mit Frischkäse, und als Aufschnitt gab es je zwei kleine Scheiben Kochschinken, Salami und milden Käse. Dazu ein saftiges Salatblatt und eine Cocktailtomate. Als Nachtisch stand ein Schälchen mit Obstsalat auf dem Tablett.

Sonja war begeistert von diesem Service. Sie meinte, bei einigen Fluggesellschaften gäbe es nur ein scheußlich schmeckendes Sandwich und vielleicht einen Joghurt dazu.

Während sie aßen, verfolgten sie einen Reisebericht über Lanzarote, der auf dem Bildschirm über ihnen zu sehen war. Danach bewunderten sie den wunderschönen Sonnenuntergang, der den gesamten Himmel rot färbte und unterhielten sich über ihren bevorstehenden Urlaub, und was sie alles auf Mallorca machen wollten. Später lösten sie gemeinsam ein Kreuzworträtsel und waren erstaunt, wie spät es schon war. Die Anschnallzeichen leuchteten mit einem Signalton auf und der Flieger setzte zum Landeanflug auf Palma an, der Hauptstadt von Mallorca.

Jessy war aufgeregt. Sie hatte schon viel von Mallorca gehört, aber sie war noch nie selber dort gewesen. Eigentlich hatte sie noch nie eine so weite Reise gemacht. Als Jessy klein war, war sie mit ihren Eltern oft nach Dänemark gefahren. Das war auch schön gewesen, leider hatte es meistens geregnet und zum Baden war es häufig zu kalt. Oft saßen sie nach langen Spaziergängen gemütlich vor dem Kamin des gemieteten kleinen Häuschens. Jessys Mutter hatte dann immer leckeren, heißen Kakao gemacht und es wurden Brettspiele gespielt oder gebastelt. Jessy fand das super, aber nach Mallorca wollte sie schon immer mal. Sonja wusste das. Wahrscheinlich hatte sie auch genau deswegen Mallorca als Reiseziel ausgewählt. Sonja selber war schon ziemlich oft dort gewesen. Ihre Eltern liebten die Insel.

„Einfach fantastisch, eine Perle des Mittelmeeres. Wer die Schönheit von Mallorca nicht sieht, muss blind sein wie ein Maulwurf", schwärmte Sonjas Mutter oft mit verträumten Augen. Sie überlegten sogar, sich dort im Rentenalter niederzulassen.

Es war jetzt ganz dunkel. Jessy sah wieder aus dem Fenster und ließ ein begeistertes „Oh, wie schön!" hören. Es sah toll aus, Mallorca leuchtete wie ein Weihnachtsbaum. Tausende von Lichtern ließen die Umrisse der Insel erahnen, am hellsten strahlten die Küstenorte. Zur Mitte hin wurden die Lichter schwächer, nur an einigen Stellen funkelte es hell.

Sie überquerten einmal den Luftraum der ganzen Insel, um dann nach einer großen Kurve vom Süden her, über den Hafen von Palma hineinzukommen. Sie flogen schon sehr tief und man konnte hell erleuchtete Boote sehen, die vor der Küste Mallorcas ankerten und sanft auf dem Wasser schaukelten. Es sah sehr idyllisch aus. Da kam schon die Landebahn in Sicht, deren blinkende Lichter dem Piloten den Weg wiesen. Jessy fand das alles sehr eindrucksvoll und starrte mit offenem Mund nach draußen.

Sonja betrachtete sie amüsiert lächelnd und freute sich, dass es ihrer Freundin gefiel.

Mit einem sanften Ruck setzte der Pilot die Maschine gekonnt auf die Landebahn. Aus dem hinteren Teil drang ein lautes Klatschen.

„Wie peinlich, es gibt diese bescheuerten Klatscher immer noch. Als ob der Pilot gerade seine erste Landung hingelegt hätte. Wenn ein Busfahrer an der Haltestelle stoppt klatscht doch auch keiner", kommentierte Sonja den Applaus.

„Das ist die Erleichterung, endlich wieder unten zu sein", vermutete Jessy grinsend und verschwieg verlegen, dass sie auch beinahe mitgeklatscht hätte.

Immer langsamer werdend, rollten sie in Richtung Terminal, wo eine faltbare Gangway auf sie wartete. Ein Mann mit gelber Warnweste saß an einem kleinen Pult und bediente ein paar Hebel. Als das Flugzeug seine endgültige Parkposition erreicht hatte, platzierte er das offene Ende der Gangway geschickt genau auf der Tür der Maschine. Es sah aus, als ob sich ein riesiger Wurm angesaugt hätte.

Sonja streckte sich ausgiebig und gähnte laut. „Geschafft, ich kann schon nicht mehr sitzen", sagte sie und stand auf.

Die anderen Passagiere hatten sich ebenfalls erhoben und angelten nach ihrem Handgepäck in den Fächern über ihnen. Es dauerte eine Weile, bis das Gewusel abebbte und sie das Flugzeug verlassen konnten.

Der Flughafen von Palma war riesig. Weitläufige Hallen führten zu den einzelnen Gates. Es gab Laufbänder mit denen man schneller vorankam. Sie sahen aus wie Rolltreppen, nur dass sie eben flach waren. Trotzdem schien der Weg kein Ende zu nehmen und als sie bei der Gepäckausgabe ankamen, liefen schon die ersten Koffer auf den Bändern ein.

Wie zu erwarten war, drängten sich die Fluggäste aus Hamburg nun aufgeregt um das Gepäckband, und zwar alle ganz vorne, wo die Koffer aus einer Öffnung auftauchten.

Wenn einer sein Hab und Gut erspäht hatte, drängte er sich durch die Massen und wuchtete das Gepäckstück dann mit Schwung vom Band, garantiert in die Magengrube eines Mitreisenden.

Kopfschüttelnd deutete Sonja auf das Menschenknäuel. „Warum machen die das immer? Da hinten, am Ende des Laufbandes, ist jede Menge Platz und es dauert nur ungefähr eine Minute länger, bis die Koffer auch dort ankommen. Sieh mal, da ist schon Deiner Jessy."

Nach einer Weile fuhr auch Sonjas Koffer heran. Als sie ihn vom Band nehmen wollte zögerte sie. Sie wollte sich vergewissern, dass es wirklich ihr Koffer war und suchte nach dem kleinen Papieranhänger, auf dem ihr Name, das Hotel, der Ort und der Zielflughafen standen. Sie konnte ihn nirgends entdecken. Da der Koffer aber ganz sicher wie Ihrer aussah, zog sie ihn dennoch herunter.

„Wo ist der Anhänger?", fragte sie und sah Jessy fragend an. „Ist Deiner noch da?"

„Ja, meiner ist noch dran. Ist wahrscheinlich beim Transport abgerissen worden", vermutete Jessy schulterzuckend.

„Egal. Das ist auf jeden Fall mein Koffer. Ich erkenne ihn an der dicken Schramme hier. Die hatte er gleich bei seinem ersten Flug bekommen", sagte Sonja und befühlte den tiefen Kratzer auf ihrem Samsonite Hartschalen-Koffer.

„Gut. Nicht, dass du den falschen Koffer mitnimmst und am Ende vielleicht gezwungen bist Herrenklamotten zu tragen", überlegte Jessy mit ernster Mine.

„Ist vielleicht gar nicht so schlecht. Damit könnte man gut ein paar Speckröllchen kaschieren", überlegte Sonja und kniff sich in ihren absolut flachen Bauch.

Beide grinsten. Keiner von ihnen musste sich über Speckröllchen Gedanken machen. Jessy hatte von Natur aus eine zarte Figur und musste nicht allzu viel dafür tun. Sonja dagegen, zog jeden Tag ein kleines Fitnessprogramm durch, um in Form zu bleiben. Eine halbe Stunde Joggen und gezielte Bauch-Beine-Po-Übungen waren Pflicht.

Nachdem sie sich lachend gegenseitig in ihr nicht vorhandenes Fett gekniffen hatten, nahmen sie endlich ihre Koffer und schlenderten zum Ausgang.

Ein paar Reiseleiter, mit Schildern der jeweiligen Veranstalter, warteten am Ausgang. Sonja stürzte sich auf die *Tui-Tante,* wie sie sagte, und nannte ihr Hotel, worauf sie zu Bus Nummer dreiundachtzig geschickt wurden.

Als Sonja und Jessy das klimatisierte Flughafengebäude verließen, schlug ihnen angenehm warme Luft entgegen. Jessy atmete tief ein und lächelte. Die Luft roch würzig nach Pinien und irgendeiner Blume, die Jessy nicht kannte. Ganz in der Nähe, in einem Oleanderbusch, zirpte eine Grille. Große Laternen warfen ein schmeichelndes gelbliches Licht auf den großen Parkplatz vor dem Gebäude. Einige Busse warteten dort mit laufendem Motor, wahrscheinlich damit die Klimaanlage kühlte. Die Busfahrer vertraten sich die Beine oder hielten ein Schwätzchen mit den Kollegen. Sie waren zwar noch am Flughafen, aber Jessy gefiel es hier jetzt schon. Sie vernahm ein leichtes Kribbeln in der Magengegend, wie es frisch Verliebte spürten, wenn sie sich ansahen. Es war ein ganz besonderes Gefühl. Ein Gefühl, als ob sie hierher gehörte.

„Hola, Señorita!", riss sie eine Stimme aus ihren Gedanken. Jessy sah sich verwirrt um und blickte in ein Paar dunkelbraune Augen, die ihr zuzwinkerten. Sie gehörten einem jungen Spanier, der lässig an einem Laternenpfahl lehnte und mit der Zunge schnalzte.

Als er Anstalten machte auf sie zu zugehen, hatte Jessy es plötzlich sehr eilig. Sie packte wieder ihren Koffer und ging mit hastigen Schritten auf die Busse zu. Sonja lachte laut und eilte Jessy hinterher.

„Jessy, warte. Nun renn doch nicht so. Ich wusste gar nicht, dass du solche Angst vor hübschen Männern hast."

„Hab ich nicht, der hat mich nur überrascht", nuschelte Jessy und wurde rot.

„Dann wirst du wohl noch öfter überrascht werden, das ist hier normal. Das sollte keine blöde Anmache sein. Spanier machen hübschen Frauen gerne Komplimente. Er wollte dir sicher nur sagen, was du für schöne Augen hast, oder so was", versuchte Sonja ihre Freundin zu beruhigen.

„Da muss ich mich wohl noch dran gewöhnen." Und mit einem Kopfnicken in Richtung Bus dreiundachtzig fügte Jessy hinzu: „Kann aber nicht so schwer sein…"

Sonja wandte sich in die angedeutete Richtung und sah gerade noch, wie ein Busfahrer einer kichernden Blondine in den Bus half und sich mit einem Handkuss verabschiedete.

„Nicht die schon wieder. Ich hab es geahnt, sie ist in unserem Hotel."

„Na, dann mal los", flötete Jessy geziert und stolzierte mit schwingenden Hüften auf den Bus zu. „Das können wir auch."

***

Die Fahrt dauerte über eine Stunde. Da es so dunkel war, dass man nichts mehr erkennen konnte, war es ziemlich langweilig. Jessy war ein klein wenig enttäuscht, sie hatte gehofft schon etwas von der Insel sehen zu können. In ihrem Reiseführer, den sie noch schnell vor der Abreise gekauft hatte, war zu lesen, dass eine Menge Windmühlen kurz hinter Palma standen. Typisch mallorquinische Windmühlen, aus Sandstein gebaut mit bunt bemalten Flügeln, von denen viele noch in Betrieb waren. Sie hätte gerne ein paar Fotos gemacht. Vielleicht konnten sie ja mal einen Ausflug Richtung Palma unternehmen und die Windmühlen doch noch sehen. Jessy hatte sich schon einige Sehenswürdigkeiten in ihrem Reiseführer markiert, die sie gerne anschauen wollte.

Ihr fiel auf, dass Sonja schon lange nichts mehr gesagt hatte und sah sie an. Sonja waren bereits die Augen zugefallen und ihr Kopf an Jessys Schulter gesunken. Jessy war ebenfalls müde, aber sie wollte wach bleiben, um nichts zu verpassen. Außerdem begann ihr der rechte Arm einzuschlafen, an dem Sonja lehnte. Sie traute sich aber nicht ihn zu bewegen, weil sie die Schlafende nicht wecken wollte. Jessy gähnte herzhaft und warf gelangweilt einen Blick aus dem Fenster.

Endlich wurde es heller, sie schienen in einen Ort zu kommen. Der Bus kurvte durch eine enge, von Palmen gesäumte Straße, die eigentlich viel zu klein für ihn war und hielt vor einem großen Hotel.

„Ca´n Picafort, Playa Dorada!", rief der Busfahrer laut und mit einem leisen Zischen öffneten sich die Türen.

„Uah … sind wir da?" Sonja blinzelte und rieb sich die Augen. Jessy war bereits aufgestanden und drängte Sonja unsanft von ihrem Sitz.

„Komm schnell, bevor der Bus wieder losfährt", hetzte Jessy ihre Freundin aufgeregt.

„Wenn du mal genau hinschauen würdest, dann könntest du sehen, dass unser charmanter Busfahrer gerade viel zu beschäftigt ist, um wieder hinter sein Lenkrad zu klettern", sagte Sonja bissig und deutete mit dem Zeigefinger aus dem gegenüberliegenden Fenster.

Im schummrigen Licht einer kleinen Laterne, die zum Hotel gehörte, sah Jessy einen toupierten Blondschopf, der offenbar vor nichts haltmachte. Selbst ein übermüdeter Busfahrer schien es noch wert zu sein, Blondchens Marktwert zu testen. Sonja hatte also Recht behalten, die flirtwütige Blondine hatte sie bis zum Hotel verfolgt und würde wahrscheinlich neben ihnen am Pool liegen.

„Hat diese Frau eigentlich noch andere Hobbies?",
knurrte Sonja während sie die zwei Stufen vom Bus
hinunter ging und baute sich vor den Turteltäubchen
auf.

„Unsere Koffer bitte", sagte sie laut. Es klang
leicht gereizt.

Der verliebt dreinschauende Fahrer ließ von der
Blondine ab und kümmerte sich wieder ganz
geschäftsmäßig um das Gepäck der anderen Gäste.
Da Sonjas und Jessys Koffer die Letzten waren, die
eingeladen worden waren, wurden sie nun als erste
herausgeholt.

Eilig gingen die Mädchen auf die hell erleuchtete
Eingangshalle zu. Die großen Glastüren waren trotz
der späten Stunde noch weit geöffnet.

Das Playa Dorada war ein sehr schönes Hotel,
modern und trotzdem gemütlich. Mit vielen
Grünpflanzen und plätschernden Brunnen vor dem
Eingang.

Drinnen gab es helle Sofas und Sessel aus
weichem Leder, die sich um kleine Rattan-Tische mit
Glasplatte scharrten und zum Sitzen einluden. Der
Marmorboden glänzte sauber und wirkte frisch
gewischt.

An der Rezeption stand ein nett lächelnder junger
Spanier, der seine schulterlange Haarpracht zu
einem Pferdeschwanz gebunden hatte. An seiner
schwarzen Weste, die er über einem weißen Hemd
trug, funkelte ein Namensschild, auf dem »Carlos«
stand.

„Buenas noches", sagte er freundlich und verbeugte sich leicht. „Herzlich willkommen im Playa Dorada."

„Hallo", strahlte Sonja und reichte Carlos ihre Reiseunterlagen.

Er nahm sie entgegen und betrachtete Sonja ungeniert. Dann nickte er anerkennend und sagte leise: „Muy bonita."

Sonja grinste und sah sich verstohlen nach der Blondine um, die kurz nach ihnen in die Halle gekommen war. Sie zog bereits eine Schnute und würdigte Sonja keines Blickes.

Jessy seufzte und rollte mit den Augen. Das sah nach einem typischen Zickenduell aus. Sie wusste, dass Sonja so was unheimlich viel Spaß machte. Sie liebte es, Frauen wie dieser Blondine *mal eine Lektion zu erteilen*. Das würde den ganzen Urlaub so gehen, wo immer dieser Schminktopf auch auftauchte. Irgendwie fand Jessy es auch ganz lustig, aber jetzt wollte sie nur noch in ihr Zimmer und ins Bett. Ihre Augen brannten und sie gähnte ständig hinter vorgehaltener Hand. Sonja schien das Nickerchen im Bus neue Energie gegeben zu haben, sie wirkte kein bisschen müde und plauderte angeregt mit Carlos.

Endlich waren die Formalitäten erledigt und Carlos gab Sonja die Zimmerkarten und einige Informationsbroschüren. Natürlich nicht, ohne ihr weitere feurige Blicke zuzuwerfen. Mit einem letzten Augenaufschlag wünschte Sonja ihm eine gute Nacht und machte Platz für die nachfolgenden Gäste.

„Welches Zimmer haben wir?", fragte Jessy schläfrig, während sie auf den Fahrstuhl warteten.

„Zimmer 310. Es hat gleichzeitig Pool- und Meerblick."

„Super. Hattest du das gebucht, stand doch gar nicht auf dem Ticket, oder?", wunderte sich Jessy.

Die Fahrstuhltüren glitten auf. Sie quetschten sich mit ihrem Gepäck hinein und fuhren in den dritten Stock.

„Nein, aber wir haben ein besseres Zimmer bekommen", grinste Sonja und zwinkerte verschwörerisch.

Jessy verstand. Sonjas Flirten hatte gewirkt.

Der Fahrstuhl stoppte und sie zwängten sich samt Koffer wieder hinaus.

„Wir müssen hier lang, Jessy. Da sind die Zimmer 300 bis 320."

„So. Da wären wir", sagte Sonja und steckte eine Karte in den dafür vorgesehenen Schlitz an der Tür von Zimmer 310.

Drinnen war es angenehm kühl, die Klimaanlage schien zu funktionieren. Jessy drückte auf einen der beiden Lichtschalter gleich neben der Zimmertür. Zwei Lampen über einem großen Doppelbett flammten auf und erhellten ein gemütliches, geschmackvoll eingerichtetes Zimmer. Vorhänge und Überdecken waren in zartem Grün gehalten. Der zweitürige Schrank war aus hellem Holz, ebenso der kleine Frisiertisch mit passendem Spiegel und zwei Stühlen.

Jessy stürmte sofort zur Balkontür und riss sie auf. Sonja folgte ihr. Die Aussicht war umwerfend. Sie hatten direkten Blick auf den großen Hotelpool, welcher mit Unterwasser-Scheinwerfern beleuchtet wurde. Die tiefblaue Wasseroberfläche bewegte sich ganz leicht im Sog der Umwälzpumpe. Eine kleine Holzbrücke mit zwei hübschen Laternen führte über den Pool. Man bekam direkt Lust noch ein spätes Bad zu nehmen. Das war aber um diese Uhrzeit leider nicht gestattet, wegen der Lärmbelästigung.

Gleich hinter der ausladenden Poollandschaft begann der Strand, der in dieser Gegend sogar einige sanfte Dünen aufwies. Dahinter rauschte das, vom Mond in silbriges Licht getauchtes, Meer mit leichtem Wellengang. Der warme, kaum merkliche Wind brachte den Duft von Salz und Meer heran. Selbst Sonja, die das ja schon so viele Male gesehen hatte, stand mit offenem Mund da und genoss den beruhigenden Anblick. Endlich riss sie sich los und stupste Jessy an.

„Wir packen jetzt besser unsere Sachen aus. Wenn wir nicht bald ins Bett kommen, verpassen wir morgen noch das Frühstück."

Jessy nickte und trennte sich ebenfalls von der Idylle. Die Tür ließen sie aber offen, und zogen nur die Vorhänge zu. Zum Schlafen war ihnen frische Luft angenehmer, als die kalte Brise der Klimaanlage.

Schnell packten Sonja und Jessy ihre Koffer aus und verstauten alles ordentlich in Schrank und Schubläden.

„Das ist ja toll!", hörte Jessy ihre Freundin aus dem Badezimmer rufen und eilte rasch zu ihr.

„Was ist toll?"

„Na, das Badezimmer! Sieh mal, eine Duschkabine. Sonst haben die Duschen hier immer nur diese schrecklichen Duschvorhänge, die einem am Hintern kleben. Und hier, ein Radio und zwei Waschbecken." Sonja war ganz aufgeregt. Wenn sie sich für etwas begeistern konnte, waren es tolle Badezimmer. Leider blieb sie auch umso länger in einem drin, desto schöner es war. Dieses hier war wirklich sehr nett. Es wirkte nagelneu, die Marmorfliesen glänzten und die Duschkabine wies keinerlei Kalkflecken auf, was bei dem kalkhaltigen Wasser auf Mallorca unweigerlich noch kommen würde.

„Was hast du denn bloß zu diesem Carlos gesagt, dass er uns dieses Zimmer gegeben hat?", fragte Jessy staunend und starrte Sonja an.

„Nichts Besonderes, wirklich nicht." Sonja setzte eine Unschuldsmiene auf und grinste frech.

„Ja, klar. Aber egal. Mir gefällt´s hier. Lass uns jetzt aber ins Bett gehen, mir fallen schon die Augen zu."

Schnell machten sie sich bettfertig und sanken erschöpft auf die schneeweißen Laken.

Sie schafften es gerade noch sich eine Gute Nacht zu wünschen, so rasch waren sie eingeschlafen.

vier

Neue Freunde und alte Bekannte

Ein schmaler Sonnenstrahl schlüpfte durch den kleinen Spalt der mintgrünen Vorhänge und erhellte Sonjas geschlossene Augenlieder. Sie murmelte verschlafen und drehte sich auf die andere Seite. Noch halb im Schlaf wurde ihr bewusst, wo sie war. Hastig schlug Sonja die Augen auf und lächelte. Sie räkelte sich behaglich unter ihrem dünnen Laken. Sie freute sich sehr auf diesen Urlaub. Sie liebte Mallorca genauso wie ihre Eltern und kam immer wieder gerne hierher. Jessy war ihre beste Freundin und sie hatten immer viel Spaß zusammen. Also war ein Urlaub auf Mallorca zusammen mit Jessy doppelt super.

Sonja sah auf ihr Handy, welches auf ihrem Nachtisch lag. Es war genau acht Uhr. Sie schaute auf ihre Freundin um zu sehen, ob sie auch schon wach war. Es war nur einen Haufen verwuschelter Haare zu sehen, der unter Jessys Laken hervorquoll. Sie schien noch zu schlafen. Leise stand Sonja auf und schlüpfte voller Vorfreude auf eine erfrischende Dusche in das hübsche Badezimmer.

Es gab Frühstück bis um Zehn. Sie hatten also noch zwei Stunden Zeit. Sonja duschte lange und ausgiebig. Das war für sie Luxus. Sie entspannte sich unter dem prasselnden Schauer. Wenn Sonja nicht duschen konnte, war sie den ganzen Tag ungenießbar. Ihr Ex-Freund hatte sie mal auf ein Camping-Wochenende seines Fußballclubs mitgenommen. Während es den männlichen Anwesenden ziemlich egal war, dass die maroden Duschen des heruntergekommenen Campingplatzes kaputt waren, erlebte Sonja das schlimmste Wochenende ihres Lebens. Ihr Freund hatte danach nie wieder gefragt, ob sie nochmal mit zum Camping wolle. Es war auch sein schlimmstes Wochenende mit ihr gewesen.

Als Sonja endlich frisch und vergnügt aus dem Badezimmer kam, war es bereits viertel vor neun. Die Vorhänge waren weit geöffnet und Sonne durchflutete das Zimmer.

Jessy stand in einem dünnen Nachthemdchen auf dem Balkon und beobachtete das frühe Treiben am Pool. Es lagen schon einige Hotelgäste auf den weißen, bequemen Liegen und sonnten sich. Viele Liegestühle waren bereits mit Handtüchern reserviert worden. Die Besitzer der Handtücher waren vermutlich noch beim Frühstück. Es war eine allgemeine, hauptsächlich deutsche Unart, Liegestühle auf diese Weise zu besetzen. Dagegen war ja an sich nichts zu sagen. Jedoch kamen einige Besetzer gar nicht zurück. Sie ließen sich den halben

Tag nicht blicken, machten Stadtbummel oder Strandspaziergänge. Dann kamen sie am späten Nachmittag, um sich noch für eine Stunde am Pool zu entspannen. Es war schon sehr ärgerlich, wenn man wegen dieser Leute keine Liegen mehr bekam. Stand man nicht früh genug auf, um sich ebenfalls ein Plätzchen zu sichern, hatte man eben Pech. Im Playa Dorada gab es diesen Stress zum Glück nicht. Es waren genügend Liegestühle und weiche Auflagen für alle da.

„Guten Morgen", flötete Sonja vergnügt. „Hast du auch so gut geschlafen? Ich fühl mich richtig gut. Und Hunger habe ich. Lass uns schnell frühstücken gehen."

„Ja, ich geh schnell duschen. Ist denn noch Wasser da?", fragte Jessy grinsend.

„Jaah", gab Sonja ungeduldig zurück und boxte Jessy leicht auf den Arm. Jessy zog sie immer wegen ihres hemmungslosen Wasserkonsums auf.

Jessy war mit allem in zehn Minuten fertig. Ihre langen Haare hatte sie schnell zu einem Pferdeschwanz gebunden. Sie schlüpfte in eine khakifarbene Caprihose, die knackig auf der Hüfte saß und trug dazu ein enges Tanktop in Apricot. Beides brachte ihre schlanke Figur hervorragend zur Geltung. Ihre ebenfalls khakifarbenen Segelschuhe rundeten das sportlich, frische Outfit ab.

Sonja hatte natürlich ein kurzes, sexy Sommerkleid mit Spaghettiträgern gewählt. Es war weiß, bestickt mit einer einzelnen roten Hibiskusblüte auf der Höhe ihres rechten

Oberschenkels. Da Sonja schon eine leichte Bräune hatte, konnte sie weiß gut tragen. Sie entschied sich noch für weiße Riemchensandalen und band ihre Haare ebenfalls zu einem Pferdeschwanz.

Sie schafften es tatsächlich bis viertel nach neun im Speisesaal zu sein. Am Frühstücks-Buffet herrschte noch großer Andrang. Die Auswahl war sehr reichlich. Es gab Kaffee, Tee, frische Säfte, Müsli und Joghurt mit Früchten. Eine große Wurst- und Käseplatte, diverse Marmeladen, Honig, Rühreier mit Speck, Tomaten und vieles mehr. Drei riesige Körbe mit Brötchen, Croissants und Toast standen am Ende des langen Büfetts. Außerdem eine große Schale mit frischem Obst.

Sonja und Jessy lief das Wasser im Mund zusammen, als sie diese Vielfalt sahen. Schnell schnappten sie sich zwei der bereitstehenden Teller und machten sich über die Köstlichkeiten her.

Sonja schlug richtig zu. Ihr Teller war bereits randvoll, als sie versuchte sich noch etwas Rührei aufzutun.

„Die Teller sind einfach viel zu klein hier, nicht wahr? Darf ich helfen?"

Sonjas Blick wanderte vom Rührei zu einem ihr dargebotenen Teller, an dem er einen Moment hängen blieb. Sie öffnete den Mund, um der Person die ihr den Teller vor die Nase hielt zu sagen, was sie davon hielt, schon vor dem Frühstück doof angelabert zu werden. Sie schloss ihn jedoch wieder, als sie in ein entwaffnend lächelndes Gesicht mit leuchtend blauen Augen sah.

„Äh, danke", sagte Sonja höflich. Der junge Mann mit dem sympathischen Lächeln hatte sie etwas verwirrt. Er wirkte so natürlich und wollte offensichtlich wirklich nur helfen. Er hatte nicht den aufdringlichen Blick, mit dem Sonja im Allgemeinen betrachtet wurde. Und außerdem sah er unverschämt gut aus.

Sonja packte den Teller und lächelte schüchtern zurück, was sie ärgerte. Sie war nicht schüchtern. Aber sie bekam kein Wort mehr heraus.

„Guten Appetit", wünschte der nette Kavalier und ging mit seinem eigenen, ebenso randvollen Teller davon.

Hastig füllte Sonja das Rührei auf den frischen Teller und häufte wütend noch eine große Portion knusprigen Speck darauf.

Wie ein Schulmädchen hatte sie dagestanden. Sie, die nie um eine Antwort verlegen war und ihre Verehrer mit einem Wimpernschlag um den Finger wickelte. Warum hatte ausgerechnet dieser Kerl sie so verlegen gemacht. Der würde sie garantiert nicht noch mal ansprechen.

Sonja sah sich suchend um und entdeckte Jessy an einem Tisch am Fenster. Sie fuchtelte mit beiden Armen, damit Sonja sie sah. Sonja balancierte ihre zwei Teller und einen Kaffee zu ihr hinüber und stellte alles mit einem lauten Klirren ab.

Jessy, die gerade herzhaft in ein dick belegtes Schinkenbrötchen beißen wollte, sah verwundert auf.

„Was ist los?"

„Nichts. Außer, dass mich gerade ein Traummann angesprochen hat. Leider hab ich es versaut."

„Was hast du denn gesagt?", wollte Jessy wissen und ließ ihr Brötchen sinken.

„Nichts."

„Nichts? Wieso Nichts? Warum nicht?"

„Ich konnte nicht. Ich hab kein Wort rausgekriegt", jammerte Sonja und spießte etwas zu kraftvoll eine halbe Tomate auf, sie flutschte vom Teller.

„Das gibt´s doch nicht", grinste Jessy. „Dass du mal verlegen sein kannst, hätte ich nicht gedacht. Aber mach dir nichts draus, das ist mir auch schon öfter passiert. Du wirst es überleben."

„Sehr witzig. Vielleicht war das genau der Eine, auf den ich immer gewartet habe. Die Chance ist wohl vertan", quengelte Sonja weiter, während sie mit einer Servierte den Tomatenfleck auf der weißen Tischdecke abtupfte.

„Wir suchen dir einen Anderen", tröstete Jessy sie grinsend „einen Besseren."

Sie wollte Sonja noch ein wenig necken, als sie ein paar Tische weiter eine Familie erspähte, die gerade aufstand. Es war der mürrische junge Mann vom Flughafen mit seinen Eltern. Sie mussten auch mit im Bus gewesen und später ausgestiegen sein. Oder war noch ein zweiter Bus gefahren?

„Hallo? Jemand zu Hause? Du hörst mir ja gar nicht zu. Wo starrst du denn hin?" Sonja piekte mit ihrem Zeigefinger auf Jessy ein.

„Was? Ach so, entschuldige", antwortete Jessy abwesend. „Da war nur eben dieser Junge wieder. Er hat mich am Flughafen schon so komisch angesehen."

„Welcher Junge?", fragte Sonja verwundert und zog die Augenbrauen hoch.

Jessy fiel ein, dass sie ihrer Freundin gar nichts davon erzählt hatte, dass dieser Typ sie so merkwürdig angestarrt hatte. Schnell holte sie es nach.

„Und jetzt ist er sogar hier im Hotel. Der ist total unheimlich", schloss sie ihren Bericht.

„Ich weiß nicht Jessy. Auf mich wirkt er harmlos. Der hat bestimmt gar nicht uns angestarrt, sondern nur so gedankenverloren durch die Gegend. Wahrscheinlich entwickelst du so was wie Verfolgungswahn. Was natürlich absolut verständlich ist, wenn man so einen psychopatischen Spinner wie Tomas seinen Ex-Freund nennen darf."

Jessy fand, dass Sonja bei diesen Worten ziemlich frech grinste. Doch auf einmal war es ihr peinlich, dass sie den armen Jungen verdächtigte, für was auch immer. Er hatte schließlich gar nichts Schlimmes getan. Oh Gott. Sollte sie tatsächlich Verfolgungswahn haben. Verfluchter Tomas. Soweit hatte er sie schon gebracht.

Um von dem peinlichen Thema, ob sie vielleicht verrückt sei abzulenken, schob sie sich schnell den Rest ihres Schinkenbrötchens in den Mund. „Ich hol mir noch´n Kaffee", nuschelte sie kauend in Richtung ihrer Freundin und stand eilig auf.

Sonja schien gar nicht bemerkt zu haben, dass Jessy etwas peinlich berührt war. „Ja. Mach das", nickte sie und versuchte eine viel zu große Portion Rührei in den Mund zu schieben.

„Das Rührei ist gut, nicht? Leider ist es alle. Wie ich sehe hast DU alles."

Sonja wurde puterrot. Was für eine Frechheit. Sie wollte etwas sagen, aber ihr Mund war voller Rührei. Bei dem Versuch dennoch zu sprechen verschluckte sie sich. Es kamen nur würgende und prustende Laute über ihre Lippen.

„Entschuldige, ich wollte dich nicht erschrecken. Geht´s wieder?"

Der nette Kavalier von vorhin klopfte Sonja auf den Rücken und sah sie besorgt an.

Sonja nickte nur. Ihr hingen immer noch Ei-Krümel im Hals. Tapfer unterdrückte sie den Hustenreiz.

„Okay. Tut mir wirklich leid. Ich heiße übrigens Maik."

Sonja würgte an dem restlichen Ei und fand es ziemlich unpassend, dass der Kerl sich jetzt auch noch vorstellte. Wieder konnte sie nur nicken.

„Tja, ich geh dann mal wieder", sagte Maik. Er lächelte noch einmal entschuldigend und ging wieder an seinen Tisch zurück.

„Wow. War das der von vorhin?"

Jessy kam gerade mit ihrem Kaffee und einem Schälchen Obstsalat zurück.

„Der ist ja süß. Hat er dich doch noch mal angesprochen?"

„Ja"

„Und was hast du gesagt?"

„Nichts."

„Wieso nichts? Schon wieder nicht? Warum?"

Sonja seufzte. Sie schüttelte den Kopf und schloss die Augen. „Frag besser nicht", stöhnte sie.

Dann erzählte sie Jessy alle peinlichen Details.

„Oh, nein", sagte Jessy mitleidig, als Sonja geendet hatte. „Vielleicht habt ihr ja noch eine Gelegenheit…"

„Nein Danke!", fauchte Sonja und rieb sich nervös über die Stirn. „Es wird jedes Mal peinlicher. Es soll eben nicht sein. So toll ist der Kerl auch wieder nicht."

Jessy grinste. So hatte sie ihre Freundin noch nie gesehen. Gewöhnlich hatte sie immer das letzte Wort. Sprachlos waren grundsätzlich die Anderen. Dieser Maik schien Sonja tatsächlich zu beeindrucken. Genüsslich wandte sich Jessy ihrem Obstsalat zu. Es versprach ein interessanter Urlaub zu werden.

**

Nach dem reichlichen Frühstück schlenderten die Mädchen durch die große Hotelhalle, um sich alles in Ruhe anzusehen.

„Hier, sieh mal", rief Jessy erfreut. „Es werden Massagen angeboten und jeden Morgen um 11.00 Uhr ist Wassergymnastik im Pool."

Eifrig studierte sie die große Pinnwand gegenüber der Rezeption. Dort waren alle Angebote und Veranstaltungen des Hotels ausgehängt. Es gab eine große Auswahl an sportlichen Aktivitäten, wie Wasserball, Boccia, Dart-Werfen, Shuffle-Board und vieles mehr.

Jeden Abend wurde den Gästen ein Showprogramm geboten. Für heute war ein Flamenco-Abend geplant. Ein buntes Plakat zeigte eine Gruppe rassiger Flamenco-Tänzerinnen in üppigen, farbenprächtigen Kleidern. Einige hatten in stolzer Pose ihre Arme in die Höhe gestreckt und hielten Kastagnetten in den Händen. Ein typisches Begleitinstrument beim Flamenco, das aus zwei flachen handflächengroßen Holzteilen bestand. Bei richtiger Handhabung klapperten sie im Rhythmus der Tanzschritte.

„Wie wär´s? Wollen wir uns das ansehen?" Jessy deutete auf das Flamenco-Plakat. Sie war ganz aufgeregt. Am liebsten hätte sie alles auf einmal gemacht.

Sonja lächelte nachsichtig. „Na klar, wenn du möchtest."

Sie war selber nicht besonders scharf auf diese Hotel-Shows. Einige waren zwar wirklich gut, aber Sonja hatte sich mit ihren Eltern immer alle anschauen müssen. Und letztendlich waren die

Darbietungen in jedem Hotel ähnlich. Irgendwann war es einfach langweilig.

Ein lautes Klatschen ließ beide Mädchen herumfahren. Es kam aus dem hinteren Teil des Hotels, dort wo die Bar und eine Menge gemütlicher Sitzgruppen zu finden waren.

„Was ist da denn los?", fragte Jessy neugierig und reckte den Kopf in die Richtung, aus der das Klatschen kam. Etwa zwanzig Leute hatten sich in der Nähe der Bar in die gemütlichen Sitzgruppen niedergelassen und lauschten gespannt ihrer Reiseleiterin.

Sonja überlegt kurz, dann fiel es ihr ein. „Ach ja, das ist der Begrüßungscocktail. Ein allgemeines: „Herzlich Willkommen liebe Gäste, wir informieren sie über Mallorca, buchen sie bitte alle Ausflüge über uns und benutzen sie den Hotelsafe". Dazu gibt es Sekt, Saft oder Sekt mit Saft. Wolltest du das sehen?" Bei diesen Worten imitierte Sonja gestenreich und mit hoher Stimme die manchmal künstlich freundliche Art der Reiseleiter. Jessy lachte und schüttelte den Kopf. „Nee, lass mal. Ich hab ja dich."

Sonja bot Jessy ihren rechten Arm zum Unterhaken an und flötete wieder mit der Reiseleiter-Stimme:

„Wenn Sie mir dann bitte folgen würden. Ich habe für heute Morgen eine kleine Ortsbesichtigung mit *café con leche*, das ist ein Milchkaffee, an der Strandpromenade geplant.

Danach führt die Tour durch diverse Souvenir-Shops, in denen wir natürlich kräftig zuschlagen werden. Ich werde dir eines von diesen wirklich sehr angesagten Muschelkettchen kaufen, welches du zum Zeichen unserer Freundschaft bis an dein Lebensende tragen wirst. Na ja, oder mindestens bis zum Ende dieses Urlaubes."

Jessy hakte sich glucksend unter und wischte sich die Lachtränen aus den Augen. „Du hast Talent", meinte sie nach Luft ringend. „Ich werde alle Ausflüge bei dir buchen."

Gut gelaunt marschierten sie Arm in Arm an den mehr oder weniger aufmerksamen Zuhörern des Begrüßungscocktails vorbei. Die eifrige Reiseleiterin schwärmte gerade von den Drachenhöhlen in Porto Christo. „… ein einzigartiges Bauwerk der Natur. Der unterirdische See dieser Höhle ist so groß, dass ein kleines Boot …"

Sonja und Jessy nahmen nicht den direkten Weg nach draußen. Sie gingen an der Bar vorbei und traten durch eine geöffnete Glastür, die zur Poolanlage führte, ins Freie. Die Sonne brannte bereits mit voller Kraft. Da ihr Hotel genau am Strand lag, wehte aber ein angenehm frischer Wind, der einen die Hitze nicht so spüren ließ.

„Herrlich!", seufzte Sonja und breitete die Arme aus.

Im azurblauen Pool planschten bereits eine Handvoll Kinder mit einem riesigen gelben Wasserball. Die aufspritzenden Wassertropfen funkelten in der Sonne, wie kleine Diamanten.

Die Eltern lagen entspannt auf ihren Liegen, lasen in einem Buch, oder unterhielten sich. Einige gaben sich auch einfach nur den warmen Sonnenstrahlen hin. Das Playa Dorada galt als familienfreundlich und hatte sogar einen Mini-Club für die kleinen Gäste. Hier wurden die temperamentvollen Racker von zwei Animateuren auf jede erdenkliche kindgerechte Art unterhalten. Malen, Basteln, Verkleiden, Singen, Tanzen und vieles mehr. Eben alles, was bei Kindern im Alter von drei bis zwölf Jahren gut ankam. Die Kinder in guten Händen wissend, konnten sich erschöpfte Eltern mal ganz dem Gefühl der Entspannung hingeben.

Jessy zeigte mit ausgestrecktem Zeigefinger auf die spielenden Kinder. „Ich will auch", quengelte sie und zog eine Schnute.

„Nachher, mein Kind", sagte Sonja ernst. „Zuerst das Programm für Erwachsene."

Sonja zückte ihre neue Sonnenbrille und setzte sie mit großer Geste auf. Dann packte sie Jessy entschlossen am Arm und zog sie von der erfrischenden Poolszene fort.

Die Freundinnen wanderten über die rustikale kleine Holzbrücke auf die andere Seite des großen Pools.

Von dort aus konnte man eine Treppe, ebenfalls aus Holz, direkt hinunter an den Strand gehen. Rechts neben der Treppe war ein kleines Tor, durch welches man wieder auf die Straße kam. Sie gingen hindurch und folgten der Straße, bis sie in der Fußgängerzone des Ortes landeten. Hier herrschte reges Treiben. Es gab niedliche Cafés und Restaurants, in denen man unter hübschen Sonnenschirmen auf bequemen Rattanmöbeln sitzen konnte. Dicht an dicht drängten sich Läden mit Klamotten, Schuhen, Souvenirs und Strandspielzeug. Überall wurde gegessen, getrunken und gekauft. Alle Leute schienen gute Laune zu haben und sich zu amüsieren. Die Mädchen bummelten gelassen durch die Geschäfte und genossen die fröhliche Urlaubsatmosphäre. Jessy fand unter den vielen Kettchen tatsächlich eines, das ihr gefiel. Sie nahm sogar noch ein passendes Armband dazu. Sonja kaufte für sich ein ähnliches Armband und ein Paar Sandalen aus Leder, auf denen ebenfalls einige Muscheln genäht waren.

Nach zwei Stunden waren sie in fast allen Läden gewesen. Völlig erschöpft wollte Jessy sich einfach in irgendein Café setzen, doch Sonja zog sie unternehmungslustig weiter.

„Weiter geht´s! Wir wollten doch auf die Strandpromenade. Da gibt es eine wirklich tolle Cocktailbar, wo sie auch einen wirklich spitzenmäßigen *café con leche* machen. „Vamos Señorita!"

Jessy protestierte nicht weiter und ließ sich von Sonja widerstandslos Richtung Strand ziehen. So weit war es ja auch nicht. Nach zwei Querstraßen waren sie da. Jessy sah das Meer, den Strand, eine Vielzahl weiterer Cafés und noch mehr Souvenirgeschäfte. Sie befürchtete insgeheim, dass Sonja ihre Shoppingtour hier fortsetzen könnte. Zu ihrer Erleichterung steuerte ihre Freundin aber zielsicher an den verlockenden Läden vorbei, direkt auf ein paar riesige Strohsonnenschirme zu. Im willkommenen Schatten der Schirme warteten Rattan-Sitzgruppen mit bunten Polstern auf durstige Gäste. Sonja und Jessy ließen sich dankbar seufzend auf die weichen Kissen sinken. So ein Stadtbummel in der Mittagshitze ließ einem die Kehle ausdörren.

Ein freundlich dreinblickender Kellner mit Rastazöpfen kam herbeigeeilt. Als er Sonja erblickte stieß er einen kleinen Freudenschrei aus, umarmte sie wild und küsste sie herzlich auf beide Wangen. Auch Sonja schien sich zu freuen. Sie unterhielten sich einen Moment und Sonja stellte Jessy als ihre beste Freundin vor. Der lustige Kellner hieß Juan, kam eigentlich aus Valencia und kannte Sonja bereits seit fünf Jahren. Nachdem Sonja zwei Wasser und den viel gepriesenen *café con leche* bestellt hatte, verschwand er geschäftig und drehte dabei sein Tablett gekonnt im Kreis.

„Juan ist in Ordnung", erklärte Sonja eifrig. „Wenn ich mit meinen Eltern hier war, haben wir immer viel unternommen. Kennengelernt haben wir uns allerdings unten am Strand. Ich lag gelangweilt auf meinem Handtuch und überlegte warum ich nicht mit meinen Eltern nach Palma gefahren war, als plötzlich ein paar Jungs mit ihren Surfbrettern auftauchten. Ich sah zu, wie sie diese riesigen Segel aufbauten und eine Menge Spaß auf dem Wasser hatten. Irgendwann hat mich einer der Surfer angesprochen und eine Woche später habe ich auch ein Segel aufgebaut und mich auf´s Wasser gewagt."

„Das ist ja ein Ding. Ich wusste gar nicht, dass du surfen kannst. Alle Achtung. Hätte ich nicht vermutet. War Juan denn derjenige, der dich angesprochen hatte?", fragt Jessy neugierig.

„Nee, das war ein anderer." Sonja wurde etwas rot und wollte darüber offensichtlich nicht reden.

„Ah, verstehe", grinste Jessy wissend.

„Juan war immer nur ein guter Kumpel. Deshalb verstehen wir uns wahrscheinlich auch so gut", erklärte Sonja wieder.

„Denkst du, ich kann das auch mal versuchen? Surfen meine ich. Ich fand es schon immer schön, wenn die bunten Segel so auf den Wellen hin und her schießen."

„Na ja, mit dem *Schießen* wird es wohl die erste Zeit nichts werden. Als Anfänger bist du eigentlich mehr *im* Wasser, als *auf* dem Wasser. Aber Spaß macht es trotzdem. Ich frag Juan nachher mal, wann er mit den Jungs wieder Surfen geht. Sie freuen sich immer, wenn sich jemand für diesen Sport interessiert. Die meisten Touristen wollen lieber entspannten Badeurlaub machen, und halten nichts von blauen Flecken und Muskelkater. Wenn´s hoch kommt, mieten sie sich ein Tretboot."

Jessy kicherte. Obwohl sie auch keine Lust auf blaue Flecken hatte, brannte sie bereits darauf ein Surfbrett zu besteigen. Sie war glücklich. Es wird der beste Urlaub aller Zeiten werden, dachte Jessy, die tollsten zwei Wochen die es gibt. Sie sollte sich irren.

***

Den Nachmittag verbrachten die Mädchen im Hotel am Pool. Sie lagen auf gemütlichen Sonnenliegen und lasen in ihren mitgebrachten Büchern. Wenn es ihnen zu heiß wurde, sprangen sie übermütig in den glitzernden Pool oder erfrischten sich mit einem Eiskaffee. Es war genauso, wie sich Jessy einen perfekten Tag zum Relaxen vorgestellt hatte.

Nach dem Abendessen schlenderten sie entspannt zum Außenbereich, wo die abendlichen Shows stattfanden. Sie hatten sich mit einem leckeren Cocktail an einen Tisch nahe der Bühne gesetzt und sahen sich die Flamenco-Show an, die wirklich sehr gut war. Selbst Sonja war fasziniert von der farbenprächtigen Aufführung und sah gebannt auf die Bühne. Als die letzten Töne der Kastagnetten verstummten und die lauten Schritte der spanischen Tänzer verhallt waren, erhob sich tosender Beifall. Auch Sonja hatte ihre Hände zum Applaudieren erhoben, erstarrte kurz, runzelte die Stirn und ließ die Hände wieder sinken. Ein paar Tische weiter hatte sie ein bekanntes Gesicht erblickt. Es war aufdringlich geschminkt und wurde von wasserstoffgebleichten, toupierten Haaren eingerahmt. Die dazugehörige Hand hielt affektiert ein Sektglas in die Höhe. Das eigentlich Schlimme aber war, dass Sonja die zweite Person am Tisch ebenfalls erkannte. Es handelte sich um Maik, ihre peinliche Frühstücksbekanntschaft von heute Morgen. Unglaublich, da hatte sich diese Plastik-Barbie an genau den Mann herangemacht, bei dem sie kein Wort herausbekommen hatte. Nun gut, wenn Maik auf die Art Frauen stand, herzlichen Glückwunsch. Dann war es gut gewesen nicht mit ihm zu reden. Sie hatte ihn wohl falsch eingeschätzt. Die Blonde sollte ihn geschenkt haben. Sonja versuchte den kleinen Stich in der Magengegend zu ignorieren. Wütend rührte sie in ihrer Piña Colada und nahm einen großen Schluck. Sie hatte wirklich Pech. Ein kleines Stück Kokosraspel schoss geradewegs in ihren Hals und setzte sich dort fest. Ausgerechnet in diesem Moment verebbte der Applaus fast vollständig und bevor der Animateur auf der Bühne etwas sagen konnte, geriet Sonja in den Mittelpunkt der Aufmerksamkeit. Dass man einen Hustenreiz nicht so einfach unterdrücken konnte, wusste sie mit Sicherheit seit heute Morgen beim Frühstück. Der Kokoskrümel wollte raus aus ihrer Luftröhre, und zwar jetzt gleich. Im Umkreis von mindestens sechs Tischen war Sonjas Geröchel und Gehuste zu hören. Der Animateur auf der Bühne schickte einen doofen Kommentar durch sein Mikrophon, etwas wie: „Was die Dame versucht zu sagen ist, dass es eine super Show war. Wir bedanken uns…"

Durch ihre vom Hustenreiz tränenverschleierten Augen, sah Sonja die blöde Blondine, die hämisch grinste. Wie peinlich. Sie hätte im Boden versinken können. Wie kann man sich nur zweimal am Tag derart blamieren. Jessy war sofort aufgesprungen und klopfte Sonja auf den Rücken. Einige Gäste schauten interessiert zu, erfreut über diese kleine Sondereinlage.

Als Jessys Geklopfe langsam Wirkung zeigte und Sonja wieder normal atmen konnte, setzte sich jemand auf den dritten Stuhl an ihrem Tisch. Es war Maik, bewaffnet mit einem Glas Wasser und einer Packung Taschentücher.

„Du hättest mich auch einfach ansprechen können. Du musst keine solche Szene machen", schmunzelte er und reichte ihr das Wasserglas.

Sonja riss es ihm aus der Hand und trank vorsichtig einen Schluck.

„Du hältst dich wohl für unwiderstehlich, was?", fauchte sie ihn an.

Maik lächelte noch breiter und antwortete gelassen: „Nein. Ich halte DICH für unwiderstehlich. Wahrscheinlich habe ich deswegen heute Morgen so viel dummes Zeug gesagt. Nochmals Entschuldigung. Du musst mich für einen Trottel halten."

Ja, Trottel. Traummann wohl eher. Sonja überlegte fieberhaft. Sie beschloss ihm eine Chance zu geben. Aber eine Sache musste noch sein.

„Okay, du darfst mit deinem Wasser hierbleiben, aber was ist mit deinem Date?", fragte Sonja herausfordernd mit Kopfnicken in Richtung der Blonden.

„Die da", seufzte er und rollte die Augen verzweifelt in die gleiche Richtung „ist nicht mein Date. Nachdem sie sich einfach dazugesetzt hatte und meinen Kumpel bereits mit ihrem nervigen Geschnatter vertrieben hatte, war ich ihr hilflos ausgeliefert. Du hast mich also sozusagen unter Einsatz deines Lebens gerettet."

Jetzt grinste auch Sonja. Ihre gute Laune war wieder da.

Es wurde noch ein sehr schöner Abend. Maik war wirklich unglaublich nett und beeindruckte Sonja wieder mit seiner Natürlichkeit. Er war schlagfertig, lustig und konnte, was bei Männern recht selten war, auch mal über sich selber lachen. Eine halbe Stunde später tauchte auch sein Kumpel wieder auf und setzte sich dazu. Er hieß Frank und war froh, dass Maik die aufgedrehte Blonde losgeworden war. Er war entnervt an die Bar geflohen, weil sie ständig *Frankie-Boy* zu ihm gesagt hatte. Maik konnte es ihm nicht übel nehmen. Er wäre selber gerne als erster verschwunden.

Jessy freute sich für Sonja. Sie schien endlich jemanden gefunden zu haben, der ihr gewachsen war. Egal wie kess Sonja war, Maik hatte auf alles eine nicht weniger kesse Antwort parat. Die beiden ergänzten sich prima. Frank versuchte derzeit sein Glück bei Jessy. Er war wirklich sehr lieb, aber leider überhaupt nicht ihr Typ. Um seine Gefühle nicht zu verletzen benutzte sie eine Notlüge. Sie sei nach ihrem Ex-Freund noch nicht bereit etwas Neues einzugehen. Es war zuviel passiert. Wenn sie recht überlegte, war das vielleicht gar keine Lüge. Sie konnte sich im Moment wirklich nicht vorstellen, einem Mann zu vertrauen. Bei dem Gedanken, wieder an so einen Kontrollfreak wie Tomas es war zu geraten, lief es ihr kalt über den Rücken. Sie war unglaublich froh, ihn los zu sein. Dann schüttelte Jessy die unschönen Gedanken an ihr vergangenes Eifersuchts-Martyrium ab und wandte ihre Aufmerksamkeit wieder auf Frank, der gerade einen Witz erzählte.

Als sie beschlossen, alle am nächsten Tag zusammen zum Strand zu gehen, war es bereits halb zwei.

„Wir werden das Frühstück verschlafen", prophezeite Frank gähnend.

„Deine Reserven werden dich das überleben lassen", antwortete Maik und klopfte Frank auf den kleinen Bauchansatz.

„Welche Reserven?" Frank zog den Bauch ein und schielte zu Jessy. „Das sind alles Muskeln." Ihm fielen fast die Augen zu.

„Egal was es ist, wir sollten jetzt wirklich schlafen gehen. Wenn wir nicht frühstücken, könnt ihr Sonja morgen vergessen. Sie wird den ganzen Tag nörgeln und nach Nahrung verlangen. Ich habe das einmal erlebt. Glaubt mir, ihr wollt nicht wissen wie das ist."

„Was? Gar nicht wahr. Alles übertrieben", versuchte Sonja Jessys Worte abzuschwächen.

„Tja, ich habe gesehen, wie du das Rührei vernichtet hast. Ich glaube ihr", gab Maik zu und wich geschickt einem schnellen Schlag von Sonja aus, der ihn in die Rippen getroffen hätte.

Wenig später in ihrem Zimmer, lag Sonja noch ganz aufgekratzt im Bett und wartete auf Jessy, die eben aus dem Bad kam.

„Er ist toll. Findest du nicht? Sag doch mal. Wie findest du ihn? Er sieht gut aus, ist nett, charmant. Jessy? Was meinst du?"

Jessy sah Sonja aus winzigen Augen an und hob abwehrend die Hand. „Ja, er ist super. Sei bitte nicht böse, aber ich fall gleich um. Wir besprechen Maik nach dem Aufstehen, okay?"

„Klar. Tut mir leid. Es ist ja auch schon fast halb drei. Ich bin nur so aufgeregt. Er scheint so ein…. Jessy?" Gleichmäßige Atemzüge neben ihr verrieten Sonja, dass ihre Freundin eingeschlafen war. Sie lehnte sich wieder zurück und seufzte. Kurz darauf war sie ebenfalls eingeschlafen. Auf ihren Lippen lag das weiche, glückliche Lächeln von Verliebten.

fünf

Wind und Wellen

Als der Wecker sie aus ihren Träumen riss, war es neun Uhr morgens. Jessy schreckte hoch und konnte ihren Traum gar nicht richtig loswerden. Er war grauenhaft gewesen, ein Alptraum. Sie war wieder mit Tomas zusammen gewesen, wohnte sogar dort. Er hatte sie ins Schlafzimmer eingeschlossen und verlangte eine schriftliche Liebeserklärung, die sie mit ihrem Blut unterzeichnen sollte.

Dann verwandelte sich das Schlafzimmer in eine Art Kerker. Sie hatte eine schwere Eisenkette um Hals und Handgelenke. Vor ihr lag die nun dreckige, zerknitterte, nicht unterzeichnete Liebeserklärung. Als sie zur Seite blickte sah sie ein Skelett, das ebenso angekettet war, wie sie selber. Vor dem Skelett lag ein altes Stück Papier. Es wurde nie unterschrieben.

Jessy schrie einen stummen Schrei und klammerte sich an das schrille Geräusch aus der Wirklichkeit. Wie an einer Rettungsleine zog sich Jessy am Fiepen des Weckers aus ihrem Alptraum. Als sie endlich vollständig wach war merkte sie, dass sie schweißnass war. Ihr Mund war trocken und ihre Kehle brannte. Als müsse sie den Schmutz des geträumten Kerkers abwaschen, hetzte sie unter die Dusche.

Sonja hingegen schnurrte unter ihrem Laken und wollte weiterträumen. Sie hatte offenbar *keinen* Alptraum.

Die Dusche half Jessy, den widerlichen Traum wegzuspülen. Nach einer Weile verblasste er mehr und mehr und schien sich dorthin zurückzuziehen, woher er gekommen war.

Dann zerrte sie Sonja aus den Federn und schob sie unter die Dusche. In Rekordzeit waren die Mädchen fertig angezogen und eilten hungrig in den Speisesaal. Maik und Frank waren nicht da. Entweder hatten sie schon gefrühstückt, was Jessy nicht glaubte oder sie horchten noch an der Matratze.

Gerade hatten die Mädchen sich mit voll beladenen Tellern hingesetzt und wollten den gestrigen Abend auswerten, da kamen Frank und Maik mit zerknautschten, unrasierten Gesichtern zur Tür herein. Sofort bemerkten sie die Freundinnen und winkten ihnen zu.

„Die *Besprechung* muss wohl warten", meinte Jessy bedauernd und deutete mit ihrer Gabel in Richtung der beiden verschlafenen Männer.

Sonja nickte abwesend und beobachtete verträumt, wie sich Maik einen Kaffee und einen Croissant vom Buffet nahm und sich damit ihrem Tisch näherte.

„Guten Morgen ihr Hübschen. Ihr seht ja im Gegensatz zu uns richtig frisch aus", staunte Maik und fuhr sich etwas verlegen über seine dunklen Bartstoppeln am Kinn. „Wenn Frank nicht so laut geschnarcht hätte, hätten wir es wahrscheinlich gar nicht zum Frühstück geschafft. Ich bin nur wach geworden, weil er neben mir einen ganzen Wald niedergemetzelt hat."

„Machst du schon wieder Witze auf meine Kosten?", knurrte Frank, der nur mit einer Tasse Pfefferminztee neben Maik aufgetaucht war. Er hatte einen wächsernen Teint und in seinen geschwollenen Augen waren rote Äderchen zu erkennen. Effektvolle Dramatik erhielt das Ganze durch wirklich beeindruckende, dunkle Augenringe.

Alle starrten abwechselnd auf das grüne Gebräu in seiner Tasse und seine zombiehafte Erscheinung. Jessy hob fragend die Augenbrauen.

„Mir ist irgendwie nicht gut. Mein Magen hat heute was gegen feste Nahrung. Vielleicht hätte ich den letzten Cocktail gestern nicht trinken sollen." Frank setzte sich und nippte an seinem Tee. Es sah nicht so aus, als ob es ihm schmecken würde.

Maik ließ sich auf den letzten freien Stuhl fallen und verdrehte die Augen. „Vielleicht hättest du überhaupt etwas anderes trinken sollen, ein harmloses Bier zum Beispiel. Ich hatte dich gewarnt, dass ein Long Island Ice Tea fast hauptsächlich aus Alkohol besteht. Gleich zwei davon zu vernichten ist mutig, aber *drei* ist dämlich. Du weißt genau, dass du normalerweise nach einer Weinschorle schon breit bist."

Frank stöhnte und griff sich an den Kopf. Seine blutunterlaufenen Augen tränten. Er hatte einen mächtigen Kater. Als Sonja ihm vorsichtig vorschlug, es mit einem Rollmops zu versuchen oder zumindest mit einer sauren Gurke, schlug Frank sich die Hand vor den Mund und würgte.

Ohne weiteren Kommentar stand er hektisch auf und ging eilig aus dem Speiseraum, die Hand immer noch auf seinen Mund gepresst.

„Du meine Güte! Muss er jetzt spucken? Gestern Abend hat man gar nicht gesehen, dass er so betrunken war." Sonja schaute Frank fassungslos hinterher.

„Nee. Das sieht man ihm nicht an. Er wird einfach immer stiller und sieht dann zu, dass er ins Bett kommt. Er lallt nicht mal. Aber der nächste Tag ist dann für Frank meistens gelaufen. Ich denke, dass er nicht mit an den Strand möchte. Wir lassen ihn besser in Ruhe."

Maik hatte Recht behalten. Als er nach dem Frühstück auf sein Zimmer ging, fand er Frank über dem Klo hängend vor. Als sein Magen endgültig leer war, schlich er mit bleichem Gesicht aus dem Badezimmer und ließ sich geradewegs auf sein Bett fallen. Er murmelte etwas von „Nie wieder Alkohol." und „Teufelszeug im Glas." Dann schlief er einfach ein und begann wieder laut zu schnarchen. Bevor Maik mit seinen Strandsachen das Zimmer verließ, stellte er Frank noch eine Flasche

Wasser ans Bett und legte eine Packung Aspirin dazu.

Dann machte er sich auf den Weg zur Rezeption, wo Sonja und Jessy schon mit ihren großen bunten Strandtaschen auf ihn warteten.

Der Weg zum Strand war kurz, da ihr Hotel ja genau daran grenzte. Sie wollten gerade ihre Handtücher ausbreiten, als Sonjas eine SMS auf ihr Handy bekam.

„Hey super!", rief sie erfreut. „Juan hat gerade geschrieben, dass er gleich mit den Jungs an den Strand zum Surfen kommt. Ob wir auch da wären."

Jessy freute sich und sagte: „ Klar sind wir da, oder wo gehen die an den Strand?"

„Das Surfgebiet ist ein bisschen weiter rechts runter. Man darf hier nicht überall mit dem Surfbrett ins Wasser. Wegen der Badegäste, weißt du? Wenn man gleich rausfährt ist es nicht so schlimm, aber Anfänger eiern immer erstmal in der Flachwasserzone rum", erklärte Sonja fachmännisch und packte ihr Strandlaken wieder in die Tasche. „Ist echt nicht weit, vielleicht fünf Minuten am Strand lang. Siehst du? Da hinten, wo die zwei Fahnen wehen, ist es schon."

Also wanderten sie am Wasser entlang, bis sie bei den Fahnen angekommen waren. Juan und seine Jungs waren noch nicht da.

„Kommt, wir gehen erstmal ins Wasser, es sieht toll aus", forderte Maik die Mädchen auf, als sie ihr Lager aufgeschlagen hatten. Er griff sich Sonjas

Hand und zog sie hinter sich her. Sonja lachte und folgte ihm nur allzu gerne.

Das Wasser war schon sehr warm. Es kostete kaum Überwindung sich hineinzustürzen. Eine glitzernde Woge aus erfrischenden Wassertropfen schlug über Sonja zusammen, als Maik sich kopfüber in die nächste Welle stürzte. Sie quiekte laut und wischte sich prustend das salzige Meerwasser aus den Augen. Völlig überflüssig, denn im nächsten Moment hatte Maik sie schon wieder mit beiden Händen gepackt, hob sie an der Hüfte hoch und warf sie dann gekonnt einen halben Meter weiter wieder ins Wasser, sodass auch Sonja eine beachtliche Menge an Spritzwasser produzierte. Maik sah suchend auf die Stelle, wo das Wasser sie verschluckt hatte. Geschickt war Sonja um ihn herumgetaucht, schnellte hinter seinem Rücken hoch, packte ihn an den Schultern und riss ihn rückwärts unter Wasser. Sie lachte triumphierend und winkte Jessy zu, die in einiger Entfernung bis zum Bauch im Wasser stand und dem Spektakel grinsend zusah.

Jessy fühlte sich gerade ein bisschen, wie das fünfte Rad am Wagen und schämte sich deswegen sofort. Sie gönnte Sonja den Spaß von Herzen, immerhin war sie ihre beste Freundin. Das änderte aber nichts daran, dass es ihr vorkam, als wäre sie im Moment etwas überflüssig. Jessy wünschte sich jetzt, Frank wäre doch noch mitgekommen, dann hätte sie sich wohler gefühlt. Unschlüssig bohrte sie mit den Füssen im Meeresgrund. Sie wollte nicht, dass Sonja sich ihretwegen verpflichtet fühlte den Spaß mit Maik zu unterbrechen.

Also tat Jessy so, als wolle sie ein bisschen schwimmen, als Sonja sie mit Handzeichen dazu aufforderte zu ihnen hinzukommen.

Mit kräftigen Zügen schwamm Jessy aufs Meer hinaus und genoss das Plätschern um sie herum. Das Wasser war klar, bis auf gelegentlich vorübertreibende Stückchen abgerissenen Seegrases. Manchmal nahm Jessy einen frischen Geruch war, der an eine gerade aufgeschnittene Salatgurke erinnerte. Sie ließ sich ein wenig treiben und überblickte den Strand, der schon ziemlich weit weg schien. Sie konnte ihr Strandlaken sehen, das in Neongrün leuchtete, und daneben Sonjas, in knalligem Pink. Sie glaubte auch eine Person zu erkennen, die sich eben auf das pinkfarbene Handtuch setzte. Sonja und Maik schienen ihre Wasserspiele beendet zu haben und waren jetzt vermutlich dabei, ihre Turteleien an Land fortzusetzen. Wahrscheinlich sind sie froh, dass ich noch im Wasser bin, dachte Jessy und ärgerte sich dass sie überhaupt so eine Überlegung anstellte. Wie kann man nur so neidisch sein. Ich bin eine schreckliche Freundin.

Jessy riss sich zusammen und schwamm zurück. Als sie schon sehr nah am Strand war sah sie, dass sich eine Gruppe braungebrannter junger Männer dicht neben Sonja und Maik in den Sand gesetzt hatte. Um sie herum lagen Surfbretter und ein Haufen Material, das wohl noch zum Einsatz kommen würde. Ein Surfer hatte bereits sein Segel fertig aufgebaut und hielt es zur Probe in den Wind. Es flatterte wie ein Schmetterling, als wollte es davonfliegen. Das Segel wirkte im Vergleich zu dem Surfer riesig. Mein Gott, schoss es Jessy durch den Kopf, wie sollte sie dieses gigantische Teil aus Stoff und Plastik halten und bändigen? Dazu ein schmales Brett unter den Füssen, an dem die Wellen rissen. Sie bekam Angst, und versuchte eine Ausrede zu finden, um sich vor der Schnupperstunde für Anfänger drücken zu können. Außer Feigheit fiel ihr leider nichts ein. Zögernd kam sie aus dem Wasser und ging ein wenig zu langsam auf die Gruppe zu.

„Jessy! Da bist du ja endlich. Ich dachte schon du wolltest nach Ibiza schwimmen", kicherte Sonja und sprang auf. „Also Jungs, das ist meine Freundin Jessy. Sie brennt darauf von euch in die Kunst des Windsurfens eingewiesen zu werden." Jessy winkte ab und wünschte, Sonja würde nichts mehr sagen. „Muss nicht heute sein, vielleicht…", setzte sie an, aber es war zu spät.

„Sei nicht immer so bescheiden", rügte Sonja sie. „Die Jungs sind extra deinetwegen hergekommen. Der Wind ist nämlich eigentlich zu schwach für die Profis hier, aber zum Lernen ist er super geeignet." Sonja begann die grinsende Bande vorzustellen. Juan mit den Rastalocken kannte Jessy ja schon aus dem Café. Zwei, sich sehr ähnlich sehende junge Spanier, wurden ihr als Miguel und Pedro vorgestellt. Sie waren beide tief gebräunt und hatten fast schwarze

Haare, die im typischen Surfer-Look etwa kinnlang waren und vom Wind zerzaust lässig herabhingen.

Der etwas dickliche Kleine war Manuel, er schien ein wenig schüchtern zu sein. Den Namen des fünften *amigo* hatte sie nicht richtig verstanden, es klang wie eine Halsentzündung, *Chaime*, oder so. Von jedem wurde sie mit kräftigen Küsschen links und Küsschen rechts begrüßt.

Der sechste im Bunde war viel größer und nicht ganz so braun wie seine Kumpels. Er hatte auch eher dunkelblondes Haar, das jetzt von Sonne und Salzwasser sehr ausgeblichen war. Die blonde Haarpracht wurde ebenfalls kinnlang getragen, war aber leicht gelockt und wirkte noch zerzauster.

„ Das ist Christian", stellte Sonja ihn gerade vor. „Eigentlich kommt er aus Deutschland und ist mit seiner Familie vor zwei Jahren hierher gezogen."

Von Christian bekam Jessy ebenfalls zwei Wangenküsse, die aber sehr viel sanfter waren, als die der fünf anderen Jungs. Jessy erschauderte innerlich und sah Christian noch einmal an. Blaue Augen, dachte sie. Passt gut zu den blonden Haaren. Er zwinkerte ihr zu und lächelte jungenhaft, dann sah er verlegen zur Seite.

„Schluss jetzt mit dem Geknutsche, an die Arbeit. Die *Señorita* will Surfen lernen", beendete Sonja resolut die Begrüßungen. Jessy hatte einen unheimlichen Drang ihre Freundin im Sand zu vergraben.

Widerstrebend ließ sie sich von den Jungs mitziehen um sich die Ausrüstung erklären zu lassen. Ehrfürchtig betrachtete sie das viele Material und hoffte, dass es für heute bei der Theorie bleiben würde. Sie hatte falsch gedacht. In Windeseile hatten alle ihre Segel aufgebaut und mitsamt den Brettern ins Wasser geschoben. Einer nach dem anderen fing mit seinem Segel den spärlichen Wind ein und fegte davon. Aus welchem Grund auch immer, überließen die spanischen Jungs es Christian, Jessy die Grundregeln des Surfens zu erläutern.

Er zeigte ihr, wie man auf dem Board stehen musste, wie man das Segel aus dem Wasser bekam, wie man es zu halten hatte, um in den Wind hinein- oder hinauszufahren und wie man das Brett drehen konnte. „Alles andere ist Übungssache", erklärte er Jessy. „Du wirst am Anfang die meiste Zeit im Wasser verbringen. Aber auf einmal hast du dann den Bogen raus und der Rest ist Feinarbeit. Du nimmst das Übungs-Board hier. Es ist größer, und liegt extra stabil im Wasser, das gibt dir mehr Halt. Dazu dieses etwas kleinere Segel, damit du nicht gleich davonfliegst." Er blinzelte ihr wieder zu und lächelte ermutigend. Christian hob ein leuchtend gelbes Segel aus dem Sand und ließ es im leichten Wind schweben. Das überdimensionale Board, mit dem im Verhältnis zu kleinen Segel, sah nicht wirklich so cool aus wie das von Christian. Das war Jessy aber ziemlich egal. Sie hoffte nur, dass sie sich nicht total lächerlich machen würde. Nach bestimmt einer Stunde Theorie und Trockenübungen am Strand schoben sie die Bretter endlich ins Wasser. Jessy bekam weiche Knie und fragte sich wie sie auf diese schwankende Planke kommen sollte, geschweige denn darauf stehen. Christian positionierte sich so, dass sie ihn sehen konnte und machte es vor. Bei ihm sah es so leicht aus. Jessy krabbelte unbeholfen auf ihr Schlachtschiff und ließ das neue Gefühl auf sich wirken. Dann versuchte sie sich aufzurichten und eine standfeste Position einzunehmen, so wie Christian es ihr gezeigt hatte. PLATSCH.

Sie hatte vergessen sich die Aufhol-Leine zu greifen. Also noch mal. Jessy stand fest auf dem Board, die Leine in der Hand. Sanft korrigierte sie die Lage des Bretts, damit es im rechten Winkel zum Wind stand. Sie zog langsam an der Aufhol-Leine und staunte selber wie leicht das Segel aus dem Wasser glitt. PLATSCH.

„Wenn das Segel fast aus dem Wasser raus ist, musst du die Zugkraft verringern, sonst fällst du mit ihm nach hinten weg", erklärte Christian geduldig.

Klar. Logisch. Hätte sie sich auch denken können. Gut, dritter Versuch.

Rauf aufs Brett, Füße parallel zum Mast, Lage korrigieren, langsam ziehen, Segel kommt, Segel ist aus dem Wasser, eine Hand an den Mast … PLATSCH.

Sobald Jessys Hand den Mast umfasst und ihn in eine gerade Position gebracht hatte, nahm das träge Board Fahrt auf. Nicht schnell, aber Jessy war so verblüfft gewesen, dass sie einen Schritt zurück gemacht und den Halt verloren hatte. Als sie diesmal wieder auftauchte, lachte sie glücklich. „Ich bin gefahren!", rief sie aufgeregt zu Christian hinüber. „Es kam nur so unverhofft, ich war nicht vorbereitet." Christian saß auf seinem Brett mit den Füßen im Wasser und schmunzelte, angesichts Jessys kindlicher Freude, das gewaltige Brett in Bewegung gesetzt zu haben.

„Ich versuch´s gleich noch mal. Jetzt weiß ich wie ich´s machen muss." Jessy war nicht mehr zu bremsen. Mit Feuereifer stürzte sie sich auf das widerspenstige Sportgerät, bereit es zu zähmen.

Nach einer weiteren Stunde schoben Christian und Jessy ihre Surfausrüstung wieder auf den Strand. Jessy schleppte sich mit letzter Kraft zu ihrem Handtuch und ließ sich total entkräftet darauf fallen. Ihre Arme waren schwer wie Blei und in den Füssen schien sich schon Muskelkater bemerkbar zu machen.

Sonja und Maik starrten sie bewundernd an.

„Du meine Güte. Wir dachten schon, du wolltest den ganzen Tag dort draußen bleiben. Du bist ja richtig besessen. Ich war bei meinen ersten Versuchen nach einer halben Stunde total hinüber", staunte Sonja.

„Sie ist ein Naturtalent, wirklich klasse", lobte Christian seine Schülerin. Er schüttelte Wasser aus seinen Haaren und hockte sich neben Jessys Handtuch in den Sand.

Jessy wehrte verlegen ab: „Ach was, ich lag doch ständig im Wasser."

„Nicht so oft, wie es normalerweise bei Anfängern der Fall ist. Und du hast gut umgesetzt, was ich dir erklärt habe. Du warst wirklich toll", lobte Christian und strich Jessy eine nasse Haarsträhne von ihrer Schulter.

Es war eine zufällige Geste, die aber sehr vertraut wirkte. Sonja registrierte das mit geübtem Blick sofort und grinste in sich hinein.

Sie blieben bestimmt noch eine Stunde am Strand, um über Wassersport zu fachsimpeln. Es stellte sich heraus, dass Maik ein passionierter Taucher war. Im Nordosten der Insel gab es einige sehr interessante Tauchtouren durch Unterwasserhöhlen, eine davon wollte er in diesem Urlaub auf jeden Fall mitmachen. Christian empfahl ihm die Piratenhöhle, die fand er persönlich am schönsten. Jessy sah ihn fragend an. „Tauchen kannst du auch?"

„Wenn man auf einer Insel lebt, bietet sich Wassersport in jeglicher Form an. Bevor ich mit meinen Eltern nach Mallorca kam, haben wir in Frankfurt gelebt. Da kannte ich Tauchen und Surfen nur aus dem Fernsehen und ich muss gestehen, dass ich ziemlich neidisch auf Küstenbewohner war."

Jessy wollte Christian eben fragen, wie es seine Eltern hier her verschlagen hatte, da sagte Maik, dass er gerne mal nach Frank schauen würde.

„Klar, wir kommen mit, oder Jessy?", stimmte Sonja zu. „Ich hab auch schon wieder Hunger. Vielleicht können wir uns in der Snack Bar am Pool was zwischen die Zähne schieben."

„Äh, ja … okay", erwiderte Jessy zögerlich mit einem Blick auf Christian.

„Ist schon in Ordnung. Ich muss sowieso nach Hause. Ich hab meinem Vater versprochen ihm bei der Arbeit zu helfen." Er stand auf und bot Jessy seine Hand an, um ihr aufzuhelfen. Sie ergriff sie und ließ sich von ihrem Handtuch ziehen. Als sie oben war hätte Christian ihre Hand einfach loslassen können, was er aber nicht tat.

„Ähm, was habt ihr denn morgen vor? Willst du noch mal ein bisschen üben, oder hast du genug vom Surfen?"

„Soll das ein Witz sein? Klar will ich weitermachen." Jessy war erleichtert, dass Christian sie zuerst gefragt hatte.

„Alles klar, ihr beiden? Können wir los, oder dauert es noch?", feixte Sonja anzüglich und grinste frech.

Schnell zog Jessy ihr Handtuch aus dem Sand und stopfte es in ihre Tasche. Sie ließ es sich aber nicht nehmen, von Christian mit zwei Wangenküssen verabschiedet zu werden.

„Morgen, so um 11.00 Uhr?", fragte er.

„Okay", murmelte Jessy, winkte ihm noch einmal zu und versuchte dann Sonja und Maik einzuholen.

Ihre Beine fühlten sich lahm an. Sie wusste aber nicht, ob das vom Surfen kam oder ob es an Christians sanften Küssen lag.

sechs

Ein Verehrer

Im Hotel angekommen, ließen sich die drei sandigen Strandgänger ihre Zimmerkarten an der Rezeption aushändigen, die sie zuvor dort abgegeben hatten.

Maik machte sich inzwischen etwas Sorgen um Frank, vielleicht wäre es besser gewesen ihn nicht so lange allein zu lassen. Er bekam seine Karte als erster und sprintete los. „Wir sehen uns beim Abendessen!", rief er über die Schulter und warf Sonja eine Kusshand zu. Immer zwei Stufen auf einmal nehmend, verschwand er über die Treppe in den zweiten Stock.

„Eine Nachricht für Sie, *Señorita*." Carlos, der freundliche Rezeptionist vom ersten Abend, überreichte Jessy ihre Zimmerkarte und einen handgeschriebenen kleinen Zettel.

Darauf stand:

Hallo schöne Frau. Du gehst mir nicht mehr aus dem Kopf. Ich würde dich gerne wiedersehen.
Heute um 23.00 Uhr unten am Strand bei den Tretbooten.
Freue mich auf dich.

Keine Unterschrift. „Hier, für dich." Jessy reichte den Zettel an Sonja weiter, die ihn gleich las. „Wer soll das sein?", fragte sie verwundert.

„Keine Ahnung, vielleicht Maik", überlegte Jessy.

„Er war doch die ganze Zeit bei uns. Und warum sollte er einen Zettel schreiben. Wir sind doch schon verabredet."

„Vielleicht Frank. Er hat wohl die Hoffnung noch nicht aufgegeben, dein verletztes Herz doch noch zu erobern", spottete Sonja.

„Kann ich mir nicht vorstellen. Frank sah heute Morgen nicht danach aus irgendwas zu erobern. Außerdem sehen wir ihn ebenfalls beim Abendessen."

Ratlos starrten sie auf den kleinen Zettel. Da hatte Jessy auf einmal eine Ahnung.

Mit zitternden Fingern riss sie Sonja die Notiz aus der Hand. „Kann es dieser komische Junge gewesen sein, von dem ich dir gestern beim Frühstück erzählt habe?"

„Hä?", machte Sonja.

„Mensch, der Typ vom Flughafen, der mich so böse angegafft hat und auch hier im Hotel ist."

Jessy wurde ungeduldig.

„Und wieso der?", wollte Sonja begriffsstutzig wissen.

„Weiß ich doch nicht. Vielleicht hat er sie nicht alle. Vielleicht erinnere ich ihn an eine böse Ex-Freundin und er will mich umbringen, oder so was."

„Jetzt dreh mal nicht durch. Das ist doch absurd." Sonja konnte sich ein Lachen nicht verkneifen.

„Nein, im Ernst. Er hat mich beobachtet. Vielleicht ist er harmlos, vielleicht aber auch nicht."

„Also gut, pass auf. Keiner von uns geht heute um elf irgendwo hin. Schon gar nicht an den einsamen Strand. Maik und Frank sind bei uns, es wird nichts passieren. Es kann sogar sein, dass die Nachricht gar nicht für uns war. Schließlich wurde keiner mit Namen angesprochen. Warte mal." Sonja nahm wieder den Zettel und drehte sich zur Rezeption um. „Carlos! Komm doch mal bitte." Sie wedelte mit dem Stück Papier herum.

„*Sí, Señorita?*"

„Wie sah der Mann aus, der das Ding hier abgegeben hat? Und wann war das ungefähr?"

„*Lo siento* – Es tut mir leid. Ich weiß es nicht. Hat genommen ein Kollege von mir. Bin erst hier seit fuunf Minutos", erklärte Carlos bedauernd.

„Tja, dann ... okay danke." Sonja kratzte sich nachdenklich an der Stirn und wandte sich wieder Jessy zu, die das Gespräch mitbekommen hatte.

„Fehlanzeige. Es wird wohl ein ewiges Geheimnis bleiben, wer der heimliche Verehrer ist", sinnierte Sonja.

„Ist eventuell auch besser so. Da stimmt was nicht, ich spüre es. Mein weiblicher sechster Sinn sagt mir, dass der Schreiber der Botschaft keine guten Absichten hat", weissagte Jessy mit bedeutsamer Stimme. Sonja schnaufte abfällig.

„Da du ja jetzt das Orakel vom Dienst bist, sag mir: Ist Maik der Mann den ich heiraten werde?

Und: Werde ich bei meinem ersten Kind Schwangerschaftsstreifen bekommen?"

Dabei fuchtelte Sonja mit den Händen vor Jessy Gesicht herum und starrte ihr hypnotisiert in die Augen.

„Du bist echt doof. Wahrscheinlich glaubst du mir erst, wenn ich mit einem Messer im Rücken auf dich zu krieche und eine Blutspur hinter mir herziehe", murrte Jessy und schmollte.

„War doch nur Spaß. Ich denke auch, dass das etwas merkwürdig ist. Und genau aus dem Grund sollten wir uns nicht weiter darum kümmern", gab Sonja beschwichtigend zu.

Jessy nickte und erwiderte nichts mehr. Sie hätte sich lieber die Zunge abgebissen, als zuzugeben, dass ihr die Worte auf dem Zettel immer noch Unbehagen verursachten. Es war albern, das wusste sie selber, leider konnte sie dieses Gefühl nicht einfach abstellen. Sie musste unwillkürlich an ihren Kerker-Alptraum denken und fröstelte innerlich.

***

Beim Abendessen war Jessy wieder etwas entspannter. In Gegenwart von Maik und Frank fühlte sie sich sicher. Ja, Frank war wieder auf den Beinen. Als Maik nach dem Strandaufenthalt gleich nach Frank sehen wollte, war der gar nicht mehr im Zimmer gewesen. Maik fand ihn wenig später am

Pool liegend, mit einem *alkoholfreien* Cocktail vor. Nachdem er noch zwei Stunden geschlafen hatte, erzählte ihm Frank, hatte er sich besser gefühlt. Und da er seinen Urlaub nicht im Bett vergeuden wollte, hatte er sich aufgerafft und an den Pool geschleppt. Dort hatte er auf einer bequemen Liege noch eine weitere Stunde geschlafen.

Jetzt saß Frank ausgeruht und sichtlich genesen, vor einem gut gefüllten Teller Spaghetti Bolognese und drehte mit beachtlicher Geschwindigkeit die langen Nudeln auf seine Gabel, dass jeder Italiener seine Freude daran gehabt hätte.

Sonja und Maik schoben sich gegenseitig kleine Häppchen vom jeweils anderen Teller in den Mund. Warum taten Verliebte das nur immer? Jessy sah auf Frank, der gerade ein gigantisches Nudelnest verschlang und stellte sich vor, er würde es ihr verliebt anbieten. Das Ding war fast so groß wie ein Tennisball. Jessy hätte beinahe losgelacht bei der Vorstellung, wie das Pasta-Knäul auseinander fiel und ihr um die Ohren schlug.

„Was machen wir heute Abend?", wollte Maik wissen, nachdem er ein Stück Krokette von Sonjas Gabel verspeist hatte.

„Ich hätte Lust auf einen Stadtbummel", meldete sich Frank zu Wort.

„Ja, ich auch", stimmte Sonja zu. „In der Fußgängerzone gibt es ein sehr schönes Restaurant. Vielleicht haben wir nachher noch Appetit auf ein paar *Tapas* und *Sangría*."

„Hab ich schon von gehört", überlegte Frank. „Das sind doch diese leckeren Kleinigkeiten, die in Spanien so beliebt sind, oder?"

„Ja. Hackbällchen, gefüllte Champignons, Schinken, Gambas in Knoblauchöl, Oliven und solche Sachen", nickte Sonja.

Frank tätschelte seinen Bauch und meinte: „Ich denke, dafür ist nachher noch Platz. Ähem…ich meine: Meine Bauchmuskeln verbrauchen eine Unmenge an Energie. Tapas sind eine sehr gute Idee. Er grinste listig und versuchte wieder den Bauch einzuziehen.

***

Abends war in dem kleinen Ort noch mehr los, als am Tage. Die Straßen waren prall gefüllt mit Urlaubern, die sich erwartungsvoll ins Nachtleben stürzen wollten. Jeder trug seine besten Klamotten, oder was er für das Beste hielt. Ist alles Geschmacksache. Die frisch erworbene Bräune wurde stolz in kurzen Kleidern präsentiert, und wer es sich leisten konnte trug nur ein Minimum an Stoff. Gerade so viel, dass einen die *Policía Local* nicht wegen Erregung öffentlichen Ärgernisses einbuchtete.

Es war unglaublich, was die mediterrane Sonne mit den sonst eher zugeknöpften Nordeuropäern anstellte. Die reinste Fleischbeschau war das.

Einige hatten allerdings eher die unnatürliche Hauttönung eines gar gekochten Hummers. Es lag meistens an der fatalen Fehleinschätzung der Sonnenintensität am Mittelmeer, oder der verwendeten Sonnencreme, oder sogar an beidem. Diese Pechvögel wurden nun also krebsrot, litten zwei Tage Schmerzen, schälten sich dann und waren darunter wieder weiß. Hatten sie noch Zeit genug, ließen sie es langsamer angehen und kamen dann doch noch leicht gebräunt aus dem Urlaub zurück. Die anderen verfielen in Panik. Wenn man nicht braun von Mallorca zurückkam, dann sah ja keiner, dass man da gewesen war. Also wieder in die Sonne, am besten gleich ohne Sonnencreme. Mit Gewalt geht alles. Was unweigerlich folgte, muss nicht mehr erwähnt werden.

Auch Sonja und Jessy hatten sich hübsch gemacht. Sonja trug eine weit ausgeschnittene rote Bluse ohne Ärmel, ihre Beine steckten in einer engen Capri-Hose in schwarz. Mit ihrer langen Haarpracht, die heute in weichen Locken auf Sonjas Rücken fiel, sah das Outfit unheimlich feurig aus. Wie eine Stierkämpferin, dachte Jessy. Sie sah an sich herunter und überlegte, ob sie neben Sonja ein wenig langweilig wirkte. Ihr kurzes, figurbetontes Kleid mit Spaghettiträgern in smaragdgrün hatte exakt die Farbe ihrer Augen, die dadurch sehr intensiv betont wurden und herrlich leuchteten. Das dunkle Haar schmiegte sich glatt und seidig an ihre nackten Schultern. Langweilig war auf keinen Fall das richtige Wort, um Jessys Erscheinung zu beschreiben. Wer sie ansah, war eher fasziniert von der geheimnisvollen Aura, welche sie zu umgeben schien. Auch Frank schien völlig in ihrem Bann zu sein und vergaß, dass er eigentlich schon eine Abfuhr bekommen hatte. „Du siehst fantastisch aus", raunte er Jessy ins Ohr. „Was müsste ich tun, damit du mich so richtig toll finden würdest?"

Jessy lachte und tat so, als ob Frank nur scherzen würde. Sie wollte ihn nicht vor den Kopf stoßen. „Dreh die Zeit ein Jahr zurück und halt mich davon ab, auf meinen Ex-Freund reinzufallen", schlug sie lächelnd vor. Dann hakte sie sich bei Frank unter und bat: „Sei mir nicht böse Frank, aber ich habe dich im Moment lieber als guten Freund und Beschützer dabei. Vergeude deinen Charme also nicht an mich."

„An dich kann man gar nichts vergeuden, keine Bange. Aber wieso brauchst du einen Beschützer? Hast du vor irgendwas Angst?"

Jessy biss sich auf die Lippe und ärgerte sich, dass ihr das rausgerutscht war.

„Ach nein, das hab ich nur so gesagt. Ich meine nur….vielleicht kannst du zu aufdringliche Verehrer verscheuchen?", überlegte sie schnell und hoffte, dass Frank nicht weiter fragte.

Jessy konnte nicht erkennen, ob Frank die Lüge geschluckt hatte, oder nicht. Jedenfalls ließ er sich nichts anmerken und meinte nur: „Mach ich gern, Babe!" Er zwinkerte ihr zu, dann verzog er sein Gesicht zu einer grimmigen Miene und baute sich wie ein Leibwächter neben ihr auf. Jessy kicherte. Sie war froh, dass Frank auch die zweite Abfuhr vertrug und sich die gute Laune nicht verderben ließ.

Die Vier bummelten entspannt durch die Straßen, sahen eine Zeitlang einem Straßenkünstler zu, der Bilder mit Lackdosen sprayte, durchstöberten das ein oder andere Geschäft nach kleinen Mitbringseln für Freunde, und trotteten dann langsam Richtung Tapas-Bar.

Frank rieb sich wieder seinen Bauch und meinte, dass es wirklich Zeit für eine kleine Zwischenmahlzeit sei. Außerdem hatte er ja das Frühstück ausfallen lassen, ihm fehlten also wichtige Kalorien um sein Gewicht zu halten.

Sie bekamen den letzten freien Tisch im *Tapas y Vino*. Es war ein schöner Tisch. Nur ein dicker Blumenkübel mit fleischigen bunten Blumen trennte sie von dem Strom der Urlauber, die sich durch die Fußgängerzone schoben. Beobachten, ohne beobachtet zu werden war gut. Kombiniert mit einem schmackhaften Essen und einer erfrischenden *Sangría*, war es Urlaub pur.

Kurz nachdem sie aus dem reichhaltigen Angebot der Speisekarte ein paar *Tapas* ausgewählt hatten, standen die appetitlichen Köstlichkeiten schon bald auf ihrem Tisch. Sie wurden in rustikalen Tonschälchen und auf schweren Holzbrettern serviert. Und alles schmeckte einfach köstlich. Jessy hätte nicht gedacht, dass sie so kurz nach dem Abendbrot schon wieder Appetit haben würde.

Dann, ohne dass noch einer von ihnen etwas bestellt hatte, kam der Kellner mit einem Glas Sekt auf dem Tablett an ihren Tisch.

„*Señorita,* ich wurde gebeten ihnen das hier zu bringen. Es ist natürlich schon bezahlt."

Er stellte das Sektglas vor Jessy hin und schob noch einen kleinen weißen Zettel darunter. Dann verbeugte er sich leicht und zog sich wieder diskret zurück.

Sonja hätte sich beinahe wieder verschluckt, als sie den Zettel sah, sie ahnte Böses.

Jessy hatte offenbar den gleichen Gedanken. Sie war blass geworden und starrte auf das Papier unter dem Sektglas ohne es aufzunehmen.

„Hey, was ist das? Eine Gratissekt von einem Kavalier? Jessy, du machst hier alle Männer verrückt", rief Maik belustigt und sah sich auffällig um. „Wo ist der Feigling, wir beißen doch nicht. Oder warst du das etwa, du alter Schleimer?", fragte er Frank gutgelaunt und boxte ihm freundschaftlich auf den Arm.

Noch bevor Frank beteuern konnte, dass er die Art von Anmache für furchtbar blöd hielt, schnauzte Sonja laut: „Ruhe jetzt, das ist kein Spaß. Los, guck dir das Ding an, Jessy!"

Jessy gehorchte widerwillig und zog das Papier unter dem Glasfuß hervor. Sie faltete es auseinander und las die zwei Zeilen.

Um 23.00 Uhr am Strand bei den Tretbooten.
Vergiss es bitte nicht.

Wortlos reichte sie die Notiz an Sonja weiter.

„Was ist denn hier eigentlich los?", fragte Maik verwirrt. Er verrenkte sich fast den Hals, um einen Blick auf die handgeschriebenen Worte zu werfen. „Was steht da drauf?"

„Ich glaube es ist besser, wenn wir ihnen erzählen, was es damit auf sich hat", meinte Sonja zu Jessy und ergriff deren zitternde Hand. Jessy hatte eigentlich auch keine Lust mehr so zu tun, als wäre alles in Ordnung. Vielleicht wussten die Jungs ja Rat. Also nickte sie schwach und Sonja begann von der ersten Notiz an der Rezeption und ihren Vermutungen zu erzählen.

Maik und Frank hörten interessiert zu und unterbrachen sie nicht, bis sie mit ihrem Bericht am Ende war. Dann sagte Frank: „Also ich war es wirklich nicht. Ich bin doch kein Stalker."

„Schon gut. Den zweiten Zettel könntest du eh nicht geschrieben haben. Schließlich warst du die ganze Zeit hier", beschwichtigte Sonja ihn.

„Außer, als du vorhin aufs Klo gegangen bist", warf Maik mehr aus Spaß ein. Frank fand das nicht wirklich lustig und runzelte die Stirn.

„Wir gehen zum Strand", beschloss er kämpferisch. „Wir finden raus, wer der aufdringliche Schreiberling ist. Und dann fängt er sich eine." Er machte eine Faust.

„Der wird sich schon nicht vor uns allen zeigen", vermutete Maik nachdenklich. „Immerhin hat er Jessy hier aufgespürt. Das bedeutet, dass er uns gefolgt sein muss. Woher hätte er sonst wissen sollen, wo sie ist?"

Jessy sah sich hektisch die Leute um sie herum an. Es stimmte was Maik sagte. Wie hoch war die Wahrscheinlichkeit, dass der Verehrer ausgerechnet hier auf Jessy stieß und ihr spontan eine zweite Nachricht zukommen ließ? Zu gering, als dass man sich beruhigt hätte zurücklehnen können und alles zu vergessen. Außerdem war es eine ziemlich bescheuerte Art seine Zuneigung zu zeigen. Der Verehrer sah doch wohl auch, dass Jessy in Begleitung war (er konnte ja nicht wissen, dass Frank nur Kumpel-Status hatte).

Er musste also hier noch irgendwo sein und sie beobachten. Jessy war der Appetit vergangen, sie wollte nur noch zurück ins Hotel. Hier auf offenem Terrain fühlte sie sich ausgeliefert und angreifbar.

Wer konnte das bloß sein? Sie war doch erst zwei Tage hier. Wer wollte sich unbedingt mit ihr verabreden, ohne sie direkt anzusprechen? Welches Mädchen ist denn so naiv und geht nachts zum Strand um einen Fremden zu treffen? Dass musste dem Kerl doch eigentlich klar sein, dass das nicht klappen konnte.

***

Jessy hatte Angst sich ihre Zimmerkarte geben zu lassen. Sie erwartete fast, eine erneute Notiz ausgehändigt zu bekommen. Doch sie bekam nur die Karte und ein freundliches *„Buenas Noches, Señorita"*

Es war viertel vor elf. Sie hatte damit noch genau fünfzehn Minuten, um an den Strand zu gehen und herauszufinden, wer sie da so begehrte. Vielleicht würde der verschmähte Verehrer ja auch in fünfzehn Minuten ins Hotel gestürmt kommen und seiner Wut Luft machen, wenn er begriff, dass Jessy nicht kommen würde.

Die Mädchen einigten sich jedenfalls darauf noch nicht in ihr Zimmer zu gehen, sondern mit Maik und Frank an der Hotel-Bar zu warten, ob etwas geschah. Wer weiß, es könnte ja durchaus sein, dass der Verehrer sogar schon Ihre Zimmernummer kannte.

Also belegten sie eine hintere Sitzgruppe, von der aus sie den Eingang und die Halle einigermaßen im Blick hatten. Jessy sank tief in die Polster und machte sich so klein wie möglich.

Maik war an die Bar gegangen und hatte zur Aufmunterung vier Kaffee bestellt, die er jetzt an den Tisch brachte. Für die Nerven, wie er sagte. „Bei einer Observation stellt man sich auf lange Nächte ein und trinkt literweise Kaffee."

„Sag bloß. Woher weißt du das so genau? Zuviel CSI Miami, was?", zog Sonja ihn auf.

„Nein. Bei der Kripo hat man manchmal solche Einsätze, die etwas länger…"

„Bei der WAS? Du hast gesagt, du studierst. Ich wollte dich vorhin nach der Fachrichtung fragen, aber wir sind irgendwie abgelenkt worden", unterbrach Sonja ihn aufgebracht. Maik war ein Bulle? Das war doch wohl nicht wahr.

„Ich mache die höhere Beamtenlaufbahn", erklärte Maik entschuldigend. „Das ist ja wie eine Art Studium, nur eben bei der Polizei."

Sonja war zu perplex um darauf zu antworten. Mit Polizisten hatte sie nie gute Erfahrungen gemacht. Strafzettel, Radarfallen, in eine Kontrolle geraten ohne Papiere dabei zu haben, Sonja nahm alles mit. Sie stand mit den Ordnungshütern auf Kriegsfuß.

„Also mit deinen Strafzetteln habe ich nichts zu tun", sagte Maik dann auch prompt. „Ich habe die Ehre mich mit Mordfällen und Drogendelikten zu befassen. Jedenfalls wenn ich mit der Schule fertig bin und auf die Verbrecher losgelassen werde", grinste er.

Nachdem Sonja den ersten Schock verdaut hatte war ihr klar, dass sie ihre Einstellung gegenüber *Bullen* noch mal überdenken musste. Sie fühlte sich inzwischen wirklich sehr zu Maik hingezogen. Man sollte lieber praktisch denken. Vielleicht drückte ein Kollege von ihm, bei ihrer nächsten Geschwindigkeitsübertretung ein Auge zu. Der Gedanke gefiel Sonja außerordentlich gut.

„Bist du auch Polizist?", wandte sich Sonja argwöhnisch an Frank.

„Ja", grinste Frank frech. „Und ich bin derjenige, den du wegen deiner Strafzettel verfluchen kannst."

Alle lachten, auch Sonja, die angespannte Stimmung hatte sich gelöst. Für einen Moment vergaßen sie, warum sie hier saßen und warteten.

Die Zeit verging und um sie herum leerten sich langsam die anderen Tische. Frank gähnte ständig hinter vorgehaltener Hand und Sonja trank schon den dritten Kaffee. Nichts geschah.

„Leute, es ist gleich zwölf. Ich glaube nicht, dass jetzt noch etwas passiert", vermutete Maik.

„Denkst du, wir können es wagen ins Bett zu gehen? Hier zu sitzen bringt doch nichts mehr", fragte Jessy an Maik gewandt. Die Aufregung hatte sie ausgepowert und das lange Warten hatte sie müde gemacht. Sie wollte morgen nicht unausgeschlafen zu ihrer Surf-Verabredung.

Der Gedanke an Christian gab ihr Auftrieb, sie hatte plötzlich das Gefühl, dass sich alles zum Guten wenden würde. Jessy hatte nicht vor, sich von einem verrückten Verehrer den Urlaub vermiesen zu lassen. Soweit würde es noch kommen, erst hatte sie einen krankhaft eifersüchtigen Freund, der sie kontrollieren wollte, jetzt versuchte ein verliebter Bengel ein Date zu erzwingen. Sie schien Psychopathen geradezu anzuziehen. Hoffentlich war Christian normal.

Maik schlug vor, die Mädchen noch bis zu ihrem Zimmer zu begleiten. „Ich glaube nicht, dass in diesem Hotel jemand versucht gewaltsam in ein Zimmer einzudringen. Ihr habt sicher schon bemerkt, wie hellhörig hier alles ist. Wir wissen zum Beispiel, dass unser Zimmernachbar starker Raucher sein muss. Er versucht jeden Morgen den Teer aus seinen Lungen zu bekommen."

An der Zimmertür der Freundinnen verabschiedeten sich Maik und Frank.

„Wenn was ist, ruft bitte sofort an. Die Nummer habt ihr. Wir kommen dann sofort rauf. Ist ja nur ein Stockwerk." Maik sah nun doch etwas besorgt aus.

„Wir kommen schon klar, aber danke", meinte Sonja und gab Maik einen scheuen Abschiedskuss auf die Wange. Am liebsten hätte sie ihn noch einmal geküsst, und wieder und wieder, aber in dieser Situation schien es nicht angebracht in Leidenschaft zu versinken.

Maik hatte wohl einen ähnlichen Gedanken, er seufzte bedauernd und strich Sonja über ihr weiches Haar.

Sie wünschten sich alle noch eine gute Nacht, dann verschwanden Jessy und Sonja in ihrem Zimmer. Die Jungs warteten noch fürsorglich, bis die Tür verriegelt wurde, dann machten sie sich auf den Weg in ihre eigene Unterkunft.

„Das hätten wir geschafft", stöhnte Jessy erschöpft und ließ sich auf ihr Bett plumpsen. Ich hoffe wir hören nie wieder etwas von diesem Verehrer."

Sonja stand reglos im Flur und sah mit starrem Blick auf den Fußboden.

„Jessy, was ist das da? Du bist eben draufgetreten." Sonja deutete mit ausgestrecktem

Finger auf etwas Kleines, Weißes, das sich kaum von den hellen Fliesen abhob.

Da Jessy sich nicht rührte und jetzt mit Angst in den Augen nur auf das weiße Etwas am Boden starrte, war es an Sonja das flache Ding aufzuheben.

Es handelte sich um einen weiteren kleinen weißen Notizzettel, wie sie ihn heute schon zwei Mal gesehen hatten.

Sonja faltete ihn mit fahrigen Händen auseinander und las nur ein Wort:

SCHLAMPE!

Das war nicht mehr lustig. Das war krank. Sie hatte Angst, Jessy den Zettel zu zeigen.

Was musste man sich als Frau noch alles bieten lassen? Waren Männer derart in ihrer beschissenen Ehre gekränkt, wenn man ihre Gefühle nicht erwiderte? Sonja empfand eine tiefe Verachtung für den Schreiber. Und sie empfand unendlich viel Mitgefühl für ihre Freundin, die Sonja ängstlich und erwartungsvoll anblickte. Sie setzte sich zu Jessy aufs Bett und nahm sie in den Arm.

sieben

Freund oder Feind?

Die Nacht war nicht sehr erholsam für die Mädchen gewesen. Jessy hatte nicht einschlafen können. Nachdem sie sich den Zettel angesehen hatte, fing sie an zu weinen und zitterte am ganzen Körper. „Er weiß, wo er mich finden kann, er hat nicht aufgegeben, es fängt erst an. Was ist das für ein Kerl?"

Sonja hatte versucht sie zu beruhigen. „Solange du nicht alleine bist, wird er sich nicht an dich herantrauen. Er will dir nur Angst machen. Du darfst so einem Spinner nicht zeigen, dass du Angst hast, das macht ihn nur scharf. Wir passen alle auf, dass dir keiner zu nahe kommt. Wir haben doch jetzt auch Polizei-Eskorte", versuchte Sonja einen Scherz. Jessy hatte halbherzig gelächelt und versucht sich zusammenzureißen.

Jetzt saßen sie wieder zusammen mit Maik und Frank im Speisesaal und diskutierten über den letzten Vorfall. Frank war dafür, den vermuteten Übeltäter direkt anzusprechen und ihm klar zu machen, dass, wenn er der Stalker war, ihm eine mächtige Abreibung drohte.

„Und wenn er es nicht ist, erschreckst du den armen Jungen zu Tode", gab Maik zu bedenken.

Wie auf ein Stichwort betrat in diesem Moment der mürrische Junge, von dem sie eben geredet hatten, den Raum. Er hatte wieder seine Eltern im Schlepptau und sah heute gar nicht mehr mürrisch aus. Dafür schien er jemanden zu suchen, seine Augen wanderten aufmerksam über die Tische. An Jessys Tisch blieb sein Blick haften. Auf seinem Gesicht erschien ein Ausdruck der Erleichterung, bis er bemerkte, dass alle vier Personen an diesem Tisch ihn anstarrten. Sie betrachteten ihn fast feindselig. Seine Erleichterung wich nun einer besorgt aussehenden Mine. Er schien zu zögern. Erst hatte es so ausgesehen, als ob der junge Mann zu ihnen herüber kommen wollte, dann wandte er sich aber doch dem Kaffeeautomaten zu und stellte eine Tasse darunter. Er sah noch einmal über die Schulter zu ihnen hinüber. Da die Vier ihn weiterhin ungeniert anglotzten, drehte er den Kopf wieder weg und beachtete sie dann nicht mehr.

„Habt ihr das auch bemerkt?", wollte Sonja leise wissen. „Der Typ wollte doch erst zu uns kommen, oder irre ich mich?"

„Kam mir auch so vor."

„Ja, mir auch. Entweder ist er so mutig oder einfach nur dumm", schnaufte Frank abfällig. „Dem hätte ich an Ort und Stelle eine auf die Zwölf gegeben, wenn er Jessy angesprochen hätte."

„Komisch. Wenn ich mir diesen kleinen verpickelten Jungen jetzt so ansehe, kann ich mir gar nicht mehr vorstellen, dass der diese Zettel geschrieben haben soll. Die Worte darauf klangen so selbstbewusst und machohaft. Sogar die letzte Beleidigung schien Ausdruck eines gekränkten, sehr großen Egos zu sein", überlegte Jessy mit gerunzelter Stirn. Sie wirkte ganz gefasst und beobachtete gedankenverloren, wie der Verdächtige sich mit seinem Kaffee und einem Schälchen mit Müsli zu seinen Eltern an den Tisch setzte. Seine Mutter strich ihm über die Wange und schien ihn etwas zu fragen.

Müsli! Jessy musste grinsen. Als sie noch mit Tomas zusammen war, hatten sie einmal mit einem Studienkollegen und deren Freundin zusammen gefrühstückt. Der Kommilitone war gerade dabei gewesen ein knuspriges Müsli zu verzehren, als Tomas in seiner ungehobelten Art laut sagte: „Was is´n das für´n Körnerfresser. Kein Wunder, dass der so verhungert aussieht. Kann man besser denken, wenn man so ´ne Biokacke frisst?" Dann hatte er bellend über seinen eigenen Spruch gelacht und sich noch zwei fettige Würstchen aufgetan.

Wie auch immer. Das müslikauende Mamasöhnchen da hinten, wirkte nicht wie eine ernsthafte Bedrohung. Vielleicht täuschte sie sich, aber es war möglich dass er unschuldig war.

Diese Überlegung teilte sie den drei Anderen mit. Maik nickte daraufhin zustimmend. „Hab ich auch gerade überlegt. Wenn er die Zettel geschrieben hätte, dann hätte er sich eben anders verhalten. Der

Bengel schien nichts zu verbergen zu haben, er hat uns alle offen angeblickt und schien nur verwirrt von unserem Gestarre. Bei der Polizei lernt man Verdächtige einzuschätzen. Auch wenn ich noch nicht viel Erfahrung habe, mir schien er gerade nicht sehr verdächtig."

Sie redeten noch eine Weile hin und her und kamen zu dem Schluss den jungen Mann im Auge zu behalten, aber genauso auch den Rest der männlichen Hotelgäste.

Beim Verlassen des Speisesaals, warf Jessy noch einen verstohlenen Blick auf den mürrischen Jungen, der heute nicht mürrisch war. Auch der sah gerade zu ihr hin, als hätte er gehofft, sie würde zu ihm schauen. Er sah ihr direkt in die Augen und öffnete den Mund, als ob er etwas sagen wollte. Auf die Entfernung hätte Jessy ihn aber sowieso nicht gehört. Seine Mutter sprach ihn wieder an und widerwillig wandte er den Blick von Jessy ab, und seiner Mutter zu.

Was wollte er mir sagen, grübelte Jessy. Er schien mir unbedingt etwas sagen zu wollen.

Jessy hätte einfach nur hingehen und fragen müssen, aber sie traute sich nicht. Sie hatte Angst, der Junge würde sie sogar in Gegenwart seiner Eltern um ein Date bitten. Zögernd folgte sie den anderen. Der Typ hatte etwas mit der Sache zu tun, aber was?

***

„Was ist denn nur los mit dir? Du bist schon den ganzen Morgen so komisch." Alex` Mutter sah ihren Sohn besorgt an. „Ich hab gesehen, wie du dieses Mädchen beobachtet hast, ist es ihretwegen? Hast du schon mit ihr gesprochen?"

„Nein. Wenn ich mich irre, mache ich mich total lächerlich", erwiderte Alex verzweifelt und stocherte in seinem Müsli. „Ich werde sie noch ein wenig im Auge behalten und auf den richtigen Moment warten."

„Wenn du im Urlaub nichts Besseres zu tun hast, als Räuber und Gendarm zu spielen, bitte. Deine Mutter und ich gehen heute jedenfalls an den Strand", warf Alex` Vater genervt ein und erntete sogleich einen strafenden Blick von seiner Frau. Er räusperte sich und fügte in sanfterem Ton hinzu: „ Ich meine nur, dass wahrscheinlich jeder Moment der richtige ist, um ihr das zu sagen. Je früher sie es erfährt, desto besser."

***

Eigentlich hatte Jessy vorgehabt alleine an den Strand zu ihrer Verabredung mit Christian zu gehen. Erstens, weil sie Maik und Jessy die Gelegenheit geben wollte mal alleine zu sein, und zweitens, weil sie nicht wollte, dass Frank mitbekam wie es zwischen ihr und Christian knisterte. Da die Umstände es aber verlangten, dass Jessy nirgendwo alleine hinging, kamen alle mit zum Surftreff. Sonja äußerte sogar den Wunsch, ebenfalls ihre Surfkünste zu testen.

Christian war schon da und hatte bereits zwei Segel fertig aufgebaut. Er trug blaue Bermudashorts mit weißen floralen Mustern. Sein braungebrannter Rücken wirkte sehr breit und muskulös, was eine nette Nebenwirkung intensiven Surfens war. Jessy rief seinen Namen und lief auf ihn zu. Christian drehte sich um und lachte erfreut, als er sie sah. Warum lief sie eigentlich? Hatte sie es so eilig bei ihm zu sein? Sie kannte ihn doch eigentlich kaum. Sie verlangsamte ihr Tempo um nicht ungebremst auf ihn zu prallen. Daraus wurde nichts. Ehe Jessy es sich versah kam Christian auf sie zu, umfasste sie mit starken Armen und wirbelte sie lachend herum. Dann gab er ihr wieder zwei herzhafte Wangenküsse. Sie wünschte er würde sie nicht mehr loslassen.

Du bist total bescheuert, tadelte sie sich selber. Vor ein paar Tagen hatte sie noch einen psychopathischen Freund, seit gestern stellte ihr ein liebeskranker Spinner nach, und heute stand sie hier am Strand mit einem Jungen, den sie kaum kannte und hatte Schmetterling im Bauch. Sie wohnte in Deutschland, er auf Mallorca, was hatte das also überhaupt für einen Sinn. Ein netter Urlaubsflirt, sonst nichts. Und dennoch. So seltsam das auch war, aber der warme Sand an den Füßen, die würzige Meeresluft, der sanfte Wind und Christians herzliche Art, ließen sie die angespannten Stunden des gestrigen Tages und den Ärger der letzten Wochen fast vergessen.

Und wenn dieser Flirt nur dazu führte, dass Jessy ihr Vertrauen in die Liebe behielt, so war er keineswegs sinnlos.

Entgegen Jessys Befürchtung, Frank wäre eingeschnappt, wenn er sie mit Christian sehen würde, war unbegründet gewesen. Selbst wenn er mitbekommen haben sollte, wie sich zwischen Christian und ihr etwas anbahnte, so ließ er es sich nicht anmerken. Jessy registrierte es mit Erleichterung.

Mit Feuereifer stürzte sie sich mit Christian sogleich in die Fluten. Der Wind war etwas stärker als gestern, aber sehr gleichmäßig und das Meer war annähernd glatt. Jessy hatte heute keinerlei Probleme das Segel richtig zu halten. Christian beobachtete sie genau und bot, hier und da, kleine Verbesserungsvorschläge an. In guter Entfernung fuhren sie parallel zum Strand auf und ab. Sonja, Maik und Frank konnten von ihren Handtüchern aus nur noch die leuchtenden Segel erkennen. Hin und wieder verschwand das kleine gelbe Segel plötzlich vom Horizont, um dann einige Zeit später erneut neben dem großen orangefarbenen Segel von Christian aufzutauchen.

Nach fast zwei Stunden näherten sich die bunten Dreiecke wieder dem Strand, wurden aus dem Wasser gezogen und durften in der Sonne trocknen.

Eine erschöpfte, aber glückliche Jessy fiel auf ihr Handtuch und rang nach Luft. Sie zog eine Wasserflasche aus ihrer Strandtasche und trank gierig, das schon etwas warme Mineralwasser. Auch Christian hatte heute ein Strandhandtuch mitgebracht und breitete es neben Jessy aus.

„Na, durstig? Zuviel Salz, was?", fragte Sonja belustigt über Jessys Wasserkonsum.

Jessy nahm die Wasserflasche von ihren Lippen und deutete damit aufs Meer. „Wenn ich verdünnen wollte, was ich da draußen verschluckt habe, bräuchte ich mindestens noch drei Liter Süßwasser." Dann setzte sie die Flasche wieder an den Mund und trank den Rest ohne abzusetzen.

„Also ich hab jetzt auch richtig Lust bekommen zu Surfen", erklärte Sonja entschlossen.

„Wie sieht´s aus, Maik, willst du auch mal versuchen, ich zeig dir wie es geht", spornte Sonja Maik an und zog an seinem Arm. „Dürfen wir deine Bretter mal ausleihen Christian? Wir versuchen auch nichts kaputt zu machen", fragte Sonja, obwohl sie eigentlich wusste, dass Christian nichts dagegen haben würde.

„Klar. Nehmt was ihr braucht. Soll ich noch was helfen, oder kommst du klar?"

„Danke, wenn was ist, sag ich Bescheid", winkte Sonja ab. Sie begann, wie gestern Christian bei Jessy,

Maik ein paar grundlegende Dinge über die Ausrüstung zu erklären.

Frank kam sich jetzt allerdings etwas verloren vor. Er hatte tatsächlich schon bemerkt, dass Jessy Gefallen an Christian gefunden hatte. Ihm war auch klar, dass er nicht bei Jessy hatte landen können, weil er nicht ihr Typ war. Da kann man nichts machen, dachte er, ein Mädchen wie sie kann sich halt jemanden aussuchen. Oder man wird ausgesucht, von jemandem, der es einfach nicht wahrhaben will, dass er nicht ihr Typ ist.

„Ich hol mal was zu trinken. Wenn Sonja und Maik zurückkommen, werden sie auch Durst haben. Ich könnte auch noch eine Kleinigkeit zu Essen mitbringen", schlug Frank vor und bekam leuchtende Augen, so wie immer, wenn es um die nächste Mahlzeit ging.

Er schnappte sich seinen Geldbeutel und verschwand Richtung Strandbar, die etwa hundert Meter entfernt war. Dort gab es alles, wonach dem durstigen und hungrigen Sonnenanbeter der Sinn stand. Die Bar war überdacht und herrlich schattig. Viele der grünen Plastiktische und -stühle waren bereits von Strandbesuchern belegt. Vor den meisten Gästen stand schon ein großes kühles Getränk, das darauf wartete die ausgedörrten Kehlen zu befeuchten.

Einige nahmen hier ihr zweites Frühstück ein. Besonders beliebt waren immer Pommes Frites, entweder als Einzelportion, oder in Kombination mit Hamburgern.

Frank ging direkt an die Theke, schnappte sich eine Speisekarte und versank mit knurrendem Magen in der Flut an Köstlichkeiten, die dort aufgelistet waren.

An einem Tisch, versteckt hinter einer großen Webetafel für *San Miguel* Bier, saß ein junger Mann ganz alleine, nur mit einer Tasse Kaffee und einem kleinen Notizblock vor sich. Als er Frank zur Strandbar hatte kommen sehen, war er unruhig geworden. Obwohl es eigentlich keinen triftigen Grund gab, hatte er überlegt zu verschwinden, bis er erkannte, dass Frank offensichtlich nur etwas bestellen wollte. Trotzdem beschloss der junge Mann, seinen Baraufenthalt zu beenden. Als ein kleiner Junge von ungefähr fünf Jahren an ihm vorbeiging, sprach er ihn an und winkte ihn zu sich.

„Ich gebe dir fünf Euro, wenn du mir hilfst", lockte er den Jungen.

Als das Kind mit fünf Euro und einem Zettel in der Hand zum Strand hinunter rannte, machte sich der Mann ebenfalls auf den Weg und verließ die Bar hastig in entgegengesetzter Richtung, er hatte seinen Auftrag ausgeführt. Wenn er gewusst hätte, dass sein Tun soeben mit einer kleinen Videokamera aufgezeichnet worden war, wäre ihm sein Grinsen mit Sicherheit vergangen.

***

„Erzähl mir doch bitte, warum deine Familie nach Mallorca gezogen ist. Und wie war das für dich, hast du deine Freunde nicht vermisst?", wollte Jessy endlich von Christian wissen. Er hatte ihr gerade den Rücken mit Sonnenmilch eingecremt, was sie unglaublich genossen hatte, und legte sich jetzt neben sie auf den Bauch. Er nahm sich eine Hand voll Sand und ließ ihn langsam durch die Finger rieseln. Eine kleine Muschel blieb hängen und er schnipste sie mit dem Daumen fort.

„Eigentlich wollte zuerst keiner von uns nach Mallorca, so ein großer Schritt muss schon gut überlegt sein, weißt du. Mein Vater bekam dieses wirklich tolle Jobangebot in Palma und wir haben lange überlegt, ob er es annehmen soll oder nicht. Da man so eine Chance meistens nur einmal im Leben erhält, haben wir uns letztendlich dafür entschieden. Das heißt, ich bin etwas später nachgekommen. Ich hatte noch ein Semester meines Studiums vor mir und habe es zuerst in Deutschland beendet."

„Was hast du denn studiert?", fragte Jessy interessiert. Sie selber hatte ja ebenfalls noch zwei Semester vor sich.

„Biologie. Als Schwerpunkt habe ich dabei auf Meeresbiologie gesetzt."

„Was! Das ist ja unglaublich, ich bin auch gerade dabei mein Biologiestudium zu beenden. Allerdings ist mein Fachgebiet die Botanik. Was soll´s, unter

Wasser gibt es ja auch Pflanzen, nicht wahr?", lachte Jessy erfreut.

Christian sah sie anerkennend an. „Da sag mir noch mal einer, schöne Frauen könnten nicht auch noch klug sein. Du bist der lebende Beweis." Dabei zog er sie neckend an den tropfnassen Haaren.

„Das wird sich noch zeigen, ob ich so klug bin. Vielleicht ist es nicht klug sich mit dir einzulassen", erwiderte Jessy frech und versuchte ebenfalls eine Strähne von Christians zerzaustem Schopf zu erwischen.

Doch er umfasste ihr Handgelenk und zog sie an sich heran. „Willst du dich denn mit mir einlassen?", fragte Christian sanft und sah ihr fest in die Augen. Jessys Herz begann wild zu schlagen, seine Lippen waren vielleicht nur zwei Zentimeter von Ihren entfernt. Sie konnte feine Sandkörner auf seinem gebräunten Gesicht erkennen, ein paar lockige, blonde Strähnen fielen ihm über die hübschen blauen Augen. Jessys Verstand setzte aus. Alle Bedenken wurden einfach ausgelöscht, sie hauchte nur noch ein zartes „Ja.", und wartete auf den erlösenden Kuss, der diese Situation perfekt gemacht hätte.

„Bist du Jessy? Hey, küsst ihr euch gleich?"

Als hätte jemand im schönsten Traum einfach das Licht angemacht und laut in eine Trillerpfeife gepustet. So in etwa kam es Jessy vor, als sie die laute quäkende Stimme eines kleinen Jungen über sich vernahm. Brutal aus dem Reich der Romantik gerissen, hätte sie ihm am liebsten eine gescheuert.

Christians Gesichtsausdruck ließ etwas Ähnliches vermuten, er versuchte seine widerspenstige Mähne aus dem Gesicht zu bekommen, damit er den Störenfried besser sehen konnte.

„Ja, ich bin Jessy. Wer will das wissen?", knurrte Jessy ungeduldig. Sie hoffte, der Kleine würde schnell wieder verschwinden.

„Ich soll dir was geben. Der Mann hat gesagt, du würdest es lustig finden."

Der Dreikäsehoch streckte Jessy die Hand mit dem Zettel entgegen, in der Anderen hielt er die fünf Euro.

Jessy drehte sich der Magen um. Sie ahnte, was das für ein Zettel war.

Das darf doch nicht wahr sein, dachte sie. Ich habe hier den schönsten Flirt meines Lebens und dieser dämliche Psychopath versaut mir alles.

Jessy war aufgewühlt. Sie wusste nicht, ob sie Angst haben sollte vor dem, was auf dem Zettel stehen würde oder ob sie ärgerlich sein sollte, dass ihre Romantik mit Christian durch diesen Mist unterbrochen wurde. Was sollte er von ihr denken. Was man bei einem Urlaubsflirt ganz sicher nicht gebrauchen konnte, waren Schwierigkeiten dieser Art. Man wollte sich amüsieren und lieben, keine Probleme wälzen.

„Wo ist der Kerl? Wieso überbringst du für fremde Leute Nachrichten?", wollte Jessy eine Spur zu aggressiv von dem Kind wissen. Sie war aufgestanden und riss ihm den Zettel aus der Hand.

Der arme Junge verstand gar nicht, warum Jessy so laut wurde und fing fast zu weinen an.

„Er hat mir Geld gegeben", stotterte er mit zitternder Unterlippe und deutete auf die Strandbar. „Er hat gesagt, es sei ein Scherz."

„Okay, jetzt heul nicht gleich. Lass dich aber nicht mehr von Fremden ansprechen und nimm kein Geld an." Jessy versuchte den Jungen zu beruhigen. „Sag mir jetzt bitte wie er aussah, kannst du dich erinnern?"

„Ich weiß nicht genau. Ich glaube er hatte kurze Haare, ja, und dunkel waren sie und ein Cappy hatte er auf", schniefte der Kleine und zog geräuschvoll hoch.

„Ach ja, er hatte so Beulen an den Armen", fügte er hinzu und freute sich offensichtlich, dass ihm das noch eingefallen war.

„Beulen?", warf jetzt Christian fragend ein. Er hatte die ganze Zeit aufmerksam zugehört und hatte versucht herauszufinden, worum es hier eigentlich ging.

Jessy warf wieder einen unschlüssigen Blick auf die Bar. Was meinte das Kind mit Beulen? Sie wollte noch einmal nachfragen, aber der Steppke war schon davongelaufen, froh dem Verhör entkommen zu sein.

Jessy setzte sich wieder auf das Handtuch, sie traute sich gar nicht Christian anzusehen. Es war klar, dass er auf jeden Fall interessiert nachfragen würde, was es mit dieser Szene auf sich hatte. Der Zettel in ihrer Hand war schon ziemlich zerknüllt, vielleicht sollte sie ihn einfach wegwerfen. Aber er könnte einen Hinweis enthalten, wer der Unbekannte war.

„Wenn du es mir nicht erzählen möchtest ist das in Ordnung, aber ich würde dir gerne helfen, wenn du ein Problem hast", sagte Christian leise und streichelte Jessys Arm.

Jessy überlegte und wog schnell ihre Möglichkeiten ab. Entweder sie erzählte Christian die ganze verdammte Geschichte, womit sie Gefahr lief, dass er angesichts dieser Schwierigkeiten seinen Sommerflirt beendete, bevor er richtig angefangen hatte. Oder sie erzählte gar nichts und ließ es darauf ankommen, dass der penetrante Verehrer weiter hinter ihr her schlich und ihr den Urlaub, samt Urlaubsflirt, ruinierte. Da sie eher mit letzterem rechnete, hatte es wahrscheinlich sowieso keinen Zweck die Umstände zu verschweigen. Also berichtete sie ohne Umschweife, was bisher alles passiert war und wen sie eventuell in Verdacht hatte.

„Wenn ich nur wüsste, was der Junge mit *Beulen* meinte. Sollten das vielleicht Pickel sein. Der mürrische Typ hatte Pickel, vielleicht hatte er sie auch an den Armen.

„Willst du denn nicht mal nachsehen, was auf dem Zettel steht?", fragt Christian nun ziemlich interessiert. Es schien nicht den Anschein zu haben, als ob er sich durch Jessys Problem abschrecken ließ.

Jessy nickte und begann das Papierknöllchen zu entfalten. Christian legte einen Arm um ihre

Schultern und gemeinsam lasen sie, was auf dem eng beschriebenen kleinen Blatt stand:

Du miese Schlampe.
Gehst du jeden Tag mit einem anderen aus?
Flittchen.
Du nimmst wohl was du kriegen kannst.
Warum willst du MICH nicht?

Jessys Kehle war wie zugeschnürt. Wer konnte so was Gemeines schreiben. Wer hatte so einen Spaß daran sie zu demütigen? Ihre Augen füllten sich mit Tränen. Bevor sie sie wegwischen konnte löste sich ein Tropfen und fiel auf das Wort *Flittchen,* als solle diese Anschuldigung besonders betont werde, dann wurde die Träne vom Papier aufgesogen. Zwei weitere dicke Tränen quollen durch ihre dichten Wimpern und hinterließen eine feuchte Spur auf ihren Wangen.

Christian drückte sie fest an sich und küsste sie auf die Stirn. „Den erwischen wir schon. Dem verabreichen wir seine Zettel zum Frühstück. Egal wer er ist, er ist alleine, du nicht."

Christian umfasste Jessys Gesicht zärtlich mit beiden Händen, er wischte die gerade herablaufenden Tränen fort und sah ihr tief in die Augen. Dann küsste er sie sanft auf die bebenden Lippen. Es war ein langer, sehr liebevoller Kuss und es lag soviel Geborgenheit und Zärtlichkeit darin, dass Jessy ganz warm ums Herz wurde. Sie war froh sich Christian anvertraut zu haben.

„Eins verstehe ich aber nicht", meinte Christian, als sie sich wieder voneinander gelöst hatten. „Warum beleidigt er dich so schlimm? Er hat doch noch nicht einmal persönlich mit dir geredet, oder?"

„Nein, ich wüsste jedenfalls von niemandem, den ich abgewiesen hätte", überlegte Jessy und blinzelte die letzten Tränen weg.

„Der Typ kann doch nicht ernsthaft glauben, dass du dich, nur aufgrund der Zettel, zu einem einsamen Treffen mit einem Unbekannten entschließt", zweifelte Christian und tippte sich mit dem Zeigefinger an die Stirn.

„Tja, wer weiß, möglicherweise hat er eine psychische Störung. Es ist ohnehin schwer vorstellbar, dass ein normaler Mensch sowas schreiben würde."

„Was macht ihr denn für ernste Gesichter? Hier, ich hab was für die gute Laune mitgebracht."

Frank war von der Strandbar zurückgekommen, voll beladen mit Getränken und kleinen Snacks in Papiertüten.

„Tut mir leid, dass es so lange gedauert hat, aber ich hatte so einen Hunger, ich habe mir an Ort und Stelle eine kleine Portion frittierter Tintenfischringe gegönnt. Die waren so was von köstlich, mmh." Frank schnalzte mit der Zunge, als ob er den Geschmack der panierten Meerestiere noch im Mund hatte.

Jessy kam für einen Moment der Gedanke, dass auch Frank den Zettel hätte schreiben können, verwarf die Idee aber gleich wieder. Frank hatte zwar dunkles Haar, aber keine Pickel auf den Armen oder sonst irgendwelche verdächtigen *Beulen*.

Sie stand auf und half ihm mit den ganzen Bechern und Tüten. Er schien die komplette Speisekarte bestellt zu haben.

„Ich hab wieder Post bekommen", erwähnte Jessy beiläufig und warf einen Blick in eine Tüte mit frittierten, sardinenähnlichen Fischchen.

„Oh nein, was stand drauf?" Frank sah ernsthaft besorgt aus und setzte sich zwischen die Snacks.

Jessy zeigte ihm die zu Papier gebrachte Frechheit. Während er las beobachtete sie ihn ganz genau. Frank zeigte sich jedoch sichtlich schockiert und ließ mit keinem Wimpernzucken erkennen, dass er die Worte selber geschrieben haben könnte. Es tat Jessy leid, dass sie ihn ein wenig in Verdacht hatte, aber in so einer Situation konnte man nicht vorsichtig genug sein. Man lernte schließlich aus zahlreichen, mehr oder weniger guten Filmen, dass falsche Vertrauensseligkeit einem am Ende das Genick brach. Manchmal im wahrsten Sinne des Wortes.

***

Sonja und Maik dümpelten mit ihren Surfbrettern im flachen Wasser herum. Besser gesagt, sie hatten die zwei Surfbretter aneinander gebunden und saßen beiden zusammen auf *einem* Brett. Es sah eigentlich nicht nach Surfunterricht aus, was die beiden da trieben. Sie schienen an den Lippen zusammengewachsen zu sein und hatten nicht bemerkt, dass die Wellen sie gleich auf den Strand spülen würden.

„Essen ist fertig!", brüllte Christian laut in Richtung des menschlichen Treibguts. „Oder reicht es euch von Luft und Liebe zu leben?"

Erschrocken sahen die beiden Ertappten auf Christian und den nahenden Strand, sie hatten sich weit draußen außer Sichtweite geglaubt. Hecktisch begannen sie die Surfbretter auseinander zu fummeln, bevor sie übereinander auf den Strand aufschlugen und vielleicht kaputt gingen.

„Nicht zu fassen. Missbrauchen meine Ausrüstung als Liebeslager. Warum sind wir darauf nicht gekommen?", grinste Christian und gab Jessy einen flüchtigen Kuss auf ihr rechtes Ohrläppchen.

Frank tat so, als hätte er das nicht mitbekommen und begann Kartoffelspalten aus einer Tüte zu naschen.

„Das hab ich gehört. Nur nicht neidisch werden. Vom Wasser aus haben wir gesehen, dass ihr beiden auch bloß mit *einem* Handtuch auskommt", konterte Sonja, während sie mit Maik die sperrigen Segel an Land zerrte.

Demonstrativ schlenderte sie mit Maik Hand in Hand auf das Handtuchlager zu und grinste anzüglich zwischen Jessy und Christian hin und her.

„Jessy hat wieder Post bekommen", warf Frank genervt ein und stopfte sich eine Krokette in den

Mund. Das anzügliche Gerede fiel ihm langsam auf den Wecker.

„Verdammt, sogar hier am Strand. Wie das denn?", fragte Sonja erschrocken und ließ Maiks Hand los. Sie hockte sich neben Jessy und wollte den Zettel sehen. Jessy erzählte noch einmal knapp, wie sie an das Papier gelangt war und gab es dann bereitwillig an ihre Freundin weiter.

Sonja las die unverschämte Botschaft aufmerksam durch und hob dann angewidert den Kopf.

„Da fällt mir eigentlich nichts mehr zu ein. Das ist schon fast Rufmord, ein Fall für die Polizei.

„Ja, hier. Zur Stelle", Maik hob eine Hand und gab sich dienstlich.

„Nicht du, ich meine…äh…ich…", Sonja stockte verlegen.

„Ah, ich verstehe, du meinst die *richtige* Polizei. Ich bin ja nur dein Lover", neckte Maik sie und packte Sonja am Arm. „Deinen nächsten Strafzettel schreibe ich persönlich."

Sonja kicherte, versuchte aber gleich wieder ernst zu werden.

„Nein wirklich. Vielleicht sollten wir das alles der Polizei melden."

„Was soll das bringen? Glaubst du, die machen sich jetzt daran Schriftproben von jedem Urlauber hier zu nehmen? Vergiss es", schnaubte Frank.

„Ich glaube auch nicht, dass das jemanden interessieren wird. Die werden es als Eifersuchtsgeplänkel abtun und sich wieder zurücklehnen", stimmte Maik zu. „Verrückte

Touristen, werden sie denken, zuviel Sonne, zuviel Alkohol. In zwei Wochen sind sie wieder weg."

„Wir können nur wieder warten, ob der Mistkerl sich durch irgendetwas verraten wird. Wir wissen jetzt schon mal, dass er kurze, dunkle Haare hat. Er wird unvorsichtig, das ist gut. Es ist trotzdem wichtig, dass Jessy nirgendwo alleine hingeht", setzte Maik noch hinzu.

Alle nickten.

„So, jetzt ran an den Speck, bevor Frank alles alleine vernichtet", versuchte Maik die Stimmung zu heben und griff sich einen Hamburger mit Käse. Sofort angelten auch die anderen hungrig nach den verheißungsvoll duftenden Tüten. Eins musste man Frank lassen, wenn es um das leibliche Wohl seiner Freunde ging, kannte er keine Grenzen.

***

„Ich bin total satt, ich kann jetzt nicht schon wieder essen", stöhnte Sonja und griff sich an den Magen.

„Geht mir genauso", nickte Jessy, während sie ihre frisch gewaschenen Haare mit dem Handtuch trocken rubbelte.

Das üppige Mahl am Strand lag zwar schon eine geraume Weile zurück, aber da sie alle bis zum Aufbruch immer mal wieder in die langsam leerer werdenden Tüten gegriffen hatten, war es nicht verwunderlich, dass niemand mehr Appetit aufs Abendbrot hatte. Sie beschlossen, es ausfallen zu lassen.

„Was machen wir heute Abend?", fragte Jessy unter ihrem Handtuch.

„Ich fände es besser, wenn wir heute mal wieder im Hotel blieben, das ist vielleicht fürs erste sicherer", schlug Sonja vor.

Jessy hatte nichts dagegen. Um acht Uhr wollte Christian zu ihnen ins Hotel kommen, damit sie gemeinsam etwas unternehmen konnten. Es war ihr egal, ob sie sich nur die heutige Show, eine Miss-Wahl, ansehen würden oder außerhalb des Hotels einen Cocktail tranken. Hauptsache Christian würde bei ihr sein.

„Okay, bleiben wir hier. Stellst du dich denn nachher für die Miss-Wahl zur Verfügung?"

Sonja tippte sich an die Stirn. „Bist du verrückt? Ich mach mich doch nicht zum Clown. Weißt du, was da für peinliche Spielchen auf einen zukommen? Nein danke."

Jessy kam kichernd unter dem Handtuch hervor. „Ja. Hast du schon mal von erzählt, die Mädels mussten Herrensocken sammeln und Kondome aufpusten."

„Genau. Und wenn du Pech hast, darfst du auch noch ein peinliches Lied singen oder versuchen, ohne Hände ein Würstchen zu essen. Das Gegröle vom Publikum kannst du dir sicher vorstellen. Und alle sind im Grunde nur froh, dass nicht sie selber es sind, die sich da oben zum Deppen machen."

„Ich wette, unsere Blondine wäre eine prima Kandidatin für dieses Spektakel, wahrscheinlich würde sie sogar gewinnen", überlegte Jessy.

Sonja dachte daran, wie die Blondine vor zwei Tagen über ihr peinliches Gehuste gelacht hatte und nickte grimmig. „Ja, ich werde der Animation mal einen Tipp geben, dass die Dame unheimlich gerne dabei wäre. Die sind dankbar für jeden freiwilligen Bewerber."

Jessy sah in Sonjas funkelnde Augen und ahnte, dass sie ihre Idee in die Tat umsetzen würde.

Na denn. Jedenfalls würde ihnen heute Abend etwas geboten werden.

acht

Ein Wiedersehen

Genau fünfzehn Minuten nach acht Uhr trafen Sonja und Jessy an der Hotelbar ein, an der sie sich alle verabredet hatten. Jessy hatte Sonja ordentlich Feuer unterm Hintern gemacht, sonst wären sie vermutlich noch später gekommen. Normalerweise hätte sie Sonja in ihrer geliebten Dusche gelassen und wäre schon mal alleine an die Bar gegangen, aber sie durfte ja nicht ohne Begleitung aus dem Zimmer. Also hatte sie ihre Freundin wie ein Feldwebel angetrieben, um nicht so viel von dem Abend mit Christian zu verpassen.

Maik und Frank waren schon da. Sie standen lässig an der Theke und hatten jeder ein großes Bier vor sich stehen. Christian gesellte sich gerade zu ihnen. Er war eben durch die kleine Seitentür, die zum Pool führte, gekommen. Dort hatte er sich einige Minuten mit einem Kellner unterhalten, der heute für den Außenbereich zuständig war.

Für die Miss-Wahl, waren bereits wieder Tische und Stühle vor der Bühne aufgebaut worden. An einigen Tischen saßen sogar schon Gäste, obwohl die Show erst um neun Uhr beginnen sollte.

„Mädels, ihr seht wie immer hinreißend aus", entfuhr es Maik auf seine charmante Art, als er die Zwei erblickte.

Christian schnappte sich Jessys Hand und gab ihr einen galanten Handkuss.

„Ich hab dich vermisst, kleine Meerjungfrau, darf ich dich behalten?", raunte er ihr ins Ohr.

Jessy grinste. Es klang ein wenig kitschig, aber irgendwie gefiel es ihr. Bevor sie antworten konnte, tippte ihr Sonja auf die Schulter.

„Jessy, möchtest du auch etwas trinken?", fragte Sonja während sie den Bar-Kellner
heranwinkte.

„Ja, bestell mir einen Orangensaft", antwortete Jessy bescheiden.

„Was ist denn mit dir los? Keinen exotischen Cocktail? Du lässt nach", bemängelte Sonja stirnrunzelnd Jessys fade Bestellung. „Also ich nehme einen *Sex on the Beach*, klingt vielversprechend. Möchtest du nicht wenigstens einen *Island of Passion*?" Sonjas Augen blitzten und ihr freches Grinsen lies Jessy eine leichte Röte ins Gesicht steigen. Mit einem Seitenblick auf Christian prüfte Jessy schnell, ob er Sonjas Anzüglichkeiten gehört hatte. Wenn ja, dann ließ er sich auf jeden Fall nichts anmerken.

„Also gut. Ich nehme auch einen *Sex on the Beach*, aber hör auf so lüstern zu gucken."

Sonja tat erstaunt. „Was denn, ich guck wie immer."

„Ja genau, du sagst es", seufzte Jessy.

Gut gelaunt bestellte Sonja die Cocktails und für Christian ein Bier.

„Wir sollten uns auch schon einen Tisch suchen", schlug Frank vor. „Langsam wird es immer voller."

Sie warteten noch auf die bestellten Getränke und wählten dann einen Tisch am Rand.

Christian meinte, dass sie von dort den besten Überblick hätten. Nicht für die Show, sondern um eventuell herumlungernde Verehrer ausmachen zu können.

„Ich komme gleich wieder, hab noch was vergessen", flüsterte Sonja ihrer Freundin verschwörerisch durch die üppige Dekoration der Cocktails zu. Dann stand sie wieder auf und verschwand Richtung Bühne.

Jessy ahnte sofort was Sonja vorhatte. Sie konnte sehen, wie Sonja einen Animateur ansprach und ihm etwas erzählte, dabei deutete sie verhalten auf einen Tisch im Publikum. Der Animateur nickte und verschwand dann mit einem Klemmbrett unter dem Arm hinter dem noch geschlossenen Vorhang.

Mit betont unschuldigem Blick kehrte Sonja wieder an den Tisch zurück und setzte sich entspannt in ihren Stuhl. Sie lächelte Maik zu, der sich mit Christian und Frank über Segelboote unterhielt und kurz aufgeschaut hatte. Dann begann sie scheinbar gelangweilt mit dem Strohhalm ihres *Sex on the Beach* zu spielen.

„Sonja."

„Was?" Sonja versuchte harmlos auszusehen.

„Du hast es getan, stimmt's?", hakte Jessy nach.

Sonjas Mundwinkel zuckten verräterisch, während sie noch versuchte ernst zu bleiben.

„Du bist unmöglich", schimpfte Jessy halbherzig.

„Lehn dich zurück und genieß die Show", flüsterte Sonja mit offensichtlicher Vorfreude auf das Kommende.

Fünfzehn Minuten später begrüßte der Animateur, mit dem Sonja gesprochen hatte, die Gäste und hieß sie alle herzlich willkommen zur Miss-Wahl. Es sollten fünf Mädchen teilnehmen, drei standen bereits neben ihm. Die freiwilligen Teilnehmerinnen schienen etwas nervös zu sein, da sie nicht genau wussten, was sie erwartete. Ein redegewandter Animateur hatte die drei Ahnungslosen schon nachmittags am Pool rekrutiert. Sie hatten sich natürlich geschmeichelt gefühlt, nicht ahnend, dass diese Miss-Wahl nicht unbedingt etwas mit Schönheit zu tun hatte, sondern vielmehr mit Unterhaltungswert.

Jetzt versuchte der Animateur auf der Bühne noch zwei mutige Frauen zu finden, eine hatte er bereits ins Auge gefasst. „Ich sehe eine schöne Frau, der unsere kleine Krone sehr gut stehen würde. Die hübsche blonde Lady dort hinten muss einfach hier oben im Rampenlicht stehen. Liebes Publikum, bitte helfen sie mir diese Augenweide auf die Bühne zu bekommen."

Ein kleiner Spot blitzte auf und beleuchtete die verdutzte Blondine. Alle drehten sich zu ihr um und starrten sie abwartend an. Einige begannen zu klatschen und ein anerkennender Pfiff ertönte. Die Blondine fuhr sich geschmeichelt über die großzügig toupierten Locken und ihre dick geschminkten Lippen verzogen sich zu einem einstudierten Schmollmund. Sie hatte den Köder geschluckt. Derart in den Mittelpunkt gerückt hatte sie keine Wahl, sie stand auf und ging graziös auf die Showbühne zu. Jetzt klatschten alle Gäste und es waren wieder Pfiffe zu hören.

„Er hat ziemlich dick aufgetragen, das mit dem Spot war aber echt gut", kommentierte Sonja das Szenario gelassen.

Jessy hatte alles mit offenem Mund verfolgt. „Unglaublich. Ich wäre in Panik davongelaufen", meinte sie fassungslos.

„Ja, du", lachte Sonja amüsiert. „Für unsere Blondine ist Bewunderung wichtiger, als Essen und Trinken. War doch klar, dass sie es sich nicht nehmen lässt, noch mehr davon zu bekommen."

Der Animateur auf der Bühne, hatte die Blonde ausgiebig begrüßt und fand innerhalb kurzer Zeit noch ein Mädchen, das teilnehmen wollte. Die Show konnte beginnen.

Die erste Aufgabe bestand darin, nach der eingespielten Disco-Musik zu tanzen. Wer nach Meinung der Jury die beste Figur dabei machte, erhielt die meisten Punkte.

Die Mädchen gaben alles. Rotierende Hüften und wehende Haare waren im Einklang mit *„Shut up"* von den *Black Eyed Peas*. Doch mitten in den schönsten Verrenkungen wurde die Musik gestoppt und der Animateur mit dem Mikrofon meldete sich wieder zu Wort.

„Meine Damen und Herren, es tut mir leid unsere Ladies unterbrechen zu müssen, aber es ist uns ein kleiner Fehler in der Musikauswahl unterlaufen." Er grinste schelmisch und gab ein Handzeichen an den Tontechniker. Von neuem erklang Musik aus den großen Lautsprechern, die links und rechts neben der Bühne standen. Doch zum Entsetzen der fünf Missen in spe handelte es sich nicht mehr um heiße Rhythmen, die erotischen Ganzkörpereinsatz erforderten.

Die verdutzten Gesichter der fünf Anwärterinnen ernteten dafür aber freudige Begeisterung seitens des Publikums.

Aus den Boxen ertönte laut und fröhlich der *Ententanz*. Es war der alte Sommerhit aus dem Jahr 1981, ein lustiges Lied, zu dem wie eine Ente getanzt wurde. Die Ellenbogen imitierten schlagende Flügel und man musste kräftig mit seinem nach hinten weggestreckten Hinterteil wackeln.

Der moderierende Animateur amüsierte sich bereits köstlich und machte halbherzig vor, wie das ging. Die Zuschauer klatschten und feuerten die Mädchen an, es ihm nachzumachen. Unschlüssig fingen zwei der Mädchen an zu tanzen und begannen mit den Armen zu flattern, als würden sie fliegen wollen. Das Publikum grölte.

Nun wurde auch dem Letzten klar, dass bei dieser Miss-Wahl Schönheit und Anmut zweitrangig waren.

Sonja lächelte zufrieden vor sich hin. Die Blondine wollte Aufmerksamkeit? Die hatte sie jetzt. Vermutlich mehr, als ihr lieb war.

„Ich geh mal auf Klo", murmelte Jessy, während auf der Bühne mit verzweifelter Eile ein Haufen Kondome aufgepustet wurde. Das Mädchen, das zuerst drei Kondome zum Platzen bringen würde, wäre Siegerin dieser Runde.

„Warte, du gehst nicht alleine", hielt Sonja sie zurück.

„Schon gut, das WC ist gleich um die Ecke im Foyer, wer soll mich denn da überfallen", wehrte Jessy ab.

„Na ja, also gut, aber beeil dich", gab Sonja nach. „Wenn du in fünf Minuten nicht zurück bist, dann hole ich dich."

Jessy nickte und bahnte sich einen Weg durch die Tische. Keiner achtete auf sie, alle sahen aufmerksam auf die immer größer werdenden Kondome und warteten auf den ersten Knall.

Als Jessy durch die offene Glastür in den Barbereich schlüpfte, erhob sich eine weitere Person von ihrem Stuhl und ging schnellen Schrittes in die gleiche Richtung.

Jessy betrat das Foyer und bog gleich wieder rechts ab, in einer kleinen Nische befand sich eine Tür zu den Toiletten. Als Jessy das Damenklo betrat schlug ihr ein widerlicher Geruch entgegen. Entsetzt schlug sie sich eine Hand vor Mund und Nase. Ein Blick auf das Waschbecken erklärte den Gestank, es war voll von Erbrochenem. Wie ekelhaft. Das Klo war zwei Schritte entfernt, warum hatte die Person nicht da hineingereihert? Jessy würgte und stolperte rückwärts aus der Tür. Sie brauchte frische Luft. Schnell durchquerte sie die Empfangshalle und ging durch den Haupteingang nach draußen. Jessy hatte den abscheulichen Geruch noch immer in der Nase.

Gierig sog sie die würzige Luft des warmen Sommerabends in ihre Lungen und hatte das Gefühl niemals etwas Angenehmeres gerochen zu haben.

Jemand hinter ihr hüstelte verhalten. Als Jessy sich umdrehte wurden ihre Beine weich.

„Ich muss mit dir reden", begann der mürrisch-picklige junge Mann zögernd und ging noch einen Schritt auf Jessy zu. Jessy hatte wiederum Mühe zu atmen, aber diesmal, weil Panik in ihr hochschlich.

„Vorhin am Strand hat ein kleiner Junge dir…" Weiter kam Alex nicht, Jessy tat einen tiefen Atemzug und holte aus. Ihre zierliche Hand landete klatschend auf seiner linken Wange und hinterließ sofort einen roten Abdruck auf dem weißen Gesicht.

„DU!", schrie sie erbost. „Du warst es also doch! Du kranker Psycho! Lass mich in Ruhe!"

Alex wusste nicht, was er tun sollte, so hatte er sich das Gespräch nicht vorgestellt.

„Lass mich doch erklären…", versuchte er es wieder und griff nach Jessys Arm.

Jessy schlug um sich und versuchte den Jungen wegzustoßen.

Plötzlich wurde Alex von einer großen Hand am Kragen gepackt und von ihr fortgerissen.

Jessy dachte, dass es Christian, Maik oder Frank sein müsse.

„Halt dich fern von ihr oder ich knips dich aus", bellte die Stimme, die zu der großen Hand gehörte.

Als Jessy diese Stimme hörte, wich ihre, sich gerade einstellende Erleichterung, einer erneuten Panik.

Sie kannte diese Stimme nur zu gut. Sie hatte gehofft sie nie mehr hören zu müssen.

„Hallo Engelchen, dich kann man aber auch nicht alleine lassen. Was wollte der Typ von dir?"

Nachdem Alex hastig davongelaufen war, drehte die bekannte Stimme sich zu Jessy um und lächelte sie schief an.

„Tomas", hauchte Jessy mit erstickender Stimme, sie hätte sich am liebsten in Luft aufgelöst.

Wie aufs Stichwort kamen in diesem Moment Sonja, Maik, Frank und Christian aus dem Hotel gestürmt.

Einige Minuten zuvor hatten sie von dem Kellner, mit dem Christian gesprochen hatte, den Hinweis bekommen, dass ein Mann hinter Jessy hergeschlichen war, als sie auf die Toilette wollte. Christian hatte den Kellner zuvor gebeten, auf ungewöhnliche Dinge zu achten. Besonders natürlich, wenn sich jemand an Jessy heranmachen sollte. Pflichtbewusst hatte der Kellner also sofort Meldung gemacht.

Alle Vier waren sogleich aufgestanden und gingen schnell zu den Örtlichkeiten im Foyer. Den Tumult vor der Eingangstür bekamen sie erst gar nicht mit. Nachdem Sonja ebenfalls vor dem Gestank im Damenklo geflüchtet war, standen sie in der Eingangshalle und sahen sich ratlos um. Da kam der Mürrische von draußen hereingerannt. Mit hochrotem Kopf lief er wie gehetzt an ihnen vorbei.

Also eilten sie hinaus, um zu sehen, was dort draußen vor sich ging.

„Was machst du denn hier?", entfuhr es Sonja patzig, als sie Tomas sah. Sie konnte nicht glauben, dass der verhasste Ex von Jessy tatsächlich vor ihr stand. Woher wusste er, welches Hotel sie hatten, was wollte er überhaupt hier?

„Urlaub. Was dagegen?", fragte Tomas spitz und schürzte bockig, wie ein kleines Kind, die Lippen. Dann besann er sich und versuchte ein Lächeln.

„Kein Grund zur Panik. Ich will hier keine Szene machen, wenn du das denkst. Jessy hat mit mir Schluss gemacht, das hab ich kapiert. Ich hätte nur gerne eine Aussprache gehabt, macht man das nicht so? Ich möchte, dass wir Freunde bleiben", meinte er an Jessy gewandt. „Ich will nicht, dass du mich in schlechter Erinnerung behältst, ich hab dich immer noch gern."

Jessy hatte keine Ahnung, wie sie reagieren sollte und fragte stattdessen leise: „Wieso warst du gerade jetzt hier? Ich meine, komischer Zufall, dass du in dem Moment hier auftauchst, wo ich Hilfe brauchte."

„Auch wenn du mir nicht glaubst, es war wirklich der pure Zufall. Ich bin gerade angekommen. Mein Flug ging um sechzehn Uhr ab Hamburg. Als ich in meinem Hotel ankam, hab ich mich nur eben frisch gemacht und bin dann sofort los, um euer Hotel zu suchen, und da bin ich." Tomas grinste überheblich. „Und offenbar keine Minute zu früh, wenn ich das mal bemerken darf", setzte er prahlerisch hinzu.

Maik, Frank und Christian hatten schweigend Tomas´ Erklärungen gelauscht und beschlossen ebenfalls schweigend, dass er ihnen unsympathisch war. Bei Maik und Frank kam der Polizist in ihnen durch, Tomas war ihnen einfach suspekt, seine ganze Art war irgendwie verschlagen.

Christian hatte natürlich ein ungutes Gefühl dem Ex-Freund seiner Freundin gegenüber zu stehen. Er überlegte. War Jessy denn überhaupt seine Freundin? Würde ihre Zuneigung über den Urlaub hinaus bestehen bleiben? Schon komisch, sie kannten sich erst seit wenigen Tagen und trotzdem erschien ihm der Gedanke, Jessy wieder zu verlieren, unerträglich. Er hätte sie gern schützend in den Arm genommen, sie wirkte so verängstigt. Instinktiv spürte Christian aber, dass das wohl keine gute Idee gewesen wäre, also überließ er es Sonja Jessy zur Seite zu stehen.

„Ich denke, wir hatten alle genug Aufregung für heute. Tomas, vielleicht ist es besser, wenn ihr eure Aussprache auf Morgen verschieben würdet", schlug Sonja ruhig, aber bestimmt vor. Sie wusste nur allzu gut, wie unangenehm Tomas werden konnte, wenn er das Gefühl hatte bevormundet zu werden. Sie glaubte auch nicht an eine stressfreie Aussprache zwischen ihm und Jessy. Ein Choleriker wie Tomas, wird nicht plötzlich zum sanften Lämmchen. Sie wollte diese merkwürdige, nächtliche Zusammenkunft vor dem Hotel möglichst schnell beenden, bevor die angespannte Stimmung doch noch umschlug.

„Kein Problem. Ich bin auch noch ziemlich erledigt von dem Flug", stimmte Tomas betont verständnisvoll zu.

Er wünschte allen brav eine gute Nacht, sagte, dass er morgen so gegen halb elf wiederkommen würde und machte sich pfeifend davon. Fünf Augenpaare starrten ihm schweigend hinterher.

„Ich hätte bitte gerne ein Glas Wasser", flüsterte Jessy mit dünner Stimme in die Stille, dann

kippte sie einfach um.

neun

Hass und Liebe

Blaue, besorgt dreinblickende Augen schwebten über Jessys Gesicht, als sie wieder zu sich kam.

„Geht's wieder?", fragte Christian besorgt. Er hatte Jessy sofort auf ihr Zimmer gebracht und sie auf das Bett gelegt. Sonja stand neben ihm und hielt einen nassen Waschlappen in der Hand, den sie eben auf Jessys Stirn hatte legen wollen.

„Was ist denn passiert?", fragte Jessy matt und sah sich verwirrt um.

„Ich schätze mal, zuviel Aufregung", vermutete Christian. Erst der Ärger am Strand, dann die Belästigung durch diesen Jungen und zu guter Letzt taucht dein Ex-Freund auf. Ich hab gesehen, wie sehr dich das erschreckt hat, du warst ganz weiß im Gesicht."

Jessys Augen füllten sich wieder mit Tränen. Es war wirklich ein schrecklicher Tag gewesen. Sobald sie versuchte glücklich zu sein und allen Ärger zu vergessen, geschah eine neue Katastrophe. Nicht genug, dass sie einen Stalker am Hals hatte, jetzt trieb sich auch noch Tomas hier herum. Der war niemals nur hier, um sich ein letztes Mal auszusprechen, da hätte er auch noch eine Woche warten können. Jessy traute ihm nicht. Und sie hasste ihn dafür, dass er dazu beitrug ihren Urlaub komplett zu ruinieren.

Sie sah Christian an und seufzte. Es hätten so schöne Tage werden können. Sonne, Strand, Surfen, Cocktails am Pool und zärtliche Küsse im Sonnenuntergang. Verdammt, und nun lag sie hier, wie ein bedauernswertes Häufchen Elend.

Es klopfte. Sonja öffnete die Tür und ließ Maik und Frank herein, die einen großen Krug kaltes Wasser für Jessy besorgt hatten.

„Hey, du siehst schon wieder viel besser aus, Gott sei Dank. Du hast uns einen ganz schönen Schrecken eingejagt." Frank goss schnell ein Glas Wasser ein und reichte es Jessy.

Dankbar griff sie danach und leerte es in drei großen Schlucken. Kühl und erfrischend befeuchtete das köstliche Nass ihre trockene Kehle.

Christian nahm ihr das leere Glas ab und stellte es auf den Nachtisch, Frank füllte direkt nach.

„Danke, jetzt geht es mir besser. Es war wirklich ein Schock für mich, als Tomas vor mir stand, noch schlimmer, als die Konfrontation mit dem Mürrischen." Jessy setzte sich im Bett auf und erzählte erstmal, was überhaupt passiert war. Die anderen waren ja erst hinzugekommen, als Tomas bereits auf der Bildfläche erschienen war. Sonja pfiff anerkennend durch die Zähne, als Jessy berichtete, wie sie dem Mürrischen eine geklatscht hatte. Auch die Jungs nickten beifällig.

„Ich hoffe, dass ihm das eine Lehre war, so schnell wird er dich nicht wieder belästigen", meinte Sonja überzeugt.

„Wenn er überhaupt der Täter ist", warf Maik grübelnd ein. Auf seiner Stirn hatte sich eine steile Falte gebildet, die immer dann auftauchte, wenn er scharf nachdachte.

Sonja sah ihn irritiert an. „Was? Er hat den Brief am Strand erwähnt, wer sollte sonst davon wissen? Er war es!"

„Mir sind in meinem Beruf schon einige merkwürdige Dinge untergekommen. Ich habe daraus gelernt, nicht immer nur das Offensichtliche zu sehen, manchmal ist alles ganz anders, als man denkt", erwiderte Maik ruhig.

Sonja verdrehte die Augen. „Alles klar, Herr Kommissar", sagte sie und grinste. „Dann leg dich mal auf die Lauer. Mein intuitiver sechster Sinn sagt mir, dass unser Verehrer vom Verehren gründlich die Nase voll hat. Viel wichtiger ist jetzt, dass wir Tomas wieder loswerden. Ich bin mit Jessy in den Urlaub geflogen, damit sie sich von dem Spinner erholt, nicht damit er ihr hier auf die Nerven geht. Wir können nur hoffen, dass er sich wirklich bloß aussprechen will, und dann auf nimmer Wiedersehen verschwindet.

Christian stand von Jessys Bett auf und begann, mit auf dem Rücken verschränkten Armen, im Zimmer auf und ab zu laufen. „Ich finde, wir machen folgendes", überlegte er laut. „Jessy trifft sich morgen mit diesem Tomas. Am besten hier im

Hotel. Ich bleibe dabei in der Nähe, falls die Aussprache eskalieren sollte."

Jessy lächelte und sah Christian dankbar an.

„Frag ihn, woher er wusste, dass wir hier sind", warf Sonja ein. „Außer meinen und Jessys Eltern haben wir niemandem erzählt in welchem Hotel wir sind. Und meine Eltern sind selber gerade im Urlaub."

Jessy nickte nur.

„Sonja, du versucht diesen pickeligen Bengel auszuquetschen", fuhr Christian fort.

„Was! Wieso das denn? Mit dem will ich nicht sprechen. Und warum ausgerechnet ich?", rief Sonja empört aus.

„Wir müssen unbedingt wissen, ob der Junge hinter den ominösen Botschaften steckt oder nicht", erklärte Christian geduldig. „Es hat keinen Zweck, wenn wir uns in Verdächtigungen hineinsteigern, die eventuell nicht stimmen. So werden wir den wahren Schuldigen nie erkennen."

Maik nickte zustimmend. Er war froh, dass auch Christian dieser Ansicht war. Da Sonja ihn wegen seiner Meinung offenbar nur aufzog, war es gut, Verstärkung zu haben.

„Und du Sonja, hast die Ehre, weil du die Verführung in Person bist. Wenn einer von uns Männern auf ihn zugeht, wird er sofort die Flucht ergreifen", begründete Christian seine Idee. „Außerdem bist du Jessys Freundin. Vielleicht erhofft er sich durch ein Gespräch mit dir, doch noch an Jessy heranzukommen."

„Maik und Frank werden wiederum dieses Gespräch aus dem Hintergrund im Auge behalten. Zum einen, damit Sonja nichts passiert. Zum anderen, damit sie sich mit ihrem kriminalistischen Gespür einen Eindruck verschaffen können, wie der Junge auf Sonja reagiert", schloss Christian seinen Vortrag.

„Hört sich ganz gut an", meinte Frank.

„Ja, könnte von mir stammen", grinste Maik. „An Christian ist ein echt guter Kriminologe verlorengegangen."

Sonja zog eine Schnute. „Na gut, ich mach´s. Für Jessy."

Zufrieden setzte sich Christian wieder auf Jessys Bett.

„Alles wird gut. Jetzt räumen wir auf", sagte er unternehmungslustig und gab ihr einen Kuss.

***

Am nächsten Morgen saß Alex mies gelaunt beim Frühstück. Er hatte wieder eine Schale Müsli vor sich und starrte verdrießlich hinein.

„Schätzchen, du hast doch was. Du isst ja gar nichts. Hast du Kummer?", forschte seine Mutter mit besorgtem Blick.

Am liebsten hätte Alex sie angefaucht, sie solle ihn einfach in Ruhe lassen. Aber er wusste, dass seine

Mutter es nur gut meinte, außerdem hätte sie dann erst recht nachgefragt, was ihn bedrückte.

Also schüttelte er nur den Kopf und stopfte sich einen Löffel Müsli in den Mund.

Es war einfach alles schiefgelaufen. Er hatte doch nur reden wollen. Aber sie hatte ihn weggestoßen? Er war gar nicht zu Wort gekommen. Und jetzt? Sollte er es noch mal versuchen?

Alex fischte eine Rosine aus dem Müsli und legte sie auf seine Serviette, er hasste Rosinen. Ihr verschrumpeltes Aussehen ließ ihn an Schrumpfköpfe denken, die er mal in einer Dokumentation im Fernsehen gesehen hatte.

Katja hatte ihn deswegen immer aufgezogen. Katja. Alex´ Magen krampfte sich zusammen und das Müsli in seinem Mund verursachte ihm Würgereiz. Krampfhaft schluckte er an den trockenen Flocken und spülte den Rest schnell mit einem Schluck Kakao hinunter.

Sein Vater warf ihm einen fragenden Blick zu, als er seine Tasse klirrend wieder abgestellte.

Alex wich seinem Blick aus und beschäftigte sich wieder mit dem Müsli. Er tat so, als suche er nach weiteren Rosinen. Er fand eine, und legte sie neben die erste auf die Serviette.

Er musste es nochmal versuchen, beschloss Alex. Das gestrige Desaster hatte ihm gezeigt, dass er Recht hatte. Das war seine Chance es diesmal besser zu machen. Er würde nicht wieder versagen, wie damals bei Katja.

In Gedanken versunken drückte Alex beide Rosinen auf der Serviette mit seinem Löffel platt. Ein hässlicher Fleck aus bräunlichem Matsch verunzierte den blütenweißen Stoff. Alex betrachtete die zerdrückten *Schrumpfköpfe* und ein leichtes Lächeln huschte über sein Gesicht.

***

Christian hatte versprochen um spätestens zehn Uhr im Hotel zu sein. Jessy hielt schon ungeduldig Ausschau nach ihm. Sie hatten beschlossen, dass Christian sich, mit einer Zeitung getarnt, in die hinterste Sitzecke verzog, während sie mit Tomas vorne neben der Tür zum Pool Platz nehmen wollte. Hier herrschte viel Durchgangsverkehr, es war eher unwahrscheinlich, dass Tomas dort eine Szene wagen würde.

Der heimliche Spion hinter der Zeitung kam Jessy ein bisschen albern und abgegriffen vor, wie in einem schlechten Agenten-Film. Aber ihnen viel nichts Besseres ein, wie Christian unentdeckt in der Nähe bleiben konnte.

Außerdem war Tomas sicher so auf Jessy fixiert, dass er sich wahrscheinlich nicht für die anderen Gäste in der Bar interessieren würde.

Gott sei Dank, da war er. Christian betrat das Hotel und sah sich suchend nach Jessy um. Unter dem Arm trug er eine zusammengefaltete Zeitung, seine Tarnung. Jessy erhob sich leicht von ihrem Stuhl und winkte ihm zu.

„Guten Morgen, mein Schatz", begrüßte er Jessy und küsste sie sanft. „Geht es dir gut? Bist du bereit?"

„Na ja, ich könnte mir was Besseres vorstellen. Eigentlich weiß ich gar nicht, wozu das gut sein soll. Tomas wird mich nur wieder überzeugen wollen, dass er der Richtige für mich ist, er verliert nicht gerne", prophezeite Jessy lustlos.

„Kann sein. Aber du musst ihm die Chance geben. Vielleicht werden wir ihn dann los. Einen wütenden Ex-Freund können wir nicht auch noch brauchen."

„Ich weiß", stöhnte Jessy. Sie fühlte sich schuldig, weil sie Christian in so einen Schlamassel hineinzog. Auch wenn er sagte, es würde ihm nichts ausmachen. Es war einfach kein guter Start für eine Beziehung.

Innerlich schüttelte Jessy über sich selber den Kopf. Wieso Beziehung? In einer Woche flog sie wieder nach Hause, dann war sowieso alles vorbei. Wozu also der Ärger?

Und doch hoffte ein kleiner Teil ihres Verstandes, dass sie sich irrte, und dass sie mit Christian glücklich werden konnte. Noch nie hatte sie so ein starkes Gefühl empfunden, den Richtigen gefunden zu haben, wie bei ihm. Es war nicht wichtig, dass sie sich nicht mal eine Woche kannten. Sie schienen einfach auf einer Wellenlänge zu liegen. Wie eine Art Seelenverwandtschaft. Jessy hatte nie an die Liebe auf den ersten Blick geglaubt. Seit sie Christian das erste Mal in die Augen gesehen hatte, sah sie die Sache etwas anders.

Wenn sie die Angelegenheit mit Tomas schnell erledigt bekam, würde sie mit Christian vielleicht endlich mal einen romantischen Abend zu zweit verbringen können. Bei der Vorstellung bekam sie Gänsehaut, und ein wohliger Schauer lief ihr über den Rücken.

„Ich setze mich jetzt da hinten in die Ecke und spiele Sherlock Holmes", riss Christian sie aus ihren Träumereien. „Viel Glück. Du schaffst das. Für uns", sagte er liebevoll zu Jessy und sah sie zärtlich an. Dann schlenderte er zu der entferntest gelegenen Sitzgruppe und macht es sich dort bequem. Bereit, jederzeit die Zeitung vor sein Gesicht zu ziehen, wenn Tomas hereinkommen würde.

Für uns. Jessy hatte das Gefühl von hundert Schmetterlingen im Bauch. Wenn Christian genauso fühlte wie sie, musste es irgendwie möglich sein eine Lösung zu finden. Vielleicht könnte sie einfach hier auf Mallorca bleiben. Aber sie musste ihr Studium noch beenden. Oder Christian kam wieder zurück nach Deutschland. Man könnte auch…

„Träumst du? Ich hoffe von mir."

Jessy schreckte auf. Tomas stand vor ihr. In der rechten Hand hielt er einen kleinen Strauß roter Rosen, in der Anderen ein Fotoalbum.

„Äh… hallo, ja ich war wohl…etwas in Gedanken", stammelte Jessy. Ihre Schmetterlinge hatten aufgehört zu flattern und wurden durch einen dicken Stein ersetzt, der sich in ihrem Magen breit machte.

Tomas setzte sich Jessy gegenüber und überreichte ihr ungeschickt den Blumenstrauß.

„Die schönsten Blumen, für die schönste Frau", sagte er blöd, und hielt sich dabei offenbar wie der Gentleman vom Dienst. Dann schnipste er mit den Fingern nach dem Kellner und verlangte eine Vase für die Blumen. Bei der Gelegenheit bestellte er noch großspurig *zwei Gläser Rotwein, aber den Besten.* Jessy wäre am liebsten im Erdboden versunken, als der Kellner mit spöttischer Miene sagte: „Jawohl *Señor*, sofort *Señor.*

Es schien tatsächlich so, als wollte Tomas sie beeindrucken. Ganz davon abgesehen, dass er mit dieser kläglichen Vorstellung eher das Gegenteil erreichte, war Jessy ziemlich unbehaglich zumute. Wenn er wirklich nur eine Aussprache wollte, warum machte er jetzt hier einen auf Platzhirsch? Jessy ahnte, dass sie Tomas nicht so bald los sein würde.

„Tja, da sitzen wir nun", begann Tomas das Gespräch dämlich. Er versuchte lässig zu wirken, aber seine wippenden Beine unter dem Tisch verrieten, wie aufgeregt er war.

Jessy wollte das Gespräch möglichst schnell hinter sich bringen und half Tomas auf die Sprünge. „Ja, also es tut mir leid, dass ich nur am Telefon mit dir Schluss gemacht habe. Das gehört sich eigentlich nicht. Es ist nur so, dass du dich immer so aufregst, ich wollte nicht ewig mit dir streiten. Ich hatte Angst, dass die Situation eskalieren würde."

„Eska... was? Was´n das wieder für´n Fremdwort", fragte Tomas gereizt. Dann sagte er beherrscht: „Du hattest doch nicht etwa Angst vor mir? Ich würde dir doch nie etwas tun. Engelchen, wir hätten doch darüber reden können. Ich war wirklich sehr traurig, dass du mich verlassen hast. Ich hatte gehofft mein ganzes Leben mit dir zu verbringen. Wir waren doch glücklich zusammen. Es war ein ungeheurer Schock für mich zu erfahren, dass du mich nicht mehr liebst. Aber wenn du meinst, dass es besser so ist, dann muss ich das wohl akzeptieren. Ich würde es schön finden, wenn wir trotzdem Freunde bleiben könnten."

Jessy konnte nicht glauben was sie da hörte. Am liebsten hätte sie seine Worte zurückgespult, um sie noch einmal zu hören. Es war, als hätte Tomas etwas heruntergeleiert, das er auswendig gelernt hatte. Zu gerne hätte sie ihn gefragt, welcher von seinen Kumpels gesagt hatte, dass Tomas das sagen solle.

Sie holte tief Luft.

„Ja, wie gesagt, es tut mir leid. Wenn etwas Zeit vergangen ist, können wir vielleicht auch Freunde sein, aber im Moment halte ich es für besser, wenn wir Abstand voneinander gewinnen. Es ist viel passiert und ich muss mich um mein Studium kümmern." Jessy beobachtete Tomas ganz genau, während sie das sagte. Sie rechnete jeder Zeit damit, dass er wütend wurde und ausrastete. Seine Augen wurden vor einem Wutausbruch immer ganz glasig und sein Mund zog sich zu einem dünnen Strich zusammen. Doch beides trat nicht ein. Tomas nippte langsam an seinem Glas Wein, das der Kellner inzwischen gebracht hatte, und betrachtete Jessy nachdenklich.

„Ich werde dich nicht belästigen", sagte er zögernd. „Ich bin aber für dich da, wenn du Hilfe brauchst. Was war das für ein Typ, gestern? Was wollte der von dir?"

Oh nein, dachte Jessy, jetzt kommt die Samariter-Masche.

„Ist schon in Ordnung", beeilte sie sich zu sagen. „der wird mir nichts mehr tun."

„Wieso, nichts mehr. Was hat er dir denn getan?", wollte Tomas aufhorchend wissen und beugte sich vor.

Jessy ärgerte sich, dass sie es nicht anders formuliert hatte. Sie hatte keine Lust, Tomas die Sache mit dem geheimen Verehrer zu erzählen. Er würde nur sofort zu diesem Jungen rennen und sich eine Anzeige wegen Körperverletzung einhandeln. Falls der Mürrische tatsächlich nicht der Gesuchte war, wollte Jessy nicht für seinen Krankenhausaufenthalt verantwortlich sein.

„Stellt er dir nach?", forschte Tomas mit zusammengekniffenen Augen.

„Tomas. Danke, dass du mir helfen willst, aber ich komme bestens zurecht", versuchte Jessy das Thema zu beenden. Sie rutschte auf ihrem Stuhl hin und her und fühlte sich immer unbehaglicher. Sie ahnte, dass Tomas gerade seine Chance witterte, ihr heldenhaft zu beweisen, dass er für sie einen anderen zu Mus hauen würde.

„Ha, glaubst du etwa einer von den Pappnasen, mit denen du da rumhängst, würde dich so beschützen können wie ich?" Tomas Augen wurden glasig.

Jessy sagte nichts und hatte den Wunsch sich nach Christian umzudrehen.

„Sag bloß, du bist mit einem von den Losern zusammen, das kann ja wohl nicht wahr sein."

Tomas Mund wurde schmal.

Jessy schämte sich entsetzlich, für das was sie jetzt sagte, aber es war die beste Lösung eine völlig sinnlose Szene zu vermeiden.

„Nein, bin ich nicht. Ich habe derzeit kein Interesse an einer Beziehung, oder Ähnliches. Ich möchte hier einfach nur entspannt Urlaub machen."

Tomas´ Mund entspannte sich.

Er lehnte sich wieder zurück und lachte künstlich. Er hatte gemerkt, dass er laut geworden war. „Kann mir ja auch eigentlich egal sein. Wir sind schließlich nicht mehr zusammen. Ich will mich nicht einmischen. Du kannst ausgehen mit wem du willst", lenkte Tomas betont gleichgültig ein.

Jessy fragte sich was passiert wäre, hätte sie zugegeben, zarte Bande mit Christian zu knüpfen.

„Okay Engelchen, ich will dich nicht weiter aufhalten. Wie gesagt, ich dränge dich nicht zu mir zurückzukommen. Wenn du deine Freiheit brauchst, bitte. Aber such dir nicht gleich einen Neuen. Denk auch an die schönen Zeiten, die wir zusammen hatten." Tomas überreichte Jessy das Fotoalbum, das er mitgebracht hatte.

„Ich habe hier ein paar Fotos aus unserer gemeinsamen Zeit mitgebracht. Sieh sie dir in Ruhe an und überleg einfach, ob du die richtige Entscheidung getroffen hast. Wenn du dabei bleibst, werde ich dich natürlich in Ruhe lassen."

Er stand auf und ging an die Bar um den Wein zu bezahlen, dann kam er wieder zu Jessy an den Tisch und strich ihr leicht über den Rücken. Dabei murmelte er eine Verabschiedung, hob noch einmal grüßend seine rechte Hand und verließ endlich das Hotel.

Jessy blieb sitzen. Sie starrte auf das Album und hätte es am liebsten in den Müll geworfen. Scheiß auf gute Zeiten, dachte sie. Gäbe es ein Fotoalbum von den schlechten Zeiten, wäre es zehn Mal so dick.

In Gedanken ging sie das Gespräch mit Tomas noch einmal durch. Sie wusste einfach nicht, was sie davon halten sollte. Einerseits hatte Tomas immer wieder betont, dass er ihr nicht nachlaufen werde. Andererseits war er fast wieder auf hundertachtzig, als er einen anderen Mann an ihrer Seite vermutete. Und dieses merkwürdige Gefasel manchmal, als ob er einen Text auswendig gelernt hatte. Teilweise war ihr alles so unecht vorgekommen. Das einzige, was hundert Prozent echt Tomas gewesen war, waren die glasigen Augen und der bevorstehende Wutausbruch.

Christian hatte seine Bewacherposition verlassen und war zu Jessys Tisch gekommen. Er setzte sich auf den Stuhl, auf dem vor wenigen Minuten noch Tomas gesessen hatte.

„Es ist vorbei. Du hast das gut gemacht. Einmal wollte ich mich schon einmischen, ich dachte, er würde gleich auf dich losgehen."

„Hmm", machte Jessy verlegen. „Ich hab ihn angelogen, dann hat er sich wieder beruhigt." Sie erzählte Christian wie das Gespräch abgelaufen war. Berichtete ausführlich von Tomas gestelztem Vortrag, seinen Stimmungsschwankungen, dem drohenden Ausraster und den Appell an sie, sich keinen Neuen zu suchen.

Christian schien es Jessy nicht krumm zu nehmen, dass sie ihre Liebelei mit ihm verleugnet hatte.

„Das war schon besser so", stimmte Christian zu, „es geht Tomas nichts an, außerdem wäre er vermutlich tatsächlich aus der Haut gefahren." Christian deutete auf das Fotoalbum, das stiefmütterlich am Rand des Tisches lag. „Er scheint dich noch zu lieben. Er will dich zurück."

Jessy gab nur ein geringschätziges Schnauben von sich und schob das Album noch weiter von sich fort.

„Er hat gesagt, er wird mich in Ruhe lassen", betonte sie hartnäckig.

„Vielleicht wird er dich in Ruhe lassen, vielleicht auch nicht. Aber er hofft mit Sicherheit auf deine reumütige Rückkehr."

„Ja, aber nicht, weil er mich liebt, sondern weil er es nicht ertragen kann verlassen zu werden", gab Jessy unversöhnlich zurück.

„Wir werden sehen. Hauptsache, du hast wirklich kein Interesse mehr an ihm."

Jessy sah Christian überrascht an. Sein letzter Satz hatte mehr wie eine Frage geklungen.

„Du denkst, ich habe noch Gefühle für diesen Neandertaler?", fragte Jessy ungläubig. „Ich kann ihn nicht ausstehen, ich bekomme Herpes, wenn ich ihn nur ansehe. Er hat mir die letzten Wochen so viel von seinem primitiven Wesen offenbart, dass ich mich schäme ihn mal geliebt zu haben. Ich will Tomas nicht mehr. Ich will auch keinen anderen. Ich will dich."

Jessys glühende Rede brach abrupt ab. Jetzt war es raus. Sie hatte alles gesagt.

„Na, wenn das so ist", lachte Christian und stand auf. Er zog Jessy von ihrem Stuhl, drückte sie fest an sich und verschloss ihre Lippen mit Seinen. Der Kuss wollte gar nicht enden. Jessys Schmetterlinge fingen wieder aufgeregt zu flattern an und kamen erst zur Ruhe, als Christian sich endlich von ihr löste.

„Ich will dich auch, am liebsten für immer. Uns fällt schon was ein. Wenn wir deinen Fanclub ausradiert haben, nehmen wir uns das Mallorca-Hamburg-Problem vor." Christian klang sehr zuversichtlich. Jessy freute sich, dass er offenbar die gleichen intensiven Gefühle für sie hegte, wie sie für ihn.

Jessy dachte kurz nach. Sonja hatte ja beschlossen, den Mürrischen, so lange es ging, zu verfolgen und zu beobachten. Vielleicht konnten sie ihn bei irgendetwas erwischen, das darauf hindeutete, dass er der gesuchte Psychopath war. Gleich nach dem Frühstück, hatte sie sich mit Maik und Frank daran gemacht den Kerl zu beschatten. Da er das Hotel ohne seine Eltern verließ, hatten die drei Detektive sofort die Verfolgung aufgenommen. Es würde also noch dauern, bis sie wieder hier auftauchten.

„Komm mit", forderte Jessy Christian auf. Sie nahm seine Hand und zog ihn Richtung Fahrstuhl.

„Wohin denn?"

„Dahin, wo uns keiner beobachten kann. Wo keiner zusieht, wenn wir uns küssen. Wo wir von niemandem unterbrochen werden, wenn es am schönsten ist. Ich will dich endlich mal für mich allein", flüsterte Jessy und schmiegte sich dabei eng an Christian.

Als sie in den Fahrstuhl stiegen waren Jessys Schmetterlinge bereits wieder auf Hochtouren. Ihr Verlangen nach ihm schien sie zu überwältigen. Die anfangs zärtlichen Küsse wurden immer wilder. Wie in Trance taumelten sie eng umschlungen aus dem Fahrstuhl, als sich die Türen wieder öffneten. Mit dem letzten Rest von Selbstbeherrschung fummelte Jessy ihre Zimmerkarte aus der Hosentasche und öffnete die Tür. Das Zimmermädchen war bereits da gewesen. Das Bett war frisch bezogen und die zugezogenen Vorhänge hüllten den Raum in ein schmeichelndes Licht.

Bevor sie die Zimmertür hinter sich schlossen, angelte Christian geistesgegenwärtig nach dem „Bitte nicht stören"-Schild, und hängte es draußen an die Türklinke.

Noch während die Tür ins Schloss fiel, zerrte Jessy Christian das T-Shirt vom Körper. Bebend vor Erregung warfen sie sich auf die frischen Laken, hatten nur den Gedanken sich so nah wie möglich zu sein. Jessy gab sich endgültig der Leidenschaft hin. Wie betäubt, von Christians fordernden Küssen und streichelnden Händen, vergaß sie alles, was ihr Kummer bereitete. Es existierte nur das Hier und Jetzt. So sehnsüchtig, wie sie auf diesen Moment gewartet hatte, so sehr genoss sie ihn jetzt. Nie hätte sie gedacht, dass sie sich jemals einem Mann so hingeben könnte. So ein Verlangen, so eine Begierde, so eine Lust.

Sie wollte jede Minute, jede Sekunde davon, in sich aufsaugen und für immer festhalten.

Jessy hatte sich an Christian gekuschelt und ihren Kopf auf seine nackte Brust gelegt. Sie lauschte dem rhythmischen Pochen seines Herzens und genoss schläfrig seine warme Nähe.

Christians Hand fuhr sanft über ihren Rücken, glitt den Nacken hoch und verschwand dann in Jessys seidigen Haaren.

„So muss sich James Bond fühlen. Erst überwacht er den Bösewicht, dann bekommt er die schöne

Frau", grinste Christian. Dafür handelte er sich einen leichten Knuff in die Rippen ein.

„Dann wollen wir mal hoffen, dass es für dich nicht bondmäßig weitergeht. Er hatte pro Film meistens zwei verschiedene Frauen", erinnerte Jessy ihn mahnend.

„Keine Sorge, ich bin ein moderner monogamer James Bond. Ich bin für die Ehe und ein Haufen Kinder, mindestens vier."

„Na, wie schön. Über die Anzahl der Kinder müssen wir allerdings nochmal reden", meinte Jessy grinsend. Sie wollte gerade zu einem fordernden Kuss ansetzen, als es an der Tür klopfte.

„Wenn ich nicht so gut erzogen wäre, würde mich dieses Schild an der Tür total kaltlassen.

Ihr habt genau zwei Minuten zum Anziehen, dann benutze ich meine Zimmerkarte", grölte Sonja laut. Dann hörte man unterdrücktes Lachen von Maik und Frank.

„Tja, so ist es in den Bond-Filmen auch jedes Mal. Immer kommt einer und stört", grinste Christian und zog sich sein T-Shirt über.

Ungewohnt respektvoll hatte Sonja nach zwei Minuten nicht das Zimmer gestürmt. Sie vereinbarten durch die Tür, sich in einer viertel Stunde unten an der Bar zu treffen.

Als Christian und Jessy Hand in Hand dort eintrafen, blickten sie in drei neugierige, frech funkelnde Augenpaare. Jessy lief wieder rot an und grinste verlegen.

„Na ja, wenigstens hast du den Anstand rot zu werden", meinte Sonja zufrieden. „Während wir über die ganze Insel hetzen, um einem Verdächtigen auf die Schliche zu kommen, macht ihr hier ein gemütliches Mittagsschläfchen." Sie zwinkerte. „Ich hoffe es hat sich gelohnt."

Christian und Jessy mussten noch ein paar weitere anzügliche Bemerkungen über sich ergehen lassen, bevor sie berichten konnten, wie das Treffen mit Tomas abgelaufen war.

Sonja lachte erbost auf, als Jessy Tomas´ vermutlich auswendig gelernte Rede wiedergab.

„Aus welchem Film hat er das denn geklaut? Aber Respekt, dass er sich diese vielen Sätze überhaupt merken konnte. Ist sicher nicht leicht mit nur zwei Gehirnzellen", kommentierte sie böse.

Maik hatte wieder seine Denkerfalte auf der Stirn, als er an Jessy gewandt fragte: „Was hattest du für ein Gefühl? In welchem Moment war Tomas ehrlich zu dir, wann hat er nur eine Rolle gespielt?"

„Ich weiß es nicht genau. Der Wutausbruch war echt. Die Eifersucht, wenn ein anderer Mann ins Spiel kommt. Wenn er versucht hat ruhig zu bleiben, wirkte er ziemlich angestrengt." Jessy konnte nichts weiter sagen. So eine blöde *letzte Aussprache* war immer eine andere Situation. Angespannte Stimmung, Wut, Angst, Traurigkeit, Enttäuschung. So viele Gefühle, die hochkommen oder zu unterdrücken versucht werden. Sie zuckte hilflos die Achseln und schüttelte den Kopf.

„Wir können also nur hoffen, dass er sich mit diesem Gespräch zufrieden gibt. Dass er gesagt hat, was er sagen wollte und dich nun in Ruhe lässt", seufzte Maik unzufrieden.

Jessy nickte.

„Von wem wusste Tomas denn nun, dass wir hier sind?", fragte Sonja neugierig.

„Oh nein. Ich hab ganz vergessen danach zu fragen", sagte Jessy zerknirscht.

„Nicht so schlimm", winkte Sonja ab. „Das kriegen wir schon noch raus."

„Was war denn nun bei euch? Habt ihr unseren Psycho im Auge behalten können?", wollte Christian wissen.

„Es war der totale Reinfall", stöhnte Sonja genervt. „Wir sind also hinter ihm her. Der Typ geht zur nächsten Bushaltestelle und wartet. Gott sei Dank hatten wir ja für den Notfall die Schlüssel von Christians Auto. Maik ist schnell zurück zum Hotel gelaufen und hat das Auto geholt. Wir haben es gerade noch geschafft einzusteigen, da kam schon der Bus. Bis Alcudia sind wir hinterhergetuckert. Bei jeder Haltestelle mussten wir anhalten, falls der Pickelige aussteigt. Na ja, in Alcudia ist er dann auch ausgestiegen. Frank und ich sind gleich hinter ihm her, während Maik einen Parkplatz gesucht hat. Den hat er, glaube ich, nach einer viertel Stunde auch gefunden. Es war nämlich Markttag. Und zu diesem Markt wollte unsere Zielperson auch hin. Wir sind ihm durch das Gewühle gefolgt, haben gesehen, wie er eine Tüte Fettgebäck kauft, sich billige Gürtel ansieht, eine hässliche Sonnenbrille anprobiert und sich schließlich an einem Mützenstand ein olivgrünes Cappy für zehn Euro gönnt. Danach ist er zu den Sonnenbrillen zurück und hat sich das hässliche Ding auch noch gekauft.

Irgendwann setzte er sich an den letzten freien Tisch in ein Café am Marktplatz und bestellte sich eine Cola. Er saß vielleicht gerade zehn Minuten, da fand uns Maik, dem wir über Handy erklärt hatten, wo wir gerade waren. Ich schwöre, dass wir den Kerl nur ganz kurz aus den Augen gelassen hatten. Als wir wieder zu seinem Tisch sahen, war er weg. Zuerst dachten wir, er sei vielleicht auf´s Klo gegangen, aber er kam nicht wieder."

„Ihr habt ihn verloren?", fragt Jessy ungläubig.

Sonja nickte zerknirscht.

„Ihr seid mir ja tolle Detektive", unkte Christian. „Und das, obwohl zwei Männer vom Fach dabei waren."

Jetzt war es an Maik und Frank rot zu werden.

„Ach, wahrscheinlich wäre eh nichts passiert", versuchte Jessy zu beruhigen. „Der Junge wollte sich anscheinend wirklich nur den Markt ansehen. Du kannst ihn dir auch hier im Hotel schnappen", meinte sie an Sonja gewandt.

„Ja, ist wohl einfacher. Noch mal renne ich nicht durch die sengende Sonne. Ich versuche es gleich heute Abend nach dem Essen."

***

Daraus wurde nichts. Alex tauchte den ganzen Abend nicht auf. Beim abendlichen Buffet saßen seine Eltern alleine an einem Tisch am Fenster. Sie schienen auch nicht auf ihn zu warten. Nachdem sie in aller Gemütlichkeit ihren Nachtisch verspeist und zwei Gläser Rotwein geleert hatten, verließen sie Hand in Hand, wie zwei Teenager, den Saal. Man sah ihnen geradezu die Vorfreude auf einen netten Abend zu zweit an. Ihr Sohn schien sich für den ganzen Abend abgemeldet zu haben.

„Mädels, ich würde sagen, wir können ebenfalls das Feld räumen. Mami und Papi haben heute frei. Der Sohnemann ist ausgeflogen", kommentierte Maik die Szene müde.

„Vielleicht merkt er ja langsam, dass wir ihm auf den Fersen sind", meinte Sonja.

„Ja. Wahrscheinlich wortwörtlich. Wenn er euch auf dem Markt gesehen hat, hat er euch mit Sicherheit bewusst abgeschüttelt. Jetzt geht er uns aus dem Weg", überlegte Christian nachdenklich. Er hatte sich heute Abend extra in den Speisesaal geschmuggelt, um alles mitzubekommen.

„Stört mich kein bisschen", warf Jessy entspannt ein. „Solange keine kleinen Zettel mit bösen Beleidigungen unter der Zimmertür durchgeschoben werden oder an meinem Cocktail kleben, ist alles perfekt." Sie drückte liebevoll Christians Hand, die sie schon seit einiger Zeit festhielt.

„Was haltet ihr davon, wenn wir den restlichen Abend in gemütlicher Runde ausklingen lassen, früh ins Bett gehen, und morgen mal so richtig was Touristenmäßiges machen? Schließlich sind wir zum Urlaub machen hier. Diese Verbrecherjagd artet langsam in Arbeit aus", grinste Maik und streckte sich, dass die Knochen knackten.

„Hört sich ganz gut an, hast du was Bestimmtes im Sinn?", wollte Frank sichtlich erleichtert wissen. Er kam in diesem Urlaub eindeutig zu kurz. Tatsächlich hatte er sich von seinem Urlaub etwas mehr Entspannung versprochen. Am Pool abhängen, im Meer schwimmen, leckeres Essen genießen, ab und zu einen Ausflug machen und, na ja, vielleicht nicht das fünfte Rad am Wagen sein. Zugegeben, er war schon ziemlich neidisch auf den heißen Flirt seines Kumpels Maik. Falls er nur die geringste Chance gehabt hätte, bei Jessy zu landen, war sie in dem Moment vertan, als sie Christian begegnet war. Er sah auf seinen, gut im Futter stehenden, Bauch hinunter und seufzte lautlos. Vor seinem inneren Auge tauchte der braun gebrannte, straffe Waschbrettbauch von Christian auf. Dann viel sein Blick auf die drei leer gegessenen Teller vor ihm, die voller Köstlichkeiten vom Buffet gewesen waren. Frank wünschte, jemand würde sie endlich wegräumen. Wenn doch nur nicht alles so gut schmecken würde.

zehn

Unterwegs mit Freunden

Nach einem ausgiebigen gemeinsamen Frühstück ging es los. Heute sollte nichts den herrlichen Erwartungen eines entspannten Urlaubes in die Quere kommen.

Christian hatte sich als Fahrer angeboten um, den vier Urlaubern ein paar wirklich hübsche Ecken von Mallorca zu zeigen. Nicht die überlaufenden Touristenattraktionen, bei denen man außer Touristen, nicht mehr viel von den ursprünglichen Naturbauwerken zu sehen bekam. Sonja war einmal sehr enttäuscht gewesen, als sie sich die viel gepriesenen *Coves del Harms* angesehen hatte. Die erwartete stimmungsvolle Besichtigung einer geheimnisvollen Tropfsteinhöhle mit unterirdischem See, war der totale Reinfall. Nachdem man einen Eintrittspreis bezahlt hatte, der einem fast die Schuhe auszog, wurden alle Besucher erst einmal in einen riesigen Höhlenraum gelotst, der mit modernen Stühlen ausgestattet war. Dann begann ein Film über einen Schriftsteller und die Zeit in der er lebte. Soweit so gut. War nett gemacht. Aber was das Ganze mit der Höhle an sich zu tun hatte, konnte Sonja nicht sagen. Die Höhle wurde im Jahr

1905 entdeckt. Der Schriftsteller, um den es in diesem Film ging, verstarb in genau diesem Jahr. Mehr hatte er mit der Höhle allerdings nicht zu tun. Sonja hätte es wesentlich besser gefallen, eventuell einen Film zu sehen, der wie eine Dokumentation etwas über die Höhle an sich zu erzählen hatte.

Damit nicht genug, dröhnten ununterbrochen irgendwelche Ton und Lichteffekte durch die Höhle. Keine Spur von dem tropfenden Geräusch mit dem leichten Echo, das man sich vielleicht erhofft hatte. Nach einem zweiten unwichtigen Film, über altmodische Tauchfahrzeugen und verzerrten Unterwasserkreaturen, wurden die mehr oder weniger begeisterten Touristen, samt Sonja, immer tiefer in die Höhle geführt. Wer jetzt noch dachte, der künstliche Kitsch könnte nicht mehr gesteigert werden, wurde wenig später wiederum überrascht. Aber erst mal führte der Weg weiter, über steile Treppen aus Eisen, die unter dem Getrampel der Leute ein sehr unpassendes, metallisches Geräusch verursachten. Der Führer gab sich in mehreren Sprachen redlich Mühe, das ein oder andere zu erklären, was aber leider häufig in den lauten Toneffekten aus versteckten Lautsprechern unterging. So einen richtig freien Blick hatte man außerdem sowieso nicht auf die weite Höhlenlandschaft, da fast überall feste Gitter vor den Stalagmiten und Stalagtiten befestigt waren, natürlich zum Schutz vor den Grabbelfingern der neugieren Touristen. Abgesehen davon, besaß die

Höhle aber eine wirklich eindrucksvolle Schönheit aus bizarren Steinformationen.

In einem kleineren Höhlenraum hingen interessante Stalagtiten in eigenartiger Form von der Decke. Sie krümmten sich wie kleine Häkchen und sahen tatsächlich aus wie Angelhaken. Daher erhielt auch die Höhle ihren wirklich sehr passenden Namen *Höhle der Angelhaken*.

Der unterirdische Höhlensee war natürlich das Highlight. Er sah wunderschön klar und ruhig aus. Es herrschte eine friedliche Stille und Sonja vernahm ein leises Tropfgeräusch...bis...ja, bis die Musik einsetzte. Ein lautes Konzert hatte sich erhoben und über die schroffen Felswände huschten bunte Projektionen von Mozart, Ausschnitte von Opern, und riesigen Noten. Ein Boot fuhr langsam auf den See ein. Es wurde durch einen Lichtschlauch erhellt und ließ zwei, in Renaissance-Kostümen gekleidete Menschen erkennen. Vielleicht waren es aber auch nur Puppen, sie bewegten sich unnatürlicher Weise kein bisschen. Sonja hätte heulen können. Warum reichte die natürliche Schönheit dieser Höhle nicht aus? Musste dieser ganze kitschige Kram wirklich sein? Sie konnte sich nicht vorstellen, dass es den anderen Besuchern gefiel. Keiner sah wirklich begeistert aus. Sie vermutete bereits richtig, dass es den ebenso berühmten Drachenhöhlen ähnlich ergangen war, wie der *Coves del Harms*.

Als Sonja die Höhle wieder verließ und noch an einem überteuerten Souvenir-Stand vorbeigeschoben wurde und ein Foto, von ihr vor einer Steinwand, für acht Euro kaufen sollte, hatte sie beschlossen, solche verschandelten *Naturwunder* in Zukunft zu meiden.

Christian stand unternehmungslustig neben seinem Auto und strahlte über das ganze Gesicht, als er Jessy erblickte. Sie sah frisch und ausgeruht aus. Ihr kastanienbraunes Haar leuchtete mit ihrem pfirsichfarbenen Sommerkleid um die Wette, und sie trug einen schicken Sonnenhut aus Stroh, unter dem sie kess hervorblickte. Sonja hatte sich bei ihr eingehakt und sah nicht weniger appetitlich aus. Ein weiter weißer Rock wehte um ihre braunen Beine und das ebenfalls weiße Häkel-Top verlieh ihr absurderweise einen Hauch von Unschuld. Maik und Frank schlenderten hinter ihnen her. Christian entging nicht, dass Frank Jessy auf den Hintern starrte und verträumt vor sich hin lächelte. Er grinste und schleuderte sich mit einer flinken Kopfbewegung eine widerspenstige blonde Haarsträhne aus dem Gesicht.

„Hallo Christian", rief Jessy jetzt freudig und wedelte aufgeregt mit der Hand. Gott, wie er dieses Mädchen liebte. Sie wirkte so zart und empfindsam und war dabei trotz allem eine richtige Kämpfernatur. Sie hatte es nicht verdient, dass man ihr so hinterhältig nachstellte. Christian nahm sich vor, ihr heute einen besonders schönen Tag zu bescheren. Er ging ihr entgegen und umfing sie mit seinen Armen, als sie sich an ihn schmiegte und ihm einen scheuen Kuss auf die Lippen hauchte.

„Du bist so schön", sagte er leise und hielt sie ein Stück von sich weg um sie betrachten zu können. Jessy lachte verlegen und zupfte an ihrem Strohhut. Die Schmetterlinge, die in ihrem Bauch Samba tanzten schienen sich jedes Mal zu vermehren, wenn sie Christian wiedertraf. Und jedes Mal ruinierte sie sich selber das schöne Gefühl, weil sie sofort wieder an das nahende Ende ihres Urlaubes dachte. Sie wollte Christian nicht wieder hergeben, so einfach war das. Ich will ihn behalten dachte sie ganz egoistisch und drückte sich wieder eng an ihn, als ob sie die bald bevorstehende Trennung damit verhindern könnte.

„Jetzt ist aber genug gekuschelt", beendete Sonja lachend die feste Umarmung. „Wir sollten langsam mal losfahren, sonst müssen wir nach der nächsten Kurve schon ein Café ansteuern, weil Franks Bauch nach Essbarem verlangt."

„Ha, ha, sehr komisch", murrte Frank. Musste aber doch grinsen, weil Sonja eben irgendwie Recht hatte. „Du weißt, dass das Muskeln sein sollen, Sonja. Bitte vergiss das nicht ständig."

„Ach ja stimmt", beeilte sich Sonja zu sagen und tätschelte Frank freundschaftlich seinen gemütlichen Bauchansatz. „Komm, du Muskelpaket, setz dich zu uns nach hinten. Dann haben unsere Turteltäubchen ein wenig Privatsphäre da vorne." Kaum hatte Sonja das gesagt, biss sie sich auf die Lippen und wünschte sich, sie hätte den Mund gehalten. Franks Grinsen verblasste und er schielte wehmütig zu Jessy, die nur Augen für ihren blonden Surfer hatte.

„Ein wenig Privatsphäre könnten wir auch mal gebrauchen", warf Maik schnurrend ein und versuchte Sonja ins Ohrläppchen zu beißen. Frank seufzte laut und ließ sich lustlos auf den Rücksitz neben Sonja plumpsen. Kurz überlegte er, endlich mal eine Diät und mehr Sport zu machen. Aber wirklich nur ganz kurz. Er war eben Frank, der gute Kumpel. Auch nicht schlecht. Die Richtige würde schon noch kommen, da war er sich ganz sicher.

„Dann mal los!", sagt Christian gut gelaunt und ließ den Motor seines kleinen Autos an. „Ich habe mir gedacht wir fahren in den Süd-Westen Mallorcas in einen Naturpark, den *La Reserva Puig de Galatzo*. Es ist wunderschön dort. Wir gehen dort ungefähr drei Kilometer durch tolle Bergpfade. Es ist alles ziemlich naturbelassen und sehr abwechslungsreich. Wir können sogar baden. Es gibt einen Berg-Swimmingpool, der ist super. Das Beste sind aber die Wasserfälle. An die 30 Stück gibt es dort. Darunter kann man sich herrlich erfrischen. Ihr habt hoffentlich alle Badesachen dabei?"

„Jaaa!", riefen Sonja, Jessy, Maik und Frank im Chor. Das mit den Wasserfällen hörte sich super an. Jessy wollte schon immer mal unter den herab rauschenden Wassermassen stehen. Sie freute sich unheimlich auf diesen Ausflug. Weg vom Hotel, in dem sich ein verrückter Stalker aufhielt. Weg von der Angst, Tomas könnte noch einmal hier auftauchen. Sie setzte sich bequem in ihrem Sitz neben Christian zurecht, lächelte und war bereit diesen Tag in vollen Zügen zu genießen und auszukosten.

Die Autofahrt von ungefähr einer Stunde verging wie im Flug. Sonja plapperte ununterbrochen und erzählte ihnen lustige Geschichten, aus früheren Urlauben auf Mallorca oder spielte die Reiseleiterin, wenn sie etwas Landestypisches erblickte. Jetzt schwärmte sie gerade von einem Ort namens *Cala Figuera*, die *Feigen-Bucht*.

„Es ist so romantisch dort", seufzte Sonja und fuhr dann fort, alles genau zu beschreiben. „Es ist ein kleiner Fischerei- und Yachthafen. Man kann zusehen, wie die Fischer ihren Fang von Bord holen und die Fische sogar gleich an Ort und Stelle verkaufen. Überall liegen die Netze herum und alte, wettergegerbte Mallorquiner sitzen auf kleinen Hockern und bessern sie aus, oder knüpfen Neue. Vielleicht schaffen wir ja noch einen Ausflug dorthin, es ist wirklich sehr hübsch."

„Ja, vielleicht", stimmte Maik zu. „Aber jetzt stürzen wir uns erst mal in die rauschenden Wasserfälle, ich glaube wir sind da." Er richtete sich in seinem Sitz auf, um besser sehen zu können.

„Ja, da vorne ist es schon", bestätigte Christian und lenkte das Auto auf einen großzügigen Parkplatz. Es standen schon einige Autos da und Christian sah sich suchend nach einem Platz im Schatten um. Er parkte unter einer großen Dattelpalme ein und sah sich zufrieden um.

„So, hier ist es gut. Wenn wir zurückkommen wird es im Auto nicht allzu heiß sein."

Alle stiegen aus und reckten sich erst einmal ausgiebig. Dann schnappten sie sich ihre Taschen mit etwas Proviant und den Handtüchern und marschierten durch den Eingang des *La Reserva*.

Es war wirklich atemberaubend schön. Sie wanderten über verschlungene Pfade mit mediterraner Vegetation. Es ging über rustikale Holz-Brücken, unter denen rauschende Bäche dahin schossen oder sich kleine Rinnsale leise plätschernd ihren Weg ins Tal suchten.

An den steilen Felswänden wucherten üppige Kletterpflanzen und immer wieder tauchten gewaltige Wasserfälle auf. Das herabstürzende Wasser funkelte in der Sonne und versprühte Milliarden feiner Tröpfchen, die wie Dampf in der Luft zu schweben schienen. Bei einem besonders sonnig gelegenen Wasserfall, hatte sich ein kleiner See gebildet. Die hinabstürzenden Wassermassen sammelten sich in einem natürlichen Becken und beruhigten sich nach ihrer rasanten Abfahrt. Das Wasser hielt sich eine Zeitlang gemütlich dort auf, bis es an einer anderen Ecke des Beckens erneut überschwappte und wieder energisch Fahrt aufnahm, um als neuer Wasserfall weiter bergab zu rauschen.

„Wow, das ist wunderschön hier", rief Sonja laut um das stetige Brausen des Wasser zu übertönen.

„Ja, es ist super", nickte Jessy begeistert. „Wollen wir hier eine Pause machen und baden?"

Alle waren einverstanden und Christian begann bereits sich auszuziehen um sich als erster ins Wasser stürzen zu können. Jessy zog sich mit einer fließenden Bewegung ihr Kleid über den Kopf und stand dann in einem hellgrünen Bikini aufgeregt auf einer kleinen Steinplatte. Der Bikini hatte die gleiche Farbe wie die Schlingpflanzen, die buschig über den Felsen fielen. Sie wirkte vor den tosenden Wassermassen so zart und schön wie eine Wald-Elfe. Frank seufzte laut, was dank des Wasserrauschens niemand hörte, und versuchte nicht so auf Jessy zu starren. Maik starrte auch, bis Sonja ihm spielerisch eins mit ihrem Handtuch überzog.

„Hallo! Hier bin ich! Du guckst in die falsche Richtung!"

„Entschuldige, aber ich bin auch nur ein Mann", grinste Maik. „Außerdem hab ich ja auch nichts gesagt, als du Christian eben fast die Badehose vom Hintern gestiert hast…"

„Tja, ich bin halt auch nur eine Frau", gab Sonja zurück und grinste frech.

„Und was für eine…" grunzte Maik anzüglich. Dann packte er Sonja und sprang mit ihr zusammen in den glitzernden See. Sie quiekte laut und schnappte nach Luft. Das Wasser war ganz schön kalt.

Jessy tauchte erst einmal probehalber den großen Zeh ins Wasser und zögerte. Christian winkte ihr aufmunternd zu und als sie sah, was Sonja für einen Spaß unter dem rauschenden Wasserfall hatte, kletterte sie schließlich auch ins kühle Nass. Frank zögerte ebenfalls, er fühlte sich wieder einmal wie das fünfte Rad am Wagen. Warum mussten die anderen ständig rumschmusen. Wasser schien allgemein einen Kuschelreflex bei Verliebten auszulösen. Der gute Kumpel schien endgültig vergessen, keiner interessierte sich mehr dafür, ob Frank nun auch ins Wasser kam oder nicht. Verflixt nochmal, was fand Jessy bloß so toll an diesem mageren Burschen? Ein heftiger Windstoß und er würde über die Klippen wehen…

„Frank! Worauf wartest du noch? Es kommt kein Boot, du musst schon selber ins Wasser gehen!", rief Maik seinem Freund laut zu und riss ihn damit aus seinen trüben Gedanken.

„Ich komme ja schon!", rief Frank zurück und atmete erleichtert auf. So ganz, schienen sie ihn ja doch nicht vergessen zu haben.

Sonja und Maik verließen den kleinen See als erste und machten es sich auf den, von der Sonne erwärmten, Felsen bequem. Eingewickelt in ihre Handtücher wühlten sie in den Rucksäcken nach den mitgebrachten Snacks. Sonja schnappte sich einen Apfel und biss krachend hinein. Frank kam ebenfalls erbeigeeilt. Er hatte schon seit geraumer Zeit ein Hungergefühl im Magen gespürt. Er wollte nur nicht schon wieder der Erste sein, der sich am Proviant zu schaffen machte. Erleichtert angelte Frank nach einer Packung Orangenkekse und stopfte sich gleich zwei davon in den Mund. Es war nur der Hunger, dachte Frank an seine missmutigen Gedanken von vorhin zurück. Wenn ich Hunger habe kann ich nicht mehr klar denken. Er betrachtete das glückliche Gesicht seines Freundes Maik, der gerade an Sonjas nassen Haaren herumzupfte. Natürlich gönnte er seinem Kumpel sein Glück. Seine neidischen Gedanken waren Frank jetzt peinlich.

Nach einer Weile, kamen auch Christian und Jessy aus dem Wasser. Jessy zitterte und wickelte sich fest in ihr Badetuch.

„Es macht wirklich riesigen Spaß, aber das Wasser ist echt ganz schön frisch", klapperte sie durch die Zähne.

„Wenn wir alle trocken und satt sind, sollten wir weitergehen", schlug Christian vor. „Es ist noch eine ganz schöne Strecke bis zum Ende."

Die Badesachen trockneten schnell in der immer heißer werdenden Sonne. Und schon bald machten sie sich weiter auf den Weg, durch schattige Bergpfade und sonnige Graslandschaften. Immer wieder sahen sie Tiere, die ihren Weg kreuzten. Es liefen Ziegen umher, Gänse, Enten und wilde Esel. Ein Pfau betrachtete sie neugierig und kam interessiert näher, als Frank mit der Kekspackung knisterte. Leider war sie schon leer. Als der Pfau merkte, dass bei ihnen nichts zu holen war, stieß er einen lauten Schrei aus und stolzierte mit hocherhobenem Kopf davon.

Der abenteuerliche Weg endete an einem großen Rastplatz, der mit einem wundervollen kristallklarem Berg-Swimmingpool, Barbecue-Plätzen und einer Bar beeindruckte.

Selbstverständlich ließen es die Freunde sich nicht nehmen, sich noch einmal zu erfrischen. Zuerst im hübsch angelegten Pool und danach bei einem kühlen Cocktail an der Bar.

„Die Barbecue-Stellen sehen sehr gemütlich aus, oder?", meinte Frank beiläufig und schielte unauffällig auf die appetitlich angerichteten Fleisch- und Gemüsepäckchen, die hinter der Bar in der Kühltheke lagen.

„Ich weiß was du meinst, alter Freund", grinste Maik und klopfte Frank auf die Schulter. „Ich finde wir haben uns das verdient. Die paar Kekse und Äpfel halten nicht lange vor. Was haltet ihr davon, wenn Frank uns hier den Grillmeister macht?"

Jessy klatschte in die Hände und war sofort dafür. Je länger sie hier waren und dem Hotel fern blieben, desto besser. Auch Sonja und Christian beäugten hungrig das Grillgut und nickten eifrig.

Also kauften sie Fleisch, Gemüse und etwas Grillkohle. Billig war es nicht gerade, aber man gönnt sich ja sonst nichts, hatte Frank gesagt und sich noch eine Packung mit Würstchen geschnappt. Sie suchten sich einen Grill-Platz und machten es sich gemütlich. Frank war in seinem Element und brachte fachmännisch die Holzkohle zum Glühen. Schon bald lagen die ersten Fleischstücke und Maiskolben auf dem schweren Grillrost und verströmten einen herrlichen Duft, dass einem das Wasser im Mund zusammenlief. Frank verteilte die ersten fertigen Stücke großzügig an die anderen, obwohl er wahrscheinlich selber am meisten Hunger hatte. Dann belud er den Grill mit weiteren Köstlichkeiten, bevor er sich selber eines der saftigen Steaks nahm.

„Das war wirklich ein gelungener Ausflug", seufzte Jessy und schob sich ein Stück gegrillte Tomate in den Mund. „So hatte ich mir den Urlaub vorgestellt."

„Ja, nach all der Aufregung der letzten Tage tut das gut", gab Sonja ihr recht. „Ich hoffe das bleibt jetzt so."

„Ich wollte mit euch ja eigentlich noch in das Palma Aquarium fahren", meinte Christian. „Aber dafür ist es jetzt glaube ich schon zu spät."

„Das soll sehr schön sein", warf Sonja ein. „Ich war noch nicht da, aber ich habe darüber gelesen. Die haben dort riesige Becken, über 50 Stück. Es gibt Meerestiere aller Art zu sehen. Alles was so im Mittelmeer, im Indischen Ozean, im Pazifischen Ozean und im Atlantik so rumwuselt. Sie haben sogar richtig große Exemplare von Haien, Rochen und Meeresschildkröten. Und im *Streichelzoo* darf man Seesterne und Seegurken anfassen."

„Toll ist auch der Dachgarten", erzählte Christian weiter. „Er ist wie ein echter Dschungel angelegt, mit Lianen, Wasserfällen und gigantischen Pflanzen. Aus kleinen Düsen sprüht feiner Wasserdampf und sogar der Boden gibt etwas nach beim Laufen, als würdest du wirklich über Waldboden gehen. Wir würden wohl auch eine private Führung bekommen, mein Vater arbeitet nämlich dort."

Jessy sah Christian überrascht an. Stimmt, er hatte ihr erzählt sein Vater hätte ein Jobangebot in Palma erhalten. Sie hatte nicht weiter darüber nachgedacht.

„Wirst du auch dort arbeiten?", fragte Jessy leise. Sie spürte wie sich ihr Magen zusammenzog.

„Ich weiß es noch nicht. Eigentlich könnte ich auch Surflehrer werden, oder was meinst du?", lachte Christian. Jessy lächelte gequält und nickte. Er wird also auf jeden Fall hier auf Mallorca bleiben, dachte sie traurig. Wieso auch nicht? Es war wunderschön hier eine gute Arbeit hatte er offenbar auch schon in Aussicht. Schließlich hatte er Meeresbiologie studiert. Wo bot sich ein besserer Arbeitsplatz als hier? Jessy Lächeln war mittlerweile verblasst und Christian musterte sie aufmerksam.

„Alles in Ordnung?", fragte er unsicher.

Jessy merkte wie ihr Tränen in die Augen stiegen und blinzelte verstohlen, damit es niemand sah. Sie hatten noch fast eine Woche Urlaub vor sich. Die wollte sie sich nicht verderben. Vielleicht fand sich ja doch noch eine Lösung.

„Alles in Ordnung", log Jessy also tapfer und rang sich ein Lächeln ab, das allerdings etwas schief geriet. Christian drückte sie an sich und flüsterte: „Ich wünschte, du könntest für immer bei mir bleiben."

elf

Angst und Wut

Alex stand schon seit geraumer Zeit hinter einer Hecke aus violetten Bougainvilleen. Sie wucherten üppig in langen Rispen, die im leichten Wind wippend, über den schmalen Fußweg hingen. Die ausladende Hecke hätte wirklich mal wieder einen Rückschnitt vertragen können, aber so war sie das perfekte Versteck für Alex, der gespannt durch die Blätter seine Zielperson im Auge behielt. Er war ihr bereits den ganzen Tag gefolgt und machte sich hin und wieder Notizen über Uhrzeit, Aufenthaltsort und Handlungen der Person. Im Moment wartete Alex geduldig darauf, dass die Person den kleinen Laden für Zeitschriften und Souvenirs wieder verlassen würde. Er war sich sicher, dass er diesmal Erfolg haben würde. Mit den akribisch gesammelten Details würde das Mädchen ihn anhören, und nicht wieder so wütend auf ihn losgehen wie letztes Mal. Hätte er nur die Chance bekommen alles zu erklären. Das aber auch ausgerechnet in dem Moment dieser bullige Typ auftauchen musste. Alex hatte ihn falsch eingeschätzt. Er hatte gedacht, dass er noch etwas mehr Zeit hätte. Der Kerl war ein Tier, aggressiv und unberechenbar. Wie konnte ein so schönes, anmutiges Mädchen einen so furchtbaren

Freund haben? Naja, Ex-Freund immerhin. Soviel hatte er mitbekommen. Bei Katja hatte es ganz genauso angefangen, dachte Alex traurig. Er musste sein Bestes geben. Wenn er hier auch versagen würde, könnte er mit der Schuld nicht leben. Er musste die ganze verdammte Geschichte beenden. Er hatte Angst, aber ein Teil von ihm freute sich auch darauf. Für Katja, dachte er grimmig.

***

Wasserrauschen und Sonjas fröhliches Pfeifen drang aus dem Badezimmer. Durch die halb geöffnete Tür konnte Jessy sehen, wie sich das Bad langsam mit Dampf füllte und der Spiegel beschlug. Sie hätte vor Sonja duschen sollen. Ihre Freundin war dabei, die gesamten Wasserreserven der Insel für sich zu beanspruchen.

Jessy legte sich rücklings auf ihr Bett und beobachtete eine Fliege an der Decke, die träge über den weißen Putz krabbelte. Sie schien dabei fast einzuschlafen. Auch Jessy kämpfte mit der Müdigkeit und versuchte ihre immer schwerer werdenden Augen offen zu halten.

Es war ein sehr schöner Tag gewesen, der schönste in diesem Urlaub, fand Jessy.

Sie schloss nun doch die Augen und sah sich wieder unter dem glitzernden Wasserfall stehen. Durch das laute Tosen der herabstürzenden

Wassermassen hörte sie undeutlich die gebrüllte Liebeserklärung von Christian.

Auf einmal war da noch ein Geräusch im Wasserfall, ein merkwürdiges Klingeln, das war eben nicht da gewesen.

Jessy merkte wie sie gerade dabei gewesen war, in einen Traum zu gleiten. Das Zimmertelefon zerrte sie unsanft zurück in den Wachzustand. Aus dem Badezimmer hörte sie immer noch die Dusche rauschen. Ihr Traum schien nur wenige Sekunden gedauert zu haben. Als Jessy den Hörer abnahm, war sie noch gar nicht richtig bei sich.

„Jaaa?", fragte sie gedehnt. Sie erwartete Maiks oder Franks Stimme zu hören.

„Jessy? Bist du das?"

„Hmm."

„Ich bin´s. Tomas."

Der letzte Rest von Schläfrigkeit fiel schlagartig von Jessy ab. Die Versuchung Ihren Ex-Freund anzubrüllen, er solle ihren schönen Tag nicht ruinieren, war enorm. Doch sie riss sich zusammen und sagte hölzern: „Ach du, was gibt´s?"

„Jessy, pass auf. Ich weiß, du bist genervt. *Was will der denn schon wieder*, denkst du. Ich muss dir was sagen, aber flipp bitte nicht aus."

Als ob ich hier die Jenige bin, die gerne mal ausflippt, dachte Jessy sauer.

„Okay, schieß los", sagte sie dann und versuchte nicht so ablehnend zu klingen. Sie hoffte ihn schnell abwimmeln zu können.

„Also gut. Ich wollte mich wirklich nur kurz verabschieden. In zwei Tagen geht mein Rückflug", fing Tomas an.

Na Gott sei Dank, dachte Jessy erleichtert. Warum sollte mich das aufregen? Das hätte er wohl gerne.

„Ich habe nach deiner Zimmernummer gefragt, weil ich das persönlich machen wollte. Ich habe an der Tür geklopft. Es war aber keiner da …", fuhr er hektisch fort und verlor den Faden. „Ich hab…, also da lag was halb unter der Tür. Ich wollte wirklich nicht… Jessy hast du vielleicht Probleme?"

Jessys Finger waren kalt geworden. Der Telefonhörer dagegen fühlte sich kochend heiß an, er schien sich in ihr Ohr zu brennen. Sie konnte nichts sagen und hoffte halbherzig, dass sie immer noch träumte. Warum hörte Sonja nicht endlich auf zu duschen und half ihr?

„Jessy? Bist du noch da? Du solltest dir besser ansehen, was in diesem Umschlag ist, den ich gefunden habe. Es tut mir wirklich leid, dass ich ihn aufgemacht habe, …ich wollte nur wissen…, ach egal. Jedenfalls hab ich ihn mitgenommen, weil du ihn nicht sehen solltest. Ich wollte ihn wegschmeißen. Aber wenn das ernst gemeint ist, müssen wir was unternehmen." Tomas` Stimme überschlug sich fast und klang etwas schrill.

„Wo bist du?", fragte Jessy matt. Ihre Augen brannten vor Anstrengung nicht zu weinen.

„Unten, in der Halle."

„Ich komme runter", sagte Jessy knapp und legte auf.

Ohne einen weiteren Blick zum Badezimmer, riss sie die Zimmertür auf und rannte den Flur entlang. Erst als sie die Treppe erreichte und das klatschende Geräusch wahrnahm, dass ihre nackten Füße auf den marmornen Stufen verursachten, wurde ihr bewusst, dass sie keine Schuhe anhatte. Es war ihr egal. Sie wollte nur noch wissen, was Tomas da unter ihrer Zimmertür gefunden hatte.

Tomas saß auf einem der gemütlichen, hellen Sofas und drehte nervös einen weißen Umschlag in den Händen. Als er Jessy barfuß und mit gehetztem Blick in die Halle stürmen sah, stand er sofort auf und wirkte bestürzt über ihren Zustand.

„Zeig her!" forderte sie barsch und griff nach dem Umschlag.

„Warte", sagte Tomas, und zog die Hand mit dem Brief zurück. „Vielleicht ist es besser, du setzt dich hin." Dabei drückte er sie sanft auf das weiße Sofa, das Jessy jetzt nicht mehr gemütlich und einladend vorkam, sondern kalt und klamm.

„Bevor du das aufmachst, will ich dir nur sagen, dass wir das hinkriegen, Jessy. Ich werde dir auf jeden Fall helfen, egal was zwischen uns ist."

Jessy nickte. Der Kloß in ihrem Hals war jetzt so riesig, dass sie nichts mehr sagen konnte. Wortlos ließ sie sich den Umschlag von Tomas geben. Auf der Vorderseite war in krakeligen Buchstaben ihr Name geschrieben. Er war nicht zugeklebt gewesen. Tomas hatte ihn nicht aufgerissen, er hatte lediglich die Lasche hochklappen müssen, um an den Inhalt zu gelangen.

Auch Jessy klappte mit zitternden Fingern die Brieflasche hoch und konnte erkennen, dass eine bedruckte Karte im Umschlag steckte. Ihr Herz klopfte ihr bis zum Hals, als sie sie herauszog.

Die Vorderseite der Karte war mit einem schlichten schwarzen Rand verziert. Im unteren Teil war eine zierliche, silbern umrandete, weiße Lilie zu sehen. Darüber schwebte in dezenten schwarzen, leicht schrägen Buchstaben ein kleiner Text: *Aufrichtiges Beileid. Nichts ist für immer. Wir trauern um einen Freund.*

Jessy begriff nicht, was das sollte. Eine Beileidskarte, die man im Todesfall an die Trauernden verschickte. Warum bekam sie so etwas? Dann schoss ihr ein absurder Gedanke durch den Kopf. Hatte ihr nervender Psycho-Verehrer vor, sich umzubringen, wenn sie ihn nicht erhörte?

Wenn er glaubte, er könne sie damit beeindrucken, hatte er sich leider getäuscht.

Jessy klappte die Karte auf. Sie erkannte die Schrift sofort. Es war das gleiche Schriftbild des Zettel-Schreibers. Mit klopfendem Herzen begann Jessy die wenigen Zeilen zu lesen:

Morgen Abend. 21.00 Uhr.
Am Strand, bei den Tretbooten.
Wenn du nicht kommst, kannst du
diese Karte auf das Grab
deines tollen Surfer-Freundes stellen.

**Das ist kein Witz. Zu keinem ein Wort.
Komm allein!**

Jessy las noch einmal. Und noch einmal. Das war wie in einem billigen Film mit schlechten Schauspielern. Das Denken fiel ihr schwer. Jessy wunderte sich selber, dass sie nicht losschrie, weinte, oder einfach wieder umkippte. Sie hatte so viel geweint in den letzten Tagen, dass wohl im Moment einfach keine Tränen mehr da waren. Vielleicht hätte ich heute mehr trinken sollen, dachte sie idiotischerweise. Sie fühlte nur eine traurige Leere. Wer war dieser kranke Mensch? Wie wird man so? Jessy atmete tief durch und wusste, dass sie jetzt ruhig bleiben musste. Tomas glotzte sie abwartend an. Er schien den Atem anzuhalten und beobachtete sie wie ein Tier, dass man angeschossen hatte. Wird es zusammenbrechen, versuchen davonzulaufen, oder vor Schmerzen schreien? Seine lauernden Augen verursachten Jessy fast ebenso sehr eine Gänsehaut, wie die verdammte Karte, die sie noch immer in ihrer kalten Hand hielt. Am liebsten hätte sie sofort Christian angerufen und ihn gewarnt. Er war jedoch gleich, nachdem er sie am Hotel abgesetzt hatte, wieder losgefahren. Er wollte schnell nach Hause, duschen und dann wiederkommen.

Das war jetzt kein Spiel mehr. Wozu war dieser Mensch fähig? Er drohte tatsächlich jemanden umzubringen, wenn Jessy sich nicht mit ihm traf. Zur Polizei konnte sie nicht gehen. Wie Maik schon gesagt hatte, die Sache würde als Eifersüchtelei betrunkener Touristen belächelt werden.

Tomas starrte sie immer noch an. Jessy wünschte er würde verschwinden. Wahrscheinlich fand er die Sache gerade hochinteressant. Er gönnt es mir, dass ich *ihn* verlassen und einen noch schlimmeren Psychopathen am Hals habe.

Tomas räusperte sich verhalten und meinte dann etwas zu laut: „Ich werde dir helfen."

„Wie willst du mir da helfen?", fragte Jessy müde, während sie sich die Arme um ihre Knie schlang. Den Briefumschlag hatte sie auf den kleinen Glastisch vor sich gelegt.

„Ich hab dir vor zwei Tagen schon mal geholfen, erinnerst du dich?", sagte Tomas ein bisschen beleidigt. „Dieser komische Kerl, der dich belästigt hatte. Ich hab ihn mir gegriffen. Ich würde mir jeden vorknöpfen, der dir Böses will. Ich habe keine Angst. Ich geh mit dir da morgen Abend hin. Du wartest auf den Spinner, während ich mich verstecke. Wenn er dann auftaucht, schnapp ich ihn mir und hau ihm eine rein. Wenn`s sein muss, schlag ich ihm den Schädel ein." Tomas` Augen glänzten vor Eifer. Er schien voller Vorfreude auf eine Schlägerei.

Jessy überlegte träge. Wenn sie ihre Freunde da raushielt, waren sie nicht in Gefahr. Falls einer was abbekommen würde, dann Tomas. Wäre Jessy auch ziemlich egal, wenn das passiert. Andererseits könnte er auf die fixe Idee kommen, als Held aus der Sache rauszugehen. Als edler Ritter, der die Prinzessin bekommt. Jessy versuchte sich zu konzentrieren, Tomas erwartete offenbar eine Entscheidung von ihr. Er sah sie abwartend an. Seine Knie wippten ungeduldig und das linke Auge zuckte nervös. Die Aussicht seine Fäuste schwingen zu lassen, ließ ihn offensichtlich ganz zappelig werden.

Jessy fühlte sich hin und her gerissen. Am liebsten wäre sie sofort zurück in ihr Zimmer gerannt, um alles erst mal mit Sonja zu besprechen. Die Reaktion ihrer Freundin, konnte sie sich allerdings schon lebhaft ausmalen.

Noch bevor Jessy alles richtig erzählt hätte, würde Sonja schon Maik und Frank alarmiert haben. Niemals würde sie zulassen es in Betracht zu ziehen, dass eventuell Tomas helfen könnte. Sie schien ihn mehr zu hassen, als einen Eiterpickel auf der Nase. Sonja misstraute Tomas bei allem was er tat. Ihr würden spontan tausend Gründe einfallen, warum Jessy Tomas` Angebot besser ablehnen sollte.

Tomas beobachtete sie aufmerksam.

Der Briefumschlag lag weiß und harmlos auf dem Tisch. Jessy dachte an die geschmacklose Karte darin. Sie hatte Angst.

Es ist das Beste, beschloss sie. Tomas war tatsächlich bescheuert genug, sich mit einem mutmaßlichen Irren anzulegen. Bevor sich einer ihrer Freunde in Gefahr begab, opferte sie lieber den Ex. Ein bisschen fies fand sich Jessy schon, andererseits hatte sie Tomas nicht darum gebeten.

„Gut", nickte sie dann knapp und sah Tomas in die Augen.

„Du nimmst mein Angebot an? Cool." Tomas schien erleichtert.

Wie konnte man nur so scharf auf Gewalt sein? Jessy hoffte, dass ihre Entscheidung richtig gewesen war.

„Keine Sorge, Engelchen. Das kriegen wir hin", tönte Tomas jetzt selbstsicher. Seine Nervosität war gänzlich verschwunden.

Jessy zuckte bei dem verhassten Kosenamen unmerklich zusammen, sagte aber nichts.

„Ich weiß auch schon, wie wir vorgehen", redete Tomas eifrig weiter. „Wir treffen uns halb neun hinter dem Hotel. An der kleinen Treppe, die zum Strand führt. Wir verstecken uns beide irgendwo in den Dünen hinter den Büschen und behalten die Tretboote im Auge. Du gehst besser nicht alleine dorthin. Bei mir bist du in Sicherheit. Wenn der Kerl dann ankommt, schnappe ich ihn mir, und BÄNG!" Beim letzten Wort schlug Tomas mit seiner geballten rechten Faust klatschend in die andere Hand. Jessy zuckte wieder zusammen und hoffte wirklich, dass ihre Entscheidung richtig war.

„Was ist, wenn er auch abwartet? Wenn er sich erst raustraut, wenn er mich alleine bei den Booten sieht?", fragte Jessy unsicher.

Auf die Idee schien Tomas nicht vorbereitet. Wieder legte sich ein nervöser Ausdruck über sein Gesicht. Er kaute an seiner Unterlippe und überlegte kurz. Dann meinte er gut gelaunt:

„Wenn es 21.00 Uhr ist, gehst du runter zu den Tretbooten. Sobald ich jemanden sehe, der auf dich zugeht, flitze ich los. Der Typ wird keine Gelegenheit haben, dir was zu tun."

Jessy kam das alles zu einfach vor. Ihr fiel aber nichts weiter ein, was gegen Tomas` Plan sprechen könnte. Also nickte sie nur wieder.

Tomas schien es zu freuen, dass sie keine weiteren Einwände hatte. Er tätschelte unbeholfen Jessys kalte Hände, die nun auf ihren Knien lagen. Dann sah er auf seine Armbanduhr und stand auf.

„Ich muss los, bin noch verabredet. Ach, und erzähle lieber nichts Sonja und den anderen von der Karte. Wenn wir da mit so vielen rumlungern, würde das nur auffallen. Also dann, morgen halb neun an der Treppe, ja?", fragte Tomas noch einmal.

Jessy bejahte artig und war irgendwie froh, dass Tomas jetzt ging. Mit wem er wohl verabredet war? Das arme Mädchen müsste man eigentlich warnen. Wenigstens hatte er sich offenbar anderweitig orientiert. Sie sah ihm nach, wie er mit betont lässigem Gang das Hotel verließ. Seine Arme standen etwas vom Körper ab und schwangen bei jedem Schritt, wie bei einem Affen. Nur, dass Affen eben meistens kein T-Shirt trugen. An den engen Ärmeln zeichneten sich deutlich die aufgepumpten Muskeln ab, ekelhaft unnatürlich, wie Beulen. Beulen! Da war doch was mit Beulen.

Sie zitterte wieder. Der kalte Marmorfußboden hatte sämtliche Wärme aus ihren Füßen gezogen. Fröstelnd zog Jessy wieder ihre Füße auf das Sofa und schlang die Arme um ihre Beine. Sie musste zurück in ihr Zimmer gehen, Sonja war sicher schon lange mit ihrer Dusche fertig und fragte sich, wo Jessy war. Sie musste die anderen unbedingt aus der Sache heraushalten. Oder doch nicht? Jessy schwirrte der Kopf. Sie konnte nicht mehr klar denken. Frierend saß sie da und fühlte sich elend und überfordert.

„Mann, wo warst du denn?", brüllte Sonja los, als Jessy ins Zimmer getapst kam. Sie hatte den Telefonhörer in der Hand, aus dem aufgeregte Stimmen drangen. Jetzt hielt sie ihn wieder an ihr Ohr und sagte knapp: „ Jessy ist da, alles in Ordnung, bis nachher." Sonja knallte den Hörer auf den Apparat, so dass es ein Wunder war, dass er nicht zersplitterte.

Wütend und gleichzeitig erleichtert starrte sie Jessy an, wobei ihr Blick kurz an den nackten Füßen hängen blieb. „Hast du sie noch alle, so lange zu verschwinden? Ich dachte der irre Psycho hätte dich geholt. Ich hatte schon Maik alarmiert, das Hotel nach dir abzusuchen." Sonja schnaubte und versuchte sich zu beherrschen, sie schäumte regelrecht. Jessy überflog in Gedanken noch einmal ihre zurechtgelegte Antwort. Sie versuchte so ruhig wie nur möglich zu wirken, als sie anfing Sonja ihre kleine Lügengeschichte zu erzählen.

„Tomas hatte angerufen, er wollte sich nur schnell persönlich verabschieden. Da bin ich eben runter, damit er nicht noch hier rauf kommt. Als er dann weg war, hab ich mir noch ein paar

Ausflugsprospekte angesehen und…" Jessy hielt inne, und schluckte. Sie kam sich unheimlich bescheuert vor. Sie klang alles andere als überzeugend.

Sonja betrachtete sie mit hochgezogenen Augenbrauen. Jessy beeilte sich weiterzureden.

„Na ja, wir wollten uns doch noch ein bisschen von Mallorca ansehen, und im Westen gibt es wirklich schöne lange Sandstrände und Buchten", sprudelte Jessy schnell hervor und bemühte sich inständig halbwegs glaubhaft rüberzukommen. Nervös wartete sie auf Sonjas Kommentar und zwirbelte dabei unablässig eine lange Haarsträhne.

Sonja runzelte die Stirn und biss sich auf die Unterlippe.

Sie glaubt mir kein Wort, dachte Jessy peinlich berührt. Sie riecht den Braten. Gleich wird sie mir auf den Kopf zusagen, was wirklich passiert ist. Es ist immer so. Wahrscheinlich kann sie Gedanken lesen. Eigentlich kann ich auch gleich alles erzählen. Jessy ließ endlich die Haarsträhne in Ruhe und blinzelte unsicher. Sie merkte, wie ihre Wangen heiß wurden.

Sonja betrachtete nachdenklich Jessys nackte Füße, mit denen sie nervös herumwippte und sagte nach einer Weile ganz ruhig: „ Im Westen von Mallorca gibt es keine langen Sandstrände."

„Was?" Jessy hatte ihre schnell konstruierte Lüge schon wieder vergessen, hatte sie Westen gesagt?

„ Kein Prospekt der Welt, zeigt dir lange Strände vom Westen Mallorcas", erklärte Sonja jetzt etwas

178

lauter. „Wenn du lügst, siehst du aus wie ein kleines Schulmädchen, dass eine Frage nicht beantworten kann. Sagst du mir jetzt, was wirklich los war oder muss ich wieder raten?"

Jessy fiel ergeben in sich zusammen und sackte auf ihr noch zerwühltes Bett. Mit hängenden Schultern begann sie zu berichten. Sonja hörte gespannt zu und ihr Gesichtsausdruck wechselte in schnellem Tempo zwischen Empörung, Überraschung, Wut und Mitleid. Sie hatte mehrmals das dringende Bedürfnis, Jessy zu unterbrechen und ihre Meinung über Tomas und sein blödes Vorhaben zu äußern. Sie beherrschte sich jedoch, um ihrer Freundin nicht noch mehr zuzusetzen. Sie war jetzt schon das reinste Nervenbündel und Sonja zerriss es das Herz, sie so zu sehen. Ihre Wut auf den unbekannten Psycho und natürlich auf Tomas, wuchs jede Minute mehr. Sie griff erneut zum Telefon und rief Maik an.

Nach nur einem Klingeln wurde abgehoben und Maik war am Apparat. „Was ist?", rief er sogleich laut in den Hörer. Seine Angst, dass schon wieder etwas passiert wäre ließ seine Stimme etwas schrill werden.

„Wir treffen uns in fünf Minuten an der Bar", ordnete Sonja bestimmt an. „Jessy braucht mal einen Schnaps oder sowas. Und wir haben viel zu besprechen. Es geht los, Maik. Du und Frank, ihr könnt schon mal euer offizielles Polizei-Gesicht aufsetzen."

Maik grinst und salutierte am Telefon, obwohl Sonja ihn nicht sehen konnte. Aye, aye, Madam. Polizei ist auf dem Weg."

***

Jessy rührte lustlos in ihrem Tequila Sunrise. Trotzdem sie schon den halben Cocktail getrunken hatte, wollte sich keine entspannende Wirkung einstellen.

„Die machen hier einfach zu wenig Alkohol rein", kritisierte Sonja und bestellte noch einen Baileys für Jessy.

„Willst du mich abfüllen?", fragte Jessy lächelnd, als der Kellner ihr das Getränk servierte.

„Nein, ich will dass du dich beruhigst und keine unüberlegten Sachen mehr anstellst", erwiderte Sonja und zwinkerte Jessy zu. „Du bist viel zu aufgeregt. Erst rennst du kopflos alleine deinem Psycho-Ex entgegen, und dann gibst du ihm noch einen Auftrag als Söldner. Ich habe keine Lust dich zwischen einem Einmann-Killerkommando und einem irren Versuchsmörder aufzusammeln. Das kann nur schiefgehen."

Frank und Maik nickten zustimmend. Als Sonja ihnen die ganze Geschichte erzählt hatte, waren beide sehr ernst geworden. Sie hatten sich den Brief mit der Beileidskarte zeigen lassen und tauschten daraufhin besorgte Blicke. Das ging jetzt weit über eine aggressive Schwärmerei hinaus. Es wurde nun offiziell eine Morddrohung gegen Christian ausgesprochen.

Sowas hatte Maik schon mehrfach bei der Arbeit als Polizist erlebt. Verletzte oder abgewiesene Menschen kamen manchmal auf die wunderbare Idee, den unwilligen Partner mit Todesdrohungen einzuschüchtern. Mal war die Drohung an sie persönlich gerichtet, mal wurde sogar mit Selbstmord gedroht, in der Hoffnung, der oder die Auserwählte würde sie aus Angst erhören. Leider war Angst keine gute Voraussetzung für eine harmonische Beziehung. Meistens waren es jedoch nur leere Worte und nichts passierte. Die Leute wollten nicht wirklich jemanden umbringen, es war einfach der letzte verzweifelte Versuch, einen geliebten Menschen an sich zu binden. Dass das ein völlig falsches Konzept war, begriffen die Meisten erst, wenn die Handschellen klickten.

Manchmal war aber an so einer Drohung tatsächlich was dran. Maik war letztes Jahr mit einem Kollegen bei einer Frau gewesen, die am frühen Abend den Notdienst gerufen hatte, weil sie glaubte, dass ein Stalker, der sie bereits seit Wochen belästigte, in ihrem Garten umherstrich. Er hatte ihr bereits am Telefon gedroht sie umzubringen, wenn sie ihm nicht endlich eine Chance geben würde. Maik und sein Kollege hatten den Garten abgesucht und waren sogar zu dem Beschuldigten nach Hause gefahren, um mit ihm zu sprechen. Der war auch tatsächlich da gewesen und hatte ihnen nach mehrmaligem Klingeln, scheinbar erstaunt die Tür geöffnet. Er schien überrascht, von der Polizei aufgesucht zu werden. Die Vorwürfe einer Morddrohung gegen diese Frau, wies er entrüstet von sich. Maik und seinem Kollegen blieb nichts anderes übrig, als dem Mann Glauben zu schenken und wieder zu gehen.

Um ein Uhr früh am nächsten Tag, kurz vor Maiks Schichtende, wurden sie ein zweites Mal zur Adresse der angeblich bedrohten Frau gerufen. Eine Nachbarin hatte laute Schreie vernommen und sicherheitshalber die Polizei informiert.

Sie kamen zu spät. Die Frau lag tot in ihrem Wohnzimmer, die Tatwaffe, ein zwanzig Zentimeter langes Küchenmesser steckte noch in ihrer Brust.

Seitdem war Maik gewillt, jede noch so lächerlich klingende Drohung ernst zu nehmen.

„Normalerweise sollten wir uns doch besser an die örtliche Polizei wenden", meinte Frank.

„Ich denke auch, dass das klug wäre", stimmte Maik seinem Freund zu. „Ich weiß nicht wie weit sie das ernst nehmen, aber ich denke, ich werde mich mal darum kümmern. Auch Christian muss Bescheid wissen. Ich glaube zwar nicht, dass er in Gefahr ist, solange der *Verehrer* noch eine Chance bei Jessy sieht, aber wir müssen ihn warnen.

„Ich kann ihn nicht erreichen", seufzte Jessy und hielt bedauernd ihr Handy hoch. „Es klingelt, aber geht nicht ran. Er wollte nur kurz duschen und dann wieder hier sein."

„Na, dann wollen wir hoffen, dass er bald kommt", meinte Maik und erhob sich. „Ich geh mal schnell zum nächsten Polizeirevier und erzähle diese verrückte Geschichte. Mal sehen, was die sagen. Ihr macht euch schon mal Gedanken über einen vernünftigen Plan, falls die Polizei hier nicht gewillt ist zu helfen."

Jessy, Sonja und Frank nickten und blieben alleine an der Bar zurück. Es herrschte bedrücktes Schweigen. Da fiel Jessy auf einmal noch etwas ein, was sie vor lauter Aufregung völlig vergessen hatte.

„Ich glaube ich weiß jetzt, was diese *Beulen* sein könnten", sprudelte sie auf einmal los.

Frank und Sonja sahen sie verständnislos an.

„Wie bitte?", fragten beide gleichzeitig. „Welche Beulen denn jetzt schon wieder?", wollte Sonja verwirrt wissen.

„Am Strand habe ich doch auch einen von diesen gemeinen Nachrichten bekommen. Du weißt schon, den dieser kleine Junge gebracht hatte. Er sagte zu mir, dass der, der ihn beauftragt hatte, *Beulen* an den Armen hatte."

„Ach ja", fiel Sonja ein. „Wir dachten er meinte damit Pickel."

„Genau", nickte Jessy. „Aber ich glaube er meinte damit, dass der Kerl sehr trainiert war. Die Muskeln am Arm sehen wie Beulen aus."

„Da könntest du tatsächlich recht haben", stimmte Sonja zu. „Damit würde aber der mürrische Junge endgültig ausscheiden, der ist nun wirklich nicht muskulös."

Die Freundinnen schauten sich suchend nach muskulösen Armen um.

„Frank hat ein paar Muskeln", bemerkte Sonja grinsend. Frank sah sie an und lächelte über dieses Kompliment, dann aber stutzte er.

„He, Moment mal", stammelte er erschrocken „ich hab die Nachrichten aber nicht geschrieben."

„Das wollte ich damit auch gar nicht sagen", beschwichtigte Sonja und hob entschuldigend die Hände.

„Hätte er aber machen können", murmelte Jessy leise.

„Wie bitte?", hakte Sonja nach.

„Frank war in der Strandbar, aus der der Junge kam...", erklärte Jessy langsam.

„Also jetzt hört aber auf!", entrüstete sich Frank.

Bedrücktes Schweigen legte sich über die drei Freunde. Frank sah Jessy enttäuscht an und stand dann auf. Er ging an die Bar um sich noch etwas zu bestellen.

„Jessy, was sagst du denn da?", wisperte Sonja und nahm Jessys zitternde Hand in die Ihre.

„Ich hab keine Ahnung", murmelte Jessy leise und schloss übermüdet die Augen. „Ich glaube ich bekomme langsam Verfolgungswahn. Ich verdächtige schon jeden hier, der mich nur ansieht. Sonja, hilf mir. Ich kann nicht mehr." Sonja zog Jessy zu sich heran und drückte sie.

„Das wird schon wieder. Wir finden den Mistkerl. Es bringt aber nichts, wenn wir uns hier gegenseitig verdächtigen. Wir müssen zusammenhalten." Frank kam mit einem kalten Bier zurück an den Tisch und setzte sich wortlos hin. Jessy berührte ihn am Arm und sah ihn bittend an. „Frank, es tut mir leid. Ich weiß nicht warum ich das gesagt habe. Ich will nur, dass das endlich aufhört."

„Ist schon gut", meinte Frank und lächelte traurig. „Schließlich hatte ich ebenfalls Interesse an dir und du hast mich glatt abblitzen lassen." Jessy sah beschämt auf den Boden.

„Ich könnte tatsächlich der Stalker sein. Nur rein theoretisch natürlich", beeilte sich Frank zu versichern.

„So, genug jetzt", fuhr Sonja energisch dazwischen. „Frank ist es auf keinen Fall, und Schluss! Lasst uns lieber nachdenken, wie wir weiter vorgehen."

„Du wolltest noch mit diesem mürrischen Jungen reden", erinnerte Frank Sonja.

„Stimmt. Mich würde jetzt langsam wirklich interessieren, was er von Jessy wollte, bevor Tomas dazwischen ging."

***

Seit Jessy sich mit diesem Schlägertyp getroffen hatte, hockte Alex in den tiefen Polstern der Hotelhalle und dachte über sein weiteres Vorgehen nach. In den letzten Stunden war viel passiert. Er hatte, dem Zufall sei Dank, mehr mitbekommen, als er zu hoffen gewagt hatte. Mit klopfendem Herzen schlug er noch einmal sein Notizbuch auf. Tretboote, morgen 21.00 Uhr, hatte er notiert. Es blieb ihm noch ein ganzer Tag Zeit. Durch einen Postkartenständer hindurch, betrachtete er das Mädchen mit den verweinten Augen. Ihre Freundin saß neben ihr und hielt ihre Hand. Der dickliche junge Mann war eben zur Bar gegangen. Alex überlegte, ob die beiden wohl von der Karte wussten. Ob Jessy sich, trotz des Verbots, ihnen anvertraut hatte.

Alex war es egal. Er würde es trotzdem durchziehen. Er hatte nichts zu verlieren. Er stand auf und ging in sein Zimmer. Ein wenig Ruhe würde guttun. Morgen würde es noch aufregend genug werden.

***

Maik war gerade rechtzeitig wieder zum Abendessen zurück, und traf Sonja, Jessy und Frank im Speisesaal vor ihren bereits halb leer gegessenen Tellern an. Er ließ sich erschöpft auf den vierten freien Stuhl fallen und angelte sich eine halbe Tomate von Sonjas Teller. Jedem anderen hätte Sonja sofort die Hand weggeschlagen, nicht so jedoch bei Maik. Sie lächelte ihn nur verständnisvoll an und schob ihm mit ihrer Gabel noch ein kleines Hackbällchen in den Mund.

„Leute", nuschelte Maik mit vollem Mund, „das war vielleicht anstrengend. Der Polizeichef persönlich hat sich der Sache angenommen. Nachdem ich in einer Mischung aus Spanisch, Englisch und Deutsch diese irre Geschichte dem ganzen Revier erzählt habe, kam der Chef endlich aus seinem Büro. Wie zu erwarten, machten sich einige über die Eifersüchteleien der Touristen lustig. Die Karte, mit der offensichtlichen Todesdrohung, nahmen sie jedoch sehr ernst. Da sie ja augenscheinlich einem jungen Mann gilt, der hier auf Mallorca ansässig ist. Das heißt, dass sich die Sache eventuell nicht von alleine erledigt, sobald der Urlaub von irgendjemandem vorbei ist. Sie müssen der Sache nachgehen und kümmern sich darum, dass Christian gewarnt wird. Sie haben mir übrigens auch empfohlen dir zu sagen, dass du bitte nicht zum vereinbarten Treffpunkt gehen sollst."

„Das war alles?", fragte Jessy enttäuscht. „Wenn ich nicht gehe, muss ich also mit der Angst leben, dass Christian auf irgendeine Art und Weise in Gefahr ist?"

„Sie haben nicht genug Leute um auf Verdacht die Gegend zu bewachen", erklärte Maik bedauernd. „Deswegen sollst du ja auch nicht hingehen. Die können sowieso nichts machen, solange kein Verbrechen passiert ist. Es wird ja kein gesuchter Mörder erwartet. Eventuell ist diese Karte auch nicht wirklich ernst gemeint, sondern nur der verzweifelte Versuch deine Aufmerksamkeit zu gewinnen."

„Na toll", stieß Jessy wütend hervor. Den Weg hättest du dir also sparen können."

„Sei nicht so hart mit den Polizisten, Jessy", versuchte Maik sie zu beruhigen. „Was meinst du, was die jeden Tag hier zu hören bekommen. Die kommen gegen diese kleinen Touristenstreitigkeiten nicht mehr an. Da härtet man ab. Ich sage nicht, dass das in Ordnung ist, aber ich kann denen keine Vorschriften machen, um welchen Fall sie sich kümmern müssen und um welchen nicht."

„Ja, schon gut. Dich trifft keine Schuld", lenkte Jessy ein. „Leider wissen wir immer noch nicht, was wir nun machen sollen."

„Wir wollten erst einmal abwarten, ob du bei der örtlichen Polizei etwas erreichen würdest", meinte Frank. „Und Sonja hatte eigentlich vor, nochmal mit diesem mürrischen Jungen zu sprechen. Leider haben wir ihn bis jetzt nicht finden können. Zum Essen war er auch wieder nicht da."

„Apropos Essen, ich verhungere. Entschuldigt mich bitte eine Minute", warf Maik dazwischen und verschwand mit knurrendem Magen Richtung Buffet.

Als er mit zwei vollen Tellern wieder an den Tisch kam, hatten seine Freunde schon einen kleinen Plan ausgetüftelt, um dem elenden Kartenschreiber auf die Schliche zu kommen.

„Also, wir machen folgendes", begann Frank geschäftsmäßig, „wir beide warten schon irgendwo versteckt in der Nähe der Tretboote. Am besten so nah wie möglich, eventuell hinter einem Stapel

Sonnenliegen, oder so. Wenn dann was schief geht, sind wir gleich zur Stelle. Wir müssten natürlich auch früh genug dort sein, damit keiner sieht wie wir Position beziehen. Sonja dagegen wartet mit Christian im Hotel darauf, dass Jessy sich mit Tomas an der Brücke trifft. Mit einigem Abstand, folgen sie dann den Beiden. Sicher ist sicher, diesem Tomas traue ich keine zwei Meter über den Weg. Leider konnten wir Christian immer noch nicht erreichen. Ich hoffe er meldet sich heute noch."

Maik hatte aufmerksam zugehört und nickte langsam. So richtig wasserdicht fand er den Plan nicht. Aber ihm fiel auf die Schnelle nichts Besseres ein. Er hatte schon erwogen zusammen mit Maik ebenfalls an der Treppe zu erscheinen. Allerdings hatte er bereits erlebt, wie dieser Tomas in cholerischer Art und Weise von jetzt auf gleich die Stimmung wechseln konnte. Sowas war nicht zu unterschätzen. Die Gefahr, dass er durchdrehte und alles ruinierte, war zu groß. Eine lautstarke Eifersuchtsszene konnten sie nicht gebrauchen. Es wäre besser gewesen ihn gar nicht dabei zu haben. Aber das ließ sich jetzt nicht mehr ändern.

„Gut, so machen wir es", stimmte Maik zu und beeilte sich seine Teller leer zu essen. Es war bereits viertel nach neun und sie waren die Letzten im Speisesaal. Die Kellner schielten sehnsüchtig auf die Uhr und freuten sich auf ihren Feierabend.

Der weitere Abend verlief nicht besonders ereignisvoll. Da die Freunde das Hotel nicht verlassen wollten, aus Angst Christian zu verpassen, sahen sie sich eine Show mit afrikanischen Tänzern an. Nach heißen Rhythmen stampften sie mit bunter Körperbemalung und raschelnden Baströckchen über die Bühne. Das Publikum klatschte begeistert und feuerte die Tänzer an, die immer wilder wurden.

Jessy konnte die Show allerdings nicht genießen. Sie sah immer wieder zum Eingang des Hotels und hoffte, dass Christian endlich auftauchen würde. Sein Handy klingelte mittlerweile auch nicht einmal mehr. Eine sympathische weibliche Stimme verkündete jedes Mal höflich, dass der angewählte Gesprächspartner leider nicht zu erreichen sei.

Der Akku ist nur alle, sagte sich Jessy. Er hatte sicher noch etwas für seinen Vater zu erledigen, so wie neulich die Wasserproben. Sein Akku ist alle und er kann nicht Bescheid geben, dass er nicht mehr kommt. Sie wählte noch einmal Christians Nummer und lauschte wie hypnotisiert der netten Stimme, die sie auf die Verbindungsprobleme aufmerksam machte. Bitte, bitte, lass es nur der leere Akku sein, dachte sie verzweifelt und steckte endlich ihr Telefon weg.

„Ich möchte ins Bett", seufzte Jessy weinerlich und zupfte Sonja am Arm. „Ich fühle mich wie erschlagen und Christian wird jetzt sowieso nicht mehr kommen. Wir müssen darauf hoffen, dass er sich morgen meldet."

Sonja stimmte ihr gähnend zu, sie war selber todmüde. Maik und Frank schienen ähnlich zu empfinden, denn sie standen sofort auf und boten den Mädchen an, sie in ihr Zimmer zu bringen.

Als Jessy endlich im Bett lag und sich die Decke bis zur Nasenspitze hochzog, überfiel sie eine bleierne Müdigkeit. Wie kann ein Tag, der so wundervoll begonnen hatte, so schrecklich enden, dachte sie noch. Dann glitt sie in einen traumlosen Schlaf. Mitten in der Nacht schreckte sie einmal hoch, weil sie meinte sie hätte Christian gehört, wie er nach ihr rief. Aber alles war still. Sonja lag neben ihr und atmete in tiefen gleichmäßigen Zügen. Draußen im Gras zirpten die Grillen. Jessy schloss erneut die Augen und schlief beinahe sofort wieder ein. Das war gut, denn sie brauchte Kraft für den nächsten Tag. Vermutlich mehr Kraft, als sie aufbringen konnte.

zwölf

Auf der Suche

Als Jessy am Morgen erwachte, schien bereits die Sonne durch den kleinen Spalt zwischen den Vorhängen und warf einen hellen Strahl quer über ihre Decke. Sie angelte sofort nach ihrem Handy, das auf dem Nachtisch lag und ließ sich per Wahlwiederholung mit Christians Nummer verbinden. Wieder erklärte die freundliche Stimme vom Band, dass der Teilnehmer nicht zu erreichen sei. Jessy legte ihr Telefon zurück auf das kleine Tischchen und zog sich die Decke über den Kopf. Da stimmt was nicht, dachte sie angstvoll und wollte sich lieber nicht ausmalen, was Christian eventuell zugestoßen sein könnte.

„Sein Telefon ist immer noch aus, oder?", fragte Sonja neben ihr.

„Oh, du bist schon wach", sagte Jessy und schälte sich aus der Decke. Ihre Haare waren verstrubbelt und unter den Augen hatten sich dunkle Ringe gebildet. Jessy hatte noch nie Probleme mit ihrem Aussehen gehabt, egal wie lang die Nächte auch manchmal geworden waren. Sie wirkte immer frisch und ausgeruht. Während andere nach ausgedehnten

Parties den ganzen Tag umherschlichen und sich den Kopf hielten, war Jessy das blühende Leben.

Heute jedoch sah man deutlich, dass sie ihre Grenzen langsam erreicht hatte. Nicht Schlafmangel oder das eine oder andere Glas Sekt zu viel hatten sie gezeichnet, es war die Aufregung der letzten Tage und die Sorge um Christian. Selbst Sonja spürte eine Schlappheit, die sie manchmal nach einer schwierigen Prüfung befiel. Wenn man tagelang hochkonzentriert gelernt hatte, und sich alle Gedanken nur noch darum drehten eine einigermaßen gute Note zu bekommen. Wenn dann alles vorbei war, konnte man sich getrost eine Zeit zurücklehnen und entspannen.

Leider war aktuell bei ihnen noch gar nichts vorbei. Es schienen, im Gegenteil, immer neue Probleme aufzutauchen. Sonja stöhnte wie eine alte Frau, als sie langsam aus dem Bett stieg und sich den Rücken rieb.

„Ich hüpf mal schnell unter die Dusche, mir tun alle Knochen weh. Entweder ist die Matratze zu weich oder ich habe falsch gelegen", seufzte Sonja und reckte ihre Arme in die Höhe, dass es knackte.

Sie schlurfte ins Badezimmer und kurz darauf hörte Jessy schon den Wasserstrahl der Dusche prasseln. Als die ersten Dampfschwaden durch die geöffnete Bad-Tür waberten stand sie ebenfalls auf und bahnte sich einen Weg durch den Nebel zum Waschbecken. Der Spiegel war bereits komplett beschlagen, so dass sie sich beim Zähneputzen nicht sehen konnte. Das war ihr allerdings auch ganz recht so. Wenn sie nämlich aussah, wie sie sich fühlte, hatte sie kein Bedürfnis sich näher im Spiegel zu betrachten.

Vor dem Speisesaal trafen die Mädchen auf Maik und Frank. Die beiden wirkten auch nicht wirklich frisch und hatten es ziemlich eilig einen Kaffee zu bekommen.

„Habt ihr Christian erreichen können?", fragte Maik sofort und drückte Jessy kurz, als diese traurig den Kopf schüttelte. Dann gab er Sonja einen, eher freundschaftlichen, Kuss auf die Wange. Er wollte vermeiden, dass Jessy zu sehr daran erinnert wurde, dass Christian im Moment bei ihnen als vermisst galt. Turteleien wären jetzt gerade etwas fehl am Platz gewesen.

Jessy ließ sich auch noch von Frank drücken, der sich etwas unbeholfen dabei anstellte. Er wollte nicht aufdringlich wirken, hatte aber den Wunsch Jessy zu zeigen, dass er für sie da war. Sie lächelte matt und erwiderte die Umarmung um Frank spüren zu lassen, dass sie seine Fürsorge zu schätzen wusste.

Gemeinsam betraten sie den Frühstücksraum und wählten einen Platz am Fenster. Als erstes besorgten sie sich den dringend benötigten Kaffee.

Frank stellte seine Tasse und einen großen Orangensaft auf den Tisch und war dann gleich wieder verschwunden. Ihm konnte so leicht nichts auf den Magen schlagen. Im Gegenteil. Er brauchte Reserven für den bevorstehenden Tag.

Die Mädchen hatten keinen rechten Hunger und wählten nur je einen Fruchtjoghurt, was prompt von Frank bemängelt wurde, als dieser mit vollem Teller zum Tisch zurückkehrte und beide vor ihrem kärglichen Mahl vorfand.

„Ihr solltet auch etwas mehr essen, als einen dünnen Joghurt", meinte er vorwurfsvoll. „Ich meine, wir suchen doch jetzt nach Christian, oder nicht? Ein gutes Frühstück gibt Kraft, das kannst gerade *du* gebrauchen." Frank deutete auf Jessy und betrachtete besorgt ihre dunklen Augenringe.

„Hast ja recht", seufzte sie. „Mir ist zwar überhaupt nicht nach Essen zumute, aber ich schätze es wird ein anstrengender Tag. An heute Abend mag ich gar nicht erst denken. Komm Sonja, wir müssen was essen." Sie zog ihre Freundin vom Stuhl und schob sie Richtung Buffet.

„Was machen wir jetzt eigentlich?", fragte Frank, als Maik, Sonja und Jessy wieder am Tisch saßen und sich mehr oder weniger hungrig über Brötchen, Rührei und Speck hermachten.

„Ich weiß nicht genau…Jessy, weißt du wo Christian wohnt", fragte Maik.

„Nein, darüber haben wir gar nicht gesprochen", antwortete Jessy etwas peinlich berührt. Die wenige Zeit, die sie bis jetzt zusammen gehabt hatten, ohne dass irgendetwas Blödes dazwischen kam, hatten sie nicht mit sowas Banalem wie Adressenaustausch vertan.

„Ich weiß wer uns helfen kann", fiel Sonja erfreut ein. „Wir fragen Juan und die anderen Jungs vom Strand. Er surft mit ihnen, vielleicht wissen sie seine Adresse."

„Das ist eine brillante Idee, Sonja", lobte Maik anerkennend.

„Ich schreibe Juan mal eine SMS", meinte Sonja eifrig, zückte ihr Handy und begann zu tippen.

„Wir könnten auch direkt bei seinem Vater anrufen und nach Christian fragen", meinte Frank. „Er arbeitet doch in diesem Aquarium in Palma. Wie heißt Christian mit Nachnamen, Jessy?"

Jessy biss sich auf die Lippen. „Weiß ich nicht", murmelte sie und wurde tatsächlich rot.

„Nun, starrt sie nicht so an", lachte Sonja. „Verliebte haben andere Sachen im Kopf, als über solch alltägliche Sachen wie Adressen und Nachnamen zu sprechen. Ich kann mich außerdem nicht daran erinnern, dass DU mich in den letzten Tagen nach meinem Nachnamen gefragt hast", grinste Sonja und tippte Maik auf die Brust.

Maik grinste auch und hob wie ertappt die Hände. „Sorry, ich bin eben verliebt."

Sonjas Handy piepte. Juan hatte geantwortet.

„Oh, schade. Juan weiß die Adresse nicht", las Sonja enttäuscht. „Er sagt aber, dass Manuel sie weiß, weil er Christian manchmal zum Surfen abholt. Sie wollten heute wieder an den Strand."

„Dann machen wir uns am besten gleich auf den Weg", schlug Maik vor und trank vorsichtig einen Schluck von seinem sehr heißen Kaffee.

„Erst mal in Ruhe aufessen", mahnte Frank. „Sonst kippt uns Jessy wieder um. Aber diesmal vor Hunger."

Jessy lächelte einsichtig und zwang sich, ein weiteres halbes Brötchen mit Marmelade zu verspeisen. Sie aß sogar noch ein hart gekochtes Ei und probierte ein knuspriges Stück Speck. Nachdem sie alle noch ihre Kaffeetassen geleert hatten, beendeten sie, gut gestärkt, das Frühstück und machten sich auf den Weg zum Strand.

Sonja hatte sich bei Jessy untergehakt, und so schlenderten sie hinter Maik und Frank her, die vor ihnen gingen. Sie wanderten die kleine Straße zwischen ihrem Hotel und der Strandbar entlang. Erst mal nachsehen, ob die Surf-Kumpel von Christian überhaupt schon am Strand waren. Der leichte Wind strich angenehm warm um Jessy Schultern und die Luft roch erfrischend nach Sonne und Meer. Es war so ein wundervoller Tag. Jessy wünschte, dass es ein ganz normaler Urlaubstag wäre, stattdessen spielten sie jetzt Detektiv. Und leider war es nicht mal wirklich ein Spiel. Christian war verschwunden, vielleicht war er ernsthaft in Gefahr. Heute Abend würde ihr ein Verrückter auflauern, der sich vermutlich mit ihrem bescheuerten Ex prügeln musste. Was für ein blöder Urlaub war das eigentlich? Anstatt braungebrannt und erholt zurückzukommen, sah sie aus wie ein übernächtigter Zombie. Sie hätte gute Lust, alles abzubrechen und den nächsten Flug nach Hause zu nehmen. Aber erstens fehlte ihr das Geld um einen neuen Flug zu buchen und zweitens könnte sie niemals Christian im Stich lassen. Sie mussten versuchen ihn zu finden. Jessy hoffte, dass es nicht schon zu spät war.

***

Die Surfer-Clique war tatsächlich bereits am Strand und überall lagen schon die bunten Segel herum. Miguel und Pedro lachten und pfiffen gerade zwei Mädchen hinterher, die sich kichernd immer wieder nach den Jungs umdrehten. Juan saß mit Manuel auf einem Surfbrett und amüsierte sich über die ausdauernden Balzversuche der zwei Anderen. Miguel und Pedro waren immer bemüht einen bleibenden Eindruck auf hübsche Mädchen zu machen. Der schüchterne Manuel schaute ihnen bewundernd dabei zu. Er würde auch gerne besser bei den Mädels ankommen, aber die Kumpel stahlen im regelmäßig die Show. Er hatte einfach keine Chance. Juan lachte nur. Er fand das gockelhafte Verhalten seiner Freunde einfach nur lustig. Er selber war auch kein Weiberheld. Er vertrat die Einstellung, dass die Richtige irgendwann kommen würde, auch ohne dass man sich täglich zum Affen machte. Warum auch sollte er Touristinnen anmachen? Sie waren in der Regel nach zwei Wochen wieder weg und Juan wollte eine feste Freundin haben. Bei Sonja würde er allerdings eine Ausnahme machen, sie war schon echt klasse. Aber sie hatte sich ja bereits anderweitig entschieden, wie Juan wieder einmal seufzend feststellen musste, als er die kleine Gruppe auf ihn zukommen sah. Er erhob sich federnd von dem Brett und kam lächelnd auf Jessy, Sonja, Maik und Frank zu, um alle zu begrüßen.

„Na, was ist denn los?", wollte Juan wissen, nachdem er Hände geschüttelt und Küsschen verteilt hatte.

„Habt ihr was von Christian gehört?", platzte Jessy gleich los und sah Juan hoffnungsvoll an.

„Nein, hab mich schon gewundert, dass er sich nicht gemeldet hat", meinte Juan und kratzte sich nachdenklich am Kinn. Jessy sackte sichtlich in sich zusammen. Sie hatte tatsächlich einen kleinen Hoffnungsschimmer gehabt, Christian könnte einfach mit seinen Kumpels hier am Strand sein und genau wie die anderen sein Segel aufbauen.

„Wir vermissen ihn seit gestern Abend", erklärte Sonja. „Deswegen hatte ich dich auch nach seiner Adresse gefragt. Wir müssen da hin und fragen was los ist."

„Verstehe. Manuel!", rief Juan nach seinem Freund und winkte ihn zu sich herüber. Auch Pedro und Miguel kamen mit breitem Grinsen angelaufen. Die Gelegenheit auf einen Begrüßungskuss von zwei so umwerfenden Mädchen konnten sie sich unmöglich entgehen lassen. Juan erklärte schnell auf Spanisch, dass Christian vermisst wurde und die vier Freunde zu Christian nach Hause wollten. Manuel erklärte sich sofort bereit zu fahren. Das Haus von Christians Eltern lag doch ein wenig außerhalb. Zu Fuß, in der prallen Sonne, wäre der Marsch schon fast unerträglich gewesen.

Manuel fuhr einen alten VW Bus Baujahr 1960, den er zitronengelb gestrichen hatte. Auf beiden Seiten prangten in grellen Farben bunte Blumen und Surfbretter. Manuels Bruder war in künstlerischer Hinsicht sehr begabt und hatte an nur einem Wochenende die sehr detailgetreuen Kunstwerke mit Acrylfarbe auf den Bulli gemalt. Im Bus hatten eigentlich bis zu neun Leute Platz, wenn nicht die meisten Sitzplätze mit Surfsachen besetzt gewesen wären. Manuel warf hastig zwei Taschen und einen Neoprenanzug auf die letzte Sitzreihe und deutete einladend auf die freien Plätze.

„Soll ich mitkommen?", fragte Juan. „Manuel kann nur ganz wenig Deutsch."

„Ich könne Deutsch bisschen", protestierte Manuel und stemmte die Hände in die Hüften."

„Danke, Juan, wir kommen schon klar", lachte Sonja.

„Ja, Juan, wir sind ganz klar", bekräftigte Manuel eifrig. Jetzt lachten alle und Juan schlug Manuel freundschaftlich auf die Schulter.

„Okay, dann bleibe ich hier und passe auf deine Sachen am Strand auf. Pedro und Miguel sind einfach zu leicht abzulenken. Ihr wisst schon, die

Señoritas...", grinste Juan und schnalzte mit der Zunge.

Sonja setzte sich nach vorne zu Manuel, weil sie etwas Spanisch konnte. Jessy, Frank und Maik kletterten auf die hinteren, freigeräumten Sitzbänke und schnallten sich an. Juan winkte ihnen noch einmal zu und trottete dann wieder vom Parkplatz zurück an den Strand.

„Gutt, dann geht los, sí?", meinte Manuel eifrig, warf den Motor an und legte krachend den ersten Gang ein. Der Bulli setzte sich laut röchelnd in Bewegung und zuckelte gemächlich wie ein alter Maulesel vom Parkplatz. Jessy suchte nach irgendetwas an dem sie sich festhalten konnte, fand aber nur Franks Arm, was Frank ausnahmslos gut gefiel. Nachdem sie einen kleinen Kreisel passiert hatten und auf die Hauptstraße gelangten, gab Manuel Gas. Zwar fuhren sie mit Sicherheit nicht schneller als 50 km/h, aber der alte Bus schaukelte und ratterte so laut, als wären sie mit Höchstgeschwindigkeit auf der Autobahn unterwegs. Die Freunde wurden heftig hin und her geschleudert.

„Mein Auto fahrt nich so gutt, aber viel ist Platz für Surfsegel und so", erklärte Manuel entschuldigend. Sonja lächelte verständnisvoll, kämpfte aber mit aufsteigender Übelkeit. Sie hoffte, dass das Geschaukel nicht mehr allzu lang dauern würde. Nach weiteren fünf Minuten auf der Hauptstraße, bog Manuel in eine kleine Seitenstraße ein, die von der Enge des Ortes auf freieres Gelände führte. Hier standen hübsche Häuser im Finca-Stil, die sogar einen kleinen Garten hatten. Vor einem cremefarbenen Haus, das üppig mit orangen und weißen Bougainvilleen bewachsen war, hielt Manuel an.

„Hier wohnen Christian", sagte er und schaltete den Motor ab.

Sonja stieg als erste aus und half Jessy mit der Schiebetür, die etwas schwergängig war. Als alle aus dem Bus gestiegen waren standen sie unschlüssig vor dem schwarzen, schmiedeeisernen Tor und wussten nicht so recht wie es weitergehen sollte.

„Also wir klingeln und fragen, ob Christian da ist?", fragte Jessy lahm. „Was ist, wenn er nicht da ist? Was sagen wir dann?" Ihr stiegen Tränen in die Augen.

„Lass mich das mal machen", sagte Maik und schob Jessy ein Stück zur Seite. Er ging voran durch das hübsche Tor und musterte an der Haustür zuerst die Klingel.

„Also, hier steht der Name Böttcher. Jetzt wissen wir schon mal wie dein Freund mit Nachnamen heißt", grinste Maik und zwinkerte Jessy zu. Dann drückte er den Klingelknopf und wartete. Er hörte Schritte und straffte sich. Die Tür ging auf und eine zierliche kleine Frau mit schwarzen Haaren steckte den Kopf durch den Spalt.

„Sí?", sagte sie und musterte Maik argwöhnisch von oben bis unten.

„Guten Tag Frau Böttcher, ist Christian zu Hause? Wir hatten uns verabredet und er ist nicht aufgetaucht. Wir machen uns etwas Sorgen."

Die Frau mit den schwarzen Haaren öffnete die Tür etwas weiter und sah jetzt auch die anderen, die hinter Maik mit erwartungsvollen Gesichtern zu ihr starrten. Ihr fiel auch sofort auf, dass das Mädchen mit den schönen grünen Augen kurz davor war in Tränen auszubrechen.

„Dios mío! Qué pasa? No hablo alemán", rief sie. Maik sah sie verwirrt an und drehte sich hilfesuchend um.

„Was sagt sie?"

Manuel schob sich an Frank und Sonja vorbei, bis er vorne bei Maik an der Tür stand. Er begrüßte die Frau artig und sprach schnell ein paar Worte mit ihr auf Spanisch. Sie lauschte aufmerksam und hob dann dramatisch ihre Arme bevor sie ihrerseits Manuel mit einem wahren Wortschwall übergoss. Ihre Hände flatterten dabei hin und her wie ein Schwarm Kolibris und zeigten mal hierhin mal dorthin. Als ihr offenbar die Puste ausgegangen war und sie sich theatralisch gegen den Türrahmen lehnte, begann Manuel so gut er konnte zu übersetzten.

„Das Maria", sagte er und deutet auf die kleine Frau. „Maria putzen für Familie von Christian. Vater von Christian heute früh weg zur Arbeit. Mutter gerade in Deutschland, besuchen Oma von Christian. Maria heute Morgen sehen, dass Bett von Christian nicht benutzt. Sie denken er ist bei

Freundin. Jetzt sie Angst, dass Schlimmes ist passiert."

Manuel lächelte stolz, dass er so gut übersetzen konnte und schaute abwartend von einem zum anderen.

„Hat sein Vater nichts mitbekommen? Ich meine, hat er nicht gemerkt, dass sein Sohn nicht da ist?", überlegte Sonja.

„Na, Christian springt doch seit Tagen mit uns in der Gegend herum. Sein Vater wird sich nichts dabei gedacht haben, dass er noch nicht zu Hause ist. Wahrscheinlich dachte er genau wie Maria, dass er bei jemandem übernachtet."

„Na hör mal, man bleibt doch nicht einfach weg ohne eine Nachricht zu hinterlassen", regte sich Jessy auf. „So ein Rumtreiber ist Christian ja wohl auch nicht."

„Wir sprechen besser mal mit seinem Vater", schlug Maik vor. „Vielleicht weiß er ja doch wo Christian ist."

„Er arbeitet doch im Palma Aquarium", viel Jessy ein. „Da können wir anrufen."

„Sí, Palma Aquarium!", warf Maria aufgeregt ein. Das hatte sie verstanden. Sie sagte etwas zu Manuel und machte mit ihrer Hand eine Geste, als würde sie telefonieren. Dann ging sie zurück ins Haus und bedeutete allen mit hineinzukommen.

„Kommen mit rein", sagte nun Manuel und ging voran. „Maria hat Telefonnummer von Palma Aquarium."

Erleichtert, dass es nun weiterging und sie etwas tun konnten trabten all brav hinter Maria her, die sie zum Telefon führte. Maria murmelte etwas auf Spanisch vor sich hin und blätterte in einem kleinen Büchlein, das neben dem Telefon lag.

„Ah, aquí. Palma Aquarium." Maria hielt Maik das Buch unter die Nase und deutete auf die Nummer.

Maik nahm gleich den Telefonhörer in die Hand und begann zu wählen. Für ihn war es selbstverständlich, dass er den Anruf übernahm. Jessy war viel zu sehr durch den Wind und würde vielleicht auch nicht die passenden Worte finden um ihrerseits den Vater zu beruhigen, falls dieser ebenfalls anfing sich Sorgen zu machen.

Das Freizeichen ertönte. Dann meldete sich ein Mann auf Spanisch. Maik räusperte sich und fragte dann auf Deutsch nach Herrn Böttcher. Er nickte und lauschte weiter in den Hörer, zu Jessy machte er das Daumen-hoch-Zeichen. Dann war offensichtlich wieder jemand am anderen Ende der Leitung.

„Ja, hallo Herr Böttcher. Hier spricht Maik Petersen, ich bin ein Bekannter von ihrem Sohn Christian. Er war die letzten Tage oft mit uns zusammen und hat…ah, okay er hat schon von uns erzählt. Wir haben jedenfalls seit gestern Abend nichts mehr von ihm gehört und sind nun etwas in Sorge. Auch heute hat er sich nicht bei uns gemeldet. Das passt doch gar nicht zu Christian." Offensichtlich redete nun Herr Böttcher eine Weile, denn Maik lauschte nur aufmerksam und nickte hin und wieder. Dann sagte er: „Gut, Herr Böttcher. Wenn sie zuerst etwas hören melden sie sich doch bitte bei mir." Maik gab noch seine Handynummer durch, verabschiedete sich und legte auf.

Fünf Augenpaare waren auf ihn geheftet und warteten gespannt was er zu berichten hatte.

„Er hat Christian das letzte Mal gesehen, als er gestern Morgen aus dem Haus ging. Da sagte Christian ihm, dass er mit uns in das Naturreservat fahren würde. Als er dann von der Arbeit nach Hause kam hat er sich nichts dabei gedacht, dass Christian nicht da war. Er ging tatsächlich davon aus, dass er noch mit uns zusammen sei. Dass er allerdings auch über Nacht fortblieb fand er schon etwas merkwürdig. Aber da Christian ihm von diesem 'absolut umwerfenden Mädchen' erzählt hatte", Maik zwinkerte Jessy zu „nahm er an, dass Christian bei ihr geblieben war."

„Was geschieht jetzt?", fragte Frank. „Macht er eine Vermisstenanzeige?"

„Ja, und wenn er etwas Neues hört ruft er mich an", antwortete Maik und wischte sich müde über die Augen.

„Das heißt also, dass keiner weiß wo Christian ist", flüsterte Jessy. „Ob er überhaupt noch …" Sie verstummte und presste die Lippen aufeinander. Sonja nahm ihre Hand und drückte sie.

„Denk nicht sowas. Es wird sicher alles gut."

Juan übersetzte leise, das Wenige was er verstanden hatte, an Maria. Diese ließ ein unterdrücktes Schluchzen hören, murmelte dann etwas von *café* und verschwand in der Küche. Bedrücktes Schweigen herrschte in dem aufgeräumten Wohnzimmer. Das gemütliche Sofa lud zum Hinsetzen ein, doch keiner rührte sich von der Stelle. Aus der Küche klang gedämpftes Klappern von Geschirr.

Frank brach als erster das Schweigen.

„Leute, Kopf hoch. Lassen wir die Polizei erst mal ihre Arbeit machen. Die werden zuerst alle Krankenhäuser checken, ob Christian dort eingeliefert wurde. Vielleicht hatte er einen Unfall."

Jessy wimmerte und Sonja sah Frank strafend an. Sie nahm ihre Freundin am Arm und führte sie zum Sofa.

„Wir können jetzt leider wirklich nichts mehr machen. In diesem Punkt hat Frank leider Recht. Wir müssen abwarten, ob die Polizei etwas herausfindet. Wir wissen nicht wo wir noch nach Christian suchen sollen. Jessy steht heute Abend sowieso schon eine verdammt unangenehme Aufgabe bevor. Wir sollten uns darauf konzentrieren, damit wir wenigstens diesen Psycho vom Hals bekommen."

Maik hatte ebenfalls neben Jessy Platz genommen und sah sie besorgt an.

„Das stimmt. Jessy darf auf keinen Fall schlapp machen, sonst fällt unsere Operation ins Wasser."

Jessy lächelte schwach. So wie Maik das sagte, hörte es sich nach einer groß angelegten Aktion an, wie in einem Action-Film.

Maria kam mit einem Tablett herein, auf dem sich große Kaffeebecher mit dampfendem Inhalt und eine

Schale mit Keksen drängten. Mit etwas zu viel Schwung platzierte Maria das Tablett auf dem Tisch. Die Becher klirrten gegeneinander.

„Danke Maria", sagte Frank artig und griff sich sofort eine Tasse Kaffee und zwei Kekse. Er brauchte dringend eine kleine Stärkung und hoffte, dass er nicht zu gierig wirkte und sich gleich wieder einen scharfen Blick von Sonja einfing. Doch in diesem Fall stürzten sich alle sofort dankbar auf die angebotene Erfrischung. Alles war besser, als nur so dazusitzen und seinen verzweifelten Gedanken an den vermissten Freund nachzuhängen.

***

Christians Kopf dröhnte fürchterlich. Der Schmerz strahlte vom Kiefer durch den ganzen Schädel und verlief sich dann irgendwo im Nacken. Er versuchte die Augen zu öffnen, aber so richtig ging es nicht. Er stöhnte und versuchte seine Arme zu bewegen, was auch nicht funktionierte. Sie waren hinter seinem Rücken gefesselt. Der kühle Boden unter ihm fühlte sich hart an. Er schien auf der Seite zu liegen, mit den Armen hinter dem Rücken. Christian versuchte verwirrt sich zu konzentrieren. Was war hier eigentlich los, wo war er? Er atmete tief durch um einen klaren Kopf zu bekommen. Er fühlte sich wie in einem Traum aus dem er nicht richtig erwachte. Wenn doch nur diese Kopfschmerzen nicht wären, dann könnte er sicher besser denken. Christian lauschte in die Dunkelheit und nahm jetzt ein leises Rauschen war. Das hörte sich nach einem Auto an. Er lauschte weiter, konnte aber nichts mehr hören. Eine vielbefahrene Straße schien demnach nicht in der Nähe zu sein.

Er sog aufmerksam die Luft um ihn herum ein und überlegte. Es roch etwas nach Kalk und ein bisschen modrig. Mit den Füßen schabte Christian über den Boden und verursachte ein kratzendes hallendes Geräusch. Ich bin irgendwo in einem Raum, dachte er, vielleicht ein Keller. Seine Beine waren ebenfalls zusammengebunden, er konnte sich nicht aufrichten. Christian fluchte leise und begann auf gut Glück seinen Körper zu rollen. Auf dem Bauch liegend versuchte er sich mit dem Kopf am Boden abzustützen und aufzustehen, aber es war unmöglich. Wenigstens konnte er aber jetzt teilweise etwas sehen. Das, was ihm die Sicht behindert hatte, war ein Stück nach oben gerutscht und gab Christians rechtes Auge frei. Es schien so etwas wie ein Schal zu sein, den ihm jemand über die Augen gebunden hatte. Er rollte sich auf die andere Seite und rieb seinen Kopf an dem harten steinernen Boden, um das Stück Stoff komplett zu entfernen. Es funktionierte und Christian konnte endlich wieder sehen.

Erleichtert stellte er fest, dass er nicht in einem Keller war, sondern in einer alten Bauruine, wie sie des Öfteren auf mallorquinischen Grundstücken zu finden waren. Jemand fing an zu bauen, dann fehlte das Geld, man hörte auf zu bauen. Vielleicht ging der Bau irgendwann einmal wieder weiter, vielleicht aber auch nicht. So blieben die angefangenen kleinen Häuschen friedlich stehen und warteten geduldig, dass man sich wieder um sie kümmerte. Sie wucherten mehr oder weniger zu und wirkten dann manchmal wie geheime Verstecke in denen es verborgene Rätsel gab.

Christian wagte einen Versuch und rief lauf um Hilfe. Wie er schon insgeheim vermutet hatte kam niemand. Entweder lief gerade keiner dort draußen herum oder dieses Grundstück befand sich zu weit abseits der belebten Straßen. Wahrscheinlich Letzteres, dachte Christian, die Geräusche der Autos waren ja auch ziemlich weit entfernt.

Also musste er ohne Hilfe hier raus. Gut, dass die Kopfschmerzen langsam nachließen. Wenige Meter rechts von ihm befand sich die nächste Wand. Sie war mit großen Sandsteinblöcken gebaut worden. Zwischen den Fugen der Steine quoll grauer Mörtel hervor. Es sah ein bisschen aus wie ein leeres Kreuzworträtsel.

Christian robbte mit seinen gefesselten Armen und Beinen auf die Wand zu und begann sich schnaufend und stöhnend daran hochzuschieben. Es war sehr mühsam, aber er kam Stück für Stück voran und schließlich saß er aufrecht an der Sandsteinwand, lehnte seinen Kopf dagegen und gönnte sich eine kleine Verschnaufpause.

Jetzt konnte Christian sehen, dass seine Beine mit einem braunen Klebeband zusammengebunden waren. Es war Paketklebeband und ziemlich stabil. Seine Hände waren vermutlich ebenfalls damit an den Handgelenken umwickelt worden. Sein Blick wanderte suchend über den Boden und blieb dann an einem Haufen zerbrochener Sandsteinstückchen hängen. Sandstein ist nicht sehr fest und bröckelt leicht auseinander. Einen Nagel könnte man damit sicher nicht in die Wand schlagen. Aber er war rau und scharfkantig wenn er brach, und genau das konnte Christian jetzt gebrauchen.

Er machte sich, auf dem Hosenboden rutschend, auf den Weg zu dem nicht weit entfernten Steinhaufen. Es ging sogar recht fix und schon kurze Zeit später angelte sich Christian mit den gefesselten Händen ein passendes Stück Stein aus dem Haufen heraus. Es war spitz und kratzig, genau das Richtige.

Vorsichtig platzierte er den scharfen Stein zwischen seine Handflächen und begann langsam damit an dem Klebeband zu kratzen. Da Christian nicht sehen konnte, ob sich ein Erfolg einstellte, kratzte er einfach immer weiter, in der Hoffnung, das Band würde irgendwann reißen.

Während er mühsam das Klebeband um seine Handgelenke bearbeitete, versuchte er sich zu erinnern was eigentlich geschehen war.

Sie waren gegen sechs Uhr von ihrem Ausflug zum Naturreservat zurückgekehrt. Er hatte Jessy, Sonja, Frank und Maik am Hotel abgesetzt und ihnen noch zugerufen, dass er nach dem Duschen wiederkommen würde. Sie hatten geplant nach dem Essen durch den Ort zu schlendern und sich in der tollen jamaikanischen Cocktailbar einen der wirklich leckeren Cocktails zu gönnen.

Nachdem er gut gelaunt weitergefahren war, trat plötzlich ein junger Mann vor ihm auf die Straße, stolperte und fiel unbeholfen hin. Christian hatte scharf bremsen müssen und war froh, dass er den Mann nicht überfahren hatte. Er stieg aus und wollte hilfsbereit nach dem Rechten sehen, da der Gestürzte offensichtlich Schwierigkeiten beim Aufstehen hatte. Der Mann kauerte auf der Straße, stöhnte laut und hielt leidend seinen rechten Knöchel umklammert. Er trug einen Strohhut, welchen er tief ins Gesicht gezogen hatte. Christian konnte sich jetzt erinnern, dass er sich zu dem Mann hinunter gebeugt und gefragt hatte: „Alles in Ordnung?"

Da hatte der Mann den Kopf gehoben und Christian war noch erstaunt gewesen, dass er anstatt eines schmerzverzerrten Gesichts ein höhnisches Grinsen zu sehen bekam. Aus dem Augenwinkel hatte Christian die dann folgende Bewegung gesehen, aber es war zu spät. Die Faust des am Boden Sitzenden krachte mit überraschender Präzision genau auf die Kinnspitze von Christian. Er hatte nicht einmal mehr den Schmerz gespürt. Er war sofort k.o. gegangen.

***

Gegen ein Uhr verließen Jessy, Sonja, Maik, Frank und Manuel schließlich das Elternhaus von Christian und überließen Maria wieder ihrer Hausarbeit. Sie verabschiedete sich mit einem tränenreichen Wortschwall, den nur Manuel verstand und steckte ihm einen Zettel mit ihrer Telefonnummer zu. Er nickte und erklärte den anderen: „Ich soll sie rufen an, wenn wir finden Christian."

Maria schniefte noch einmal, dann schloss sie die Tür. Unschlüssig, was sie nun machen sollte, standen sie im Vorgarten und schwiegen.

„Wir fahren erst mal zurück ins Hotel, ich weiß nicht was wir sonst noch tun könnten", nahm Maik wieder das Heft in die Hand. „Langsam kommt mir leider der Verdacht, dass Christians Verschwinden eventuell tatsächlich mit der Trauerkarte zusammenhängt. Vielleicht hat unser irrer Stalker ihn Beiseite geschafft, damit Jessy auch wirklich zu dem Treffen heute Abend kommt. Als Druckmittel sozusagen. Ich denke es ist angebracht, dass ich noch einmal zur Polizei gehe und die vermuteten Zusammenhänge schildere. Vielleicht kommt dann etwas mehr Bewegung in die Sache."

„Oh Gott, denkst du wirklich, dass das möglich ist", jammerte Jessy erschrocken.

„Bei Verrückten ist alles möglich. Umso wichtiger ist es, dass wir heute Abend alles richtig machen. Wenn der Kerl etwas mit Christians verschwinden zu tun hat, werden wir das schon aus ihm herausbekommen."

Sie ließen sich von Manuel direkt vor ihrem Hotel absetzen.

Sonja umarmte ihn und sagte: „Danke, Manuel. Sag Juan, wir melden uns."

Nachdem sich jeder bei Manuel bedankt und verabschiedet hatte tuckerte er mit seinem zitronengelben Bus wieder davon.

Maik ließ sich von Jessy die Trauerkarte aus ihrem Zimmer holen und machte sich damit auf den Weg zum Polizeirevier in dem er gestern schon war.

„Was machen wir jetzt mit dem angebrochenen Tag? Hat jemand Lust auf Strand?" Frank sah fragend in die Runde. Er hoffte, dass jetzt nicht bis heute Abend Trübsal geblasen wurde. Klar, es war besorgniserregend, dass Christian sich nicht meldete, aber wie gut kannten sie ihn schon? Vielleicht hatte er, oh Wunder, noch andere Freunde bei denen er sich aufhielt. Vielleicht gab es sogar noch ein anderes Mädchen… Frank war sich bewusst, dass es schon irgendwie gemein war so zu denken, aber andererseits wollte er Jessy endlich mal wieder lachen sehen. Da sie im Moment nichts weiter tun konnten, war es doch gut, wenn sie auf andere Gedanken käme. Er legte freundschaftlich einen Arm um ihre Schulter und drückte sie sanft.

„Komm schon. Heute Abend wird`s noch aufregend genug. Wir sollten etwas Schönes machen, damit du nicht mehr so traurig bist."

Sonja nickte zustimmend.

„Ich bin auch dafür. Es hilft niemandem, wenn wir jetzt den ganzen Tag ein langes Gesicht ziehen und jammern. Wozu hast du Lust Jessy?"

Jessy atmete einmal tief durch und riss sich zusammen. Es stimmte, sie konnten nichts weiter tun und sie wollte den Freunden auch nicht den Urlaub verderben. Sie hatte alle bereits mehr als genug auf Trab gehalten. Es war ihr mittlerweile schon ziemlich unangenehm. Alles drehte sich nur um sie und ihre männlichen Verehrer. Wobei sie auf mindestens zwei davon gerne verzichtet hätte. Jedenfalls stand sie seit Tagen im Mittelpunkt und alle versuchten ihr zu helfen. Ihre Freunde hatten definitiv eine Pause verdient. Und sie selber auch.

„Also gut. Ich finde auch, dass wir uns vor dem Showdown heute Abend nochmal richtig entspannen sollten." Jessy konnte förmlich hören wie die anderen, die vor Spannung angehaltene Luft langsam entweichen ließen." Erst mal hab ich aber Hunger, wollen wir an der Strandbar eine Kleinigkeit essen? Ich fand diese Tintenfischringe unheimlich lecker."

Amüsiert bemerkte sie, wie Franks Gesicht einen glücklichen Ausdruck bekam.

Und dann redeten alle durcheinander was sie bestellen wollten. Es war, als wäre ein großer Knoten der Anspannung endlich geplatzt. Alle hatten Jessy wie ein rohes Ei behandelt, aus Angst sie könnte zusammenbrechen. Es wäre ja auch kein Wunder gewesen, nach der ganzen Aufregung der letzten Tage. Nun aber war sie wieder da, und sie wirkte sehr entschlossen dem Kommenden den Kampf anzusagen.

***

Christian schwitzte und hatte unglaublichen Durst. Die Luft hier war so trocken und staubig, dass ihm seine Zunge regelrecht am Gaumen zu kleben schien. Der Schweiß drang ihm aus allen Poren und rann über seine Stirn. Hin und wieder fand ein Tropfen einen Weg in seine brennenden Augen und Christian fluchte. An seiner Nase hing ein großer Tropfen, der nicht abfallen wollte, es kitzelte. Wütend schüttelte Christian den Kopf und der Tropfen flog davon. Er hatte sich bereits den dritten Steinbrocken herausgesucht und bearbeitete damit unaufhörlich das Klebeband an seinen Handgelenken. Entweder waren es sehr viele Schichten oder es war einfach unglaublich stabil. Wie spät es wohl war? Christian hatte jegliches Zeitgefühl verloren. Obwohl dieses zugige Bauwerk über Fenster verfügte, konnte er durch keines davon richtig nach draußen sehen. Für diese Aussicht hätte er weiter durch den Raum rutschen müssen, um näher an so einem gemauerten Loch, denn mehr war es noch nicht, zu sein. Dafür hatte er aber keine Zeit und keine Lust, er musste die Klebeschicht loswerden.

Es dauerte noch eine Weile, aber irgendwann spürte Christian, dass die Fesseln lockerer geworden waren. Er konnte seine Handgelenke etwas weiter auseinander bewegen und bekam den Stein zum Schneiden besser zwischen das Klebeband. Vermutlich war endlich ein Riss entstanden. Seine Finger fühlten sich taub und zerkratzt an, der poröse Sandstein hatte ihnen mit Sicherheit sehr zugesetzt. Wahrscheinlich bluteten sie auch schon. Aber da Christian sich seine Hände sowieso nicht ansehen konnte, solange er seine Arme nicht nach vorne bekam, lohnte es sich nicht darüber nachzudenken. Er säbelte mit aller Entschlossenheit weiter an dem klebrigen Band, bis er das erlösende Geräusch von reißendem Plastik vernahm. Mit einem lauten Stöhnen der Erleichterung zog er seine schmerzenden Arme nach vorne und legte sie behutsam auf seine Beine. Die zerfetzten Reste des Klebebandes hafteten noch an der Außenseite seiner Handgelenke. Die Innenseiten waren schmerzhaft aufgeraut und bluteten an einigen Stellen. Nicht schlimm, aber es brannte etwas durch den Schweiß auf seiner Haut. Seine Finger waren vom Sandstein mit einer pudrig weißen Schicht überzogen, bis auf die Stellen, die rotes wundes Fleisch zeigten. Am rechten Daumen hatte er sich eine Blase gescheuert, die aber bereits schon aufgegangen war. Christian stöhnte erneut und klappte den Hautlappen der aufgerissenen Blase wieder zurück auf das rohe Fleisch. Er gönnte sich den Luxus zuerst die Reste des Klebebandes von seinen Händen zu entfernen, bevor er sich daran machte seine Beine zu befreien. Mit dem Klebeband um seine Knöchel verfuhr er ähnlich wie bei den Handgelenken. Er nahm sich ein scharfes Stück Sandstein und sägte daran herum. Da Christian nun sehen konnte was er tat und die Hände frei hatte, kam er wesentlich schneller voran, als zuvor bei der Arbeit hinter seinem Rücken. Nach nur wenigen Minuten riss auch das Band an seinen Beinen. Endlich, er war frei. Wie wundervoll es sich anfühlte Arme und Beine bewegen zu können.

Christian stand auf und tastete sofort nach seinem Handy, das sich hoffentlich noch in seiner rechten Hosentasche befand. Natürlich war sein Handy nicht mehr da, wäre auch zu schön gewesen. Er sah sich um. Auch auf dem Boden lag es nirgendwo. Entweder war es verloren gegangen oder man hatte es ihm gestohlen. Also gut, dann nichts wie weg hier. Christian war gespannt wo er sich wohl befand. Er trat durch das Loch in der Mauer, das vielleicht irgendwann einmal die Tür werden würde, und sah sich um. Er stand auf einem großen verwilderten Grundstück, dass von einer kleinen Mauer aus Feldsteinen umgeben war. Neben der Bauruine wuchsen knorrige alte Pinien und jede Menge Gestrüpp, in dem sich einige Plastiktüten verfangen hatten. Auch sonst sah die Umgebung nicht wirklich einladend und sauber aus. Einige Meter entfernt, zwischen zerdrückten Bierdosen und Plastikflaschen, rostete ein altes Bettgestell vor sich hin. Ein zerrissener Müllbeutel gab seinen unappetitlichen Inhalt frei und mehrere Haufen von verwelkten Gartenabfällen versprühten den Charme eines riesigen Komposthaufens. Das traurige Grundstück, das als Mülldeponie missbraucht wurde, lag an einer schmalen Landstraße. Hin und wieder fuhr ein Auto vorbei, aber es herrschte kein reger Verkehr. Der perfekte Ort, um jemanden langsam krepieren zu lassen, dachte Christian grimmig. Er wusste zwar nicht genau wo er sich befand, aber das würde er schon noch herausbekommen. Er begann sich vorsichtig einen Weg durch vertrocknete Gräser und langsam verrottenden Müll zu bahnen. An der Mauer angekommen, kletterte er einfach über sie hinweg, sie war wirklich sehr niedrig.

Christian sah sich um. Nur Straße und Felder. Plantagen mit Mandelbäumchen. Olivenbaumhaine und hier und da ein Feigenbaum. Alles mit Mauern aus Feldsteinen umgeben. Sehr idyllisch eigentlich, nur das verwahrloste Grundstück war ein Schandfleck. In welche Richtung sollte er jetzt gehen. Ein Ortsschild oder Richtungsschild war nirgends zu entdecken. Da also eine Richtung so gut oder schlecht war wie die Andere, marschierte Christian einfach los. Er ging in die Richtung, bei der er die Sonne im Rücken hatte. Da sein Durst immer schlimmer wurde, wollte er nicht auch noch die pralle Sonne im Gesicht haben. Gott sei Dank stand sie nicht mehr so hoch wie zur Mittagszeit. Christian schätzte, dass es ungefähr drei Uhr nachmittags war. Er hatte seit gestern sechs Uhr nichts mehr getrunken. Nachdem er Jessy und die Anderen am

Hotel abgesetzt hatte, hatte er einen Schluck aus seiner Wasserflasche im Auto genommen. Dann war er niedergeschlagen worden.

Nach einer halben Stunde Fußmarsch auf der heißen Straße, fing Christian ein wenig an zu taumeln. Der Wassermangel und die Hitze setzten ihm mehr zu, als er erwartet hatte. In der Bauruine war es wenigstens schattig gewesen. Da hatte er gedacht, es wäre eine Kleinigkeit nach Hause zu kommen, wenn er erst einmal die Fesseln gelöst hätte.

Sein Mund fühlte sich mittlerweile so trocken an, als hätte er mit Staub gegurgelt. Seine Zunge schien sich verdoppelt zu haben und beim Schlucken tat sein Hals weh, weil er keine Spucke mehr hatte die er hätte schlucken können.

In der Ferne schimmerte etwas. Es kam genau auf ihn zu. Christian sah angestrengt nach vorne, er war sich nicht sicher, ob da wirklich etwas war, oder ob er schon Wahnvorstellungen hatte. Da war es wieder. Es glänzte silbern und wurde schnell größer. Ein Auto, da kam tatsächlich endlich mal ein Auto durch diese Einöde gefahren. Christian war entschlossen es anzuhalten. Er stellte sich mitten auf die Straße, fuchtelte wild mit den Armen und hoffte, dass der Fahrer anhalten und ihn nicht überfahren würde.

Es klappte, das Auto, ein silberner Ford Fiesta, bremste ab und kam einen Meter vor Christian zum stehen. Im Auto saßen ein Mann und eine Frau, beide schon etwas älter und offenbar Touristen. An der Frontscheibe entdeckte Christian einen Aufkleber einer mallorquinischen Autovermietung. Hoffentlich hielten sie ihn nicht für einen Landstreicher oder Wegelagerer. Er hob seine Hände zum Zeichen das er nichts Böses im Schilde führte und konnte hören wie die Frau im Wageninneren aufschrie und auf ihn deutete. Dann riss sie die Tür auf und kam mit besorgtem Blick auf ihn zu. Christian fiel ein, dass seine Hände eine gewisse Ähnlichkeit mit einem überfahrenen Stück Fleisch hatten und ließ sie sinken.

„Um Gottes Willen", rief die Frau entsetzt. „Was ist denn mit ihnen passiert? Hatten sie einen Unfall?"

Es waren Deutsche. Umso besser, dann musste er nicht mühsam alles auf Spanisch erklären. Für diese Art von Abenteuer, hätte ihm mit Sicherheit die eine oder andere Vokabel gefehlt.

Der Mann war jetzt auch ausgestiegen und hielt sogar eine Flasche Wasser in der Hand, die er nun öffnete und Christian mit einem fürsorglichen Blick anbot. Dieser nahm dankbar die Flasche und setzte sie an seine aufgesprungenen, verdorrten Lippen. Es war ein halber Liter stilles Mineralwasser und Christian war sich sicher, dass er noch nie etwas Besseres getrunken hatte. Nach wenigen großen Schlucken war die Flasche leer und das Brennen in seinem Hals ließ etwas nach.

„Danke", krächzte er und schaute seine Retter glücklich an.

„Sollen wir sie in ein Krankenhaus bringen?",
fragte der Mann und deutete auf Christians wunde
Hände.

„Ich glaube es sieht schlimmer aus, als es ist",
wehrte Christian ab. „Ich möchte einfach nur nach
Hause."

Die Frau nahm ihn bereits am Arm und führte ihn
zum Auto.

„Wenn sie uns sagen können wo sie wohnen,
bringen wir sie natürlich auch dorthin, aber sie
müssen unbedingt erzählen was passiert ist. Wurden
sie überfallen?" Im Gesicht der Frau blitzte
abenteuerliche Neugier auf. Endlich mal was los im
Urlaub. Man stolperte nicht jeden Tag über ein
ausgeraubtes Unfallopfer. Er musste wirklich
furchtbar aussehen.

„Ich wohne in Ca´n Picafort, wissen sie wo das
ist?" fragte Christian, als er im wunderbar
klimatisierten Auto auf die weichen Polster sank.

„Da kommen wir gerade her", antwortete der
Mann lächelnd. „Ist nicht sehr weit von hier,
vielleicht fünfzehn Minuten."

„Fahr los, Manfred. Der junge Mann möchte nach
Hause", trieb die Frau ihren Mann an. „So, und nun
erzählen sie mal alles ganz genau. Das ist ja so
unglaublich aufregend."

Knapp zwanzig Minuten später hielt der silberne
Ford vor Christians Haus. Während der Fahrt hatte
Christian sein Erlebnis möglichst dramatisch
geschildert, da die nette Frau offenbar ganz scharf

auf eine Kriminalgeschichte war. Mit übertriebenen Worten, ein paar Ausschmückungen und etlichen Vermutungen, wer ihm das angetan haben könnte, entlockte er der schwer beeindruckten älteren Dame einige Ahs und Ohs. Nun stieg sie aus und half Christian sogar noch aus dem Auto, als sei er ein Schwerverletzter. Er musste lächeln, tat ihr aber den Gefallen sich ein wenig auf sie zu stützen, während sie ihn zur Haustür begleitete.

„Ich danke ihnen vielmals, sie haben mir wahrscheinlich das Leben gerettet", krächzte Christian dramatisch und drückte dankbar den bereits etwas faltigen Arm der Frau.

Sie errötete wie ein Schulmädchen und winkte verlegen ab. „Das war doch selbstverständlich. Aber versprechen sie mir, dass sie gleich zur Polizei gehen, wenn sie sich ein wenig erholt haben."

„Natürlich. Ich werde heute noch meine Geschichte der Polizei vortragen und Anzeige erstatten", versprach Christian.

Sie verabschiedeten sich und Christian winkte dem Wagen nach, bis er ihn nicht mehr sehen konnte. Dann klingelte er. Er hoffte, dass Maria noch da sein würde, denn sein Haustürschlüssel befand sich im Handschuhfach seines Autos. Leider hatte sein Entführer nicht den Anstand besessen, das Auto ebenfalls auf dem verlassenen Grundstück zurückzulassen, falls Christian die Flucht gelingen sollte. Wahrscheinlich fuhr der Mistkerl vergnügt damit durch die Gegend und freute sich, dass Christian gerade kurz vorher noch vollgetankt hatte.

Nachdem auch nach dem dritten Klingeln niemand die Tür öffnete, schlurfte Christian nach hinten in den Garten und steuerte auf einen breiten Terrakotta-Topf zu, in dem blutrote Geranien wuchsen. Er kippte den Topf etwas hoch und tastete mit den Fingern nach dem hier deponierten Ersatzschlüssel. Seine Mutter hatte im letzten Jahr wohl ungefähr viermal den Haustürschlüssel drinnen vergessen. Wenn sie nicht diesen Ersatzschlüssel im Garten verstecken würden, wären sie bereits Stammkunden beim örtlichen Schlüsselnotdienst. Christians Finger ertasteten den Schlüssel und kratzten ihn aus der Erde, die sich unter dem Topf angesammelt hatte. Er wischte ihn an seinem ohnehin schon dreckigen Hosenbein sauber und ging wieder nach vorne um die Tür aufzuschließen.

Drinnen empfing ihn angenehme Kühle. Er hörte das leise Surren der Klimaanlage und das vertraute Rauschen des Geschirrspülers, den Maria immer anmachte bevor sie das Haus verließ. Christians Aufgabe war es dann später das saubere Geschirr ordentlich in die Schränke zu räumen. Wie er so auf den sauberen, glänzenden Fliesen stand, wurde ihm bewusst wie schmutzig und abgerissen er aussehen musste. Außerdem stank er nach Schweiß. Er schüttelte seine ehemals weißen Segelschuhe von den Füssen und tapste die Treppe hoch, wo sich das geräumige helle Badezimmer befand. Als er sich vor den großen Spiegel am Waschbecken stellte, schrak er mit einem entsetzten Stöhnen zurück. Er sah wirklich furchtbar aus. Abgesehen von seinen verschwitzten, staubigen Haaren, die ihm ungepflegt ins Gesicht hingen, zierte ein riesiger blauer Fleck seine linke untere Gesichtshälfte. Vom Kinn bis zum Nasenflügel war alles blau. Er drückte probehalber darauf herum und verzog schmerzhaft das Gesicht. Auf der Stirn hatte er ein paar Schürfwunden, die entweder von seinem Versuch mit gefesselten Händen aufzustehen, oder von der groben Behandlung, seitens des Entführers, stammten. Ein wenig geronnenes Blut, das wahrscheinlich aus den Schürfwunden stammte, klebte in beiden Augenbrauen und gab ihm zusätzlich ein schauerliches Aussehen. Erneut stöhnend zog er seine verdreckten Klamotten aus und feuerte sie Richtung Wäschekorb. Ohne einen weiteren Blick in den Spiegel zu werfen stellte sich Christian unter die Dusche und blieb lange Zeit einfach nur so unter dem warmen prasselnden Strahl stehen. Nach einer Weile fühlte er sich besser, das Wasser spülte die Schrecknisse der letzten Stunden Stück für Stück in den Abfluss. Seine Hände sahen nicht mehr so schlimm aus und brannten auch nicht mehr so.

Als Christian aus der Dusche kam und sich in ein großes weiches Duschtuch gehüllt hatte, ging es ihm schon wieder richtig gut. Er ging hinunter in die Küche und trank mehrere Gläser kaltes Wasser bevor er sich aufs Sofa setzte und überlegte was er als nächstes tun sollte. Ein Blick auf die Uhr verriet ihm, dass es schon weit nach vier war.

Ich muss die Polizei anrufen, dachte er. Und meinen Vater. Und natürlich Jessy. Er griff zum Telefon und beschloss als erstes Jessy anzurufen. Sie machte sich sicher Sorgen. Da fiel ihm ein, dass er ihre Nummer nur in seinem Handy gespeichert hatte, und das war weg. Verdammt. Christian lehnte sich zurück und schloss die Augen. Das fühlte sich ziemlich gut an. Nur einen Augenblick, dachte er und rutschte auf dem Sofa weiter runter, bis er bequem lag. Nur in sein Handtuch gehüllt und mit dem Telefon in der Hand schlief er ein.

***

Während Maik mit einem schwitzenden Polizisten die möglichen Zusammenhänge im Fall Christian besprach, packten Sonja, Jessy und Frank ihre Strandsachen zusammen. Per SMS teilten sie Maik mit, wo er sie finden konnte. Sie hatten gerade ihre Strandlaken ausgebreitet, als er wieder zu ihnen stieß. Es hatte nicht allzu lange gedauert. Der Polizist war, so meinte Maik, etwas genervt, dass es jetzt auch noch eine Entführung sein sollte. Er hatte Maik damit beruhigt, dass sowas hier noch nie passiert wäre. Aber er hatte sich die Karte kopiert und eine Fahndung nach Christians Auto eingeleitet. Die Vermisstenanzeige von Christians Vater lag ihm ja auch schon vor. Mehr konnte man vorerst nicht tun. Damit war das Thema für ihn beendet.

Ein Knurren aus Franks Magen erinnerte sie alle daran, dass sie ja was essen wollten. Also zogen sie los zur Strandbar. Nachdem sie sich ausreichend mit Tintenfischringen, Kroketten und sonstigen Leckereien gestärkt hatten, verbrachten sie tatsächlich noch einen entspannten Tag am Strand. Alle hielten sich zwar tunlichst daran, weder Christian noch Tomas oder den Psycho zu erwähnen, doch ansonsten hatten sie Spaß. Jessy bemühte sich um eine unbefangene Art, obwohl ihr natürlich immer wieder trübe Gedanken durch den Kopf strichen. Dann versuchte sie sie abzuschütteln und suchte die Nähe von Sonja, die es auch immer nach kurzer Zeit schaffte, dass Jessy wieder lachen konnte. Frank sorgte einmal für allgemeine Erheiterung, als er von einer riesigen Welle überspült wurde und wie ein Stück Treibholz zu Jessys Füßen auf den Strand geworfen wurde. Ein langer Seegrashalm hing über seinem linken Ohr und die Badehose war gut zur Hälfte von seinem Po gerutscht. Die Mädchen konnten sie sich vor Lachen kaum noch halten. Sie kicherten immer noch darüber, als sie schließlich ihre Strandsachen wieder zusammenpackten und gemütlich Richtung Hotel schlenderten. Frank strich ab und zu übertrieben stöhnend über seinen, vom Sand etwas zerkratzten Bauch und humpelte dabei sogar ein bisschen. Sofort begannen die Mädchen wieder zu kichern und Frank humpelte noch ein wenig mehr. Er freute sich, dass er Jessy damit wieder und wieder zum Lachen brachte.

Nachdem sie frisch geduscht beim Abendessen saßen, begann sich von Neuem eine gewisse Unruhe breitzumachen. Maik sah ständig verstohlen auf seine Armbanduhr und Sonja wippte nervös mit den Beinen hin und her.

„Sieh mal", sagte sie und deutete mit einem Nicken auf einen Tisch am Fenster.

Dort saß dieser Alex mit seinen Eltern beim Abendbrot und schien ebenfalls etwas nervös. Er scharrte mit seinen Füßen unter dem Tisch und warf ständig einen Blick auf die große Uhr, die über der Tür des Speisesaals hing.

„Wirkt etwas unruhig, der Junge", kommentierte Maik das Gehippel von Alex. „Warum wohl? Ob er heute Abend um 21.00 Uhr noch eine Verabredung hat?"

„Na, auf die Verabredung freuen wir uns dann schon", presste Frank zähneknirschend hervor. „Halb acht. Wir müssen uns jetzt auch mal langsam darauf vorbereiten", mahnte Sonja und deutet auf Maiks Uhr.

Jessy erhob sich als erste, sie wirkte jetzt wieder ziemlich angespannt und wollte die Sache schnell hinter sich bringen. „Dann los, ich muss mich noch umziehen."

***

Ungefähr zur gleichen Zeit erwachte Christian zu Hause auf dem Sofa durch ein Geräusch an der Haustür. Jemand schloss sie auf und trat ein.

„Hallo? Christian, bist du zu Hause?"

Es war sein Vater, der von der Arbeit kam. Christian legte das Telefon, welches er immer noch in der Hand hielt, zur Seite, zog sein Handtuch wieder fester um sich und stand auf. Ihm taten alle Knochen weh. Eindeutig die Nachwirkungen der ungastlichen Umgebung, in der er die letzte Nacht verbracht hatte.

„Ich bin hier Papa."

Christians Vater kam schnellen Schrittes ins Wohnzimmer und nahm seinen Sohn in den Arm.

„Gott sei Dank, ich hatte Angst dir wäre etwas passiert." Doch dann stutzte er und schob seinen Sohn ein Stück von sich weg. „Was ist mit deinem Gesicht? Hast du dich geprügelt?"

Christian lächelte gequält und schüttelte leicht den Kopf. Er setzte sich wieder hin und begann seinem Vater die wüste Geschichte seiner Entführung und der geglückten Flucht zu erzählen. Er versuchte allerdings alles ein wenig harmloser klingen zu lassen, als bei seiner ersten Erzählung im Auto der netten Touristen. Wenn sein Vater sich zu sehr sorgte würde Christian womöglich den Rest des Sommers unglaublich anhängliche Eltern haben, die ihn auf Schritt und Tritt bewachten und zu beschützen versuchten. Leider konnte man eine Entführung nicht wirklich als harmlos verkaufen, egal wie man es erzählte. Zu dem Entschluss kam offenbar auch sein Vater und rief sofort bei der örtlichen Polizeiwache an. Er verlangte einen Señor Méndez zu sprechen, der mit dem Fall bereits vertraut war. Während sein Vater nun in schnellem Spanisch die Entführungsgeschichte schilderte ging Christian nach oben in sein Zimmer und zog sich endlich an. Wahrscheinlich musste er gleich persönlich auf die Wache, um eine Aussage zu machen. Aber zuerst wollte er ins Hotel zu Jessy und sich feierlich zurückmelden. Er konnte es kaum erwarten sie wiederzusehen.

„Christian, wir sollen zur Polizei damit du eine Anzeige machen kannst. Bist du fertig?", rief sein Vater da auch prompt.

„Papa, ich möchte lieber erst zu Jessy, sie macht sich doch Sorgen."

„Du kannst anrufen, ich habe die Nummer von einem Maik. Der hat mich heute auf der Arbeit angerufen und gesagt, dass sie dich suchen. Wo hab ich denn die Nummer jetzt?"

Christian sah seinem Vater ungeduldig zu wie er in allen Taschen nach Maiks Telefonnummer suchte und trat ungeduldig von einem Bein auf das Andere.

„Ich muss den Zettel auf meinem Schreibtisch liegengelassen haben. Tut mir leid."

„Dann flitze ich eben rüber, ich nehm das Fahrrad", entschied Christian schnell, bevor sein Vater etwas sagen konnte.

„Das muss ja ein wirklich tolles Mädchen sein, ich hoffe ich lerne sie mal kennen."

„Klar, Papa. Von mir aus gleich morgen", grinste Christian verschmitzt und eilte aus dem Zimmer.

„Er ist total verknallt", brummte sein Vater kopfschüttelnd und sah Christian mit dem Fahrrad am Fenster vorbeiflitzen. Aber er lächelte dabei.

dreizehn

Falsche Freunde

Während Maik und Frank bereits losgezogen waren, um nach einem passablen Versteck für ihre Aufgabe als Wachposten zu suchen, stand Jessy unschlüssig vor dem Spiegel ihres Zimmers. Sie konnte sich nicht recht entscheiden, was sie auf dieser irrwitzigen Mission anziehen sollte. Es musste praktisch sein, etwas, womit man gut weglaufen konnte, wenn`s gefährlich wurde. Und auf keinen Fall darf es irgendwie aufreizend aussehen, dachte sie trotzig. Sie hatte nicht die geringste Lust auf Tomas` sabbernde Blicke. Ein Schauer lief ihr über den Rücken. Sie wählte eine schwarze Bermuda, die ihr fast bis zu den Knien reichte. Dazu das weiteste und bequemste T-Shirt, das sie im Schrank finden konnte. Es war dunkelgrün und hatte eine Kapuze. Sie wirkte in diesem Outfit weder sexy noch elegant, eher wie eine Pfadfinderin, aber genau das war ja ihr Plan. Schnell band sie noch die langen Haare zu einem Pferdeschwanz zusammen und schlüpfte in ein paar graue Turnschuhe. Fertig. Schon zwanzig nach acht. Sie musste jetzt wirklich los. Sonja war schon vor einer viertel Stunde nach unten gegangen – um die Lage zu checken – wie sie sagte. Sie war nicht weniger nervös als Jessy und hatte das

Bedürfnis den Hoteleingang im Auge zu behalten. Vielleicht kam ihr ja irgendeiner verdächtig vor. Als Jessy die Hotelhalle betrat, sah sie Sonja nervös am Eingang hin und her tigern. Sie ging zu ihr.

„Oh, da bist du ja", sagte Sonja verwirrt und musterte Jessy von Kopf bis Fuß. „Ich hab dich fast nicht erkannt, was hast du da an?"

„Das ist die Anti-Verehrer-Kluft", grinste Jessy und zupfte an ihrem weiten T-Shirt.

„Sieht toll aus", grinste Sonja zurück. Sie war froh, dass Jessy in all dem Kummer, der ihr beschert wurde, ihren Humor nicht völlig verloren hatte.

„Bist du bereit?", fragte Sonja.

Jessy biss sich auf die Lippen und sah besorgt die Straße entlang.

„Mir würde es besser gehen, wenn ich endlich wüsste was mit Christian ist. Ich hoffe, ich sehe ihn wieder."

„Na sicher, siehst du ihn wieder", behauptet Sonja zuversichtlich. „Du wirst sehen. Es wird sich gleich alles aufklären. Wenn dein Psycho hinter Christians Verschwinden steckt, werden wir ihn gleich mal in die Mangel nehmen. Egal in welchem Keller er ihn gefangen hält, er wird es uns sagen." Grimmig ballte Sonja die Faust und schüttelte sie.

Jessy bekam bei der Vorstellung, wie Christian halb verdurstet in einem dunklen Keller lag, weiche Knie. Aber sie gab Sonja Recht. Wenn der kranke Typ etwas damit zu tun hatte, dann hatte sie jetzt tatsächlich die Chance, Christian zu retten.

Entweder würde Tomas diesen Psycho zu Brei schlagen, oder Frank und Maik verhafteten ihn an Ort und Stelle. Dann würde endlich alles vorbei sein. Den restlichen Urlaub würden sie unheimlich genießen und richtig viel Spaß haben. Genau, dachte Jessy angriffslustig, jetzt räumen wir auf. Sie umarmte Sonja noch einmal kurz, dann machte sie sich mit gestrafften Schultern und hocherhobenem Kopf auf den Weg zum Pool. Sonja sah Jessy nach und versuchte sie im Auge zu behalten. Das dürfte nicht schwierig sein, denn zu dieser Zeit war fast kein Mensch mehr am Pool. Sobald Jessy an der kleinen Holztreppe eintraf und Tomas zu sehen war, wollte Sonja hinterherlaufen um zu sehen wohin sie verschwanden. So viele Möglichkeiten gab es zwar nicht, aber es wurde hier schnell dunkel, und Sonja war es lieber, sie wusste genau wo Jessy im Notfall zu finden war. Langsam schlenderte sie auf die Tür zu, die hinaus zur Poolanlage führte. Sie reckte den Hals, um besser sehen zu können.

„Hey du, suchst du deine Freundin?"

„Was?" Sonja sah sich irritiert um. Hinter ihr stand die schon fast vergessene Blondine und blickte sie neugierig an. In ihren hochtoupierten Haaren steckte eine alberne rote Plastikblume, die den absolut gleichen Farbton hatte wie ihre dick geschminkten Lippen. Sonja starrte immer noch wie hypnotisiert die Blume an, als die Blondine sagte: „Deine Freundin ist gerade da hinten am Pool langgegangen, ich hab sie gesehen."

„Das ist…toll, danke", sagte Sonja mühsam beherrscht. Warum musste diese dusselige Kuh sie jetzt anquatschen. Und warum hatte sie so eine bescheuerte Plastikblume im Haar?

„Wo ist denn euer Rudel Männer geblieben?"

„Wie bitte?", fragte Sonja. Sie meinte gerade nicht richtig verstanden zu haben.

„Na, ihr beiden zieht doch immer einen Schwarm Jungs hinter euch her. Ihr könnt euch wohl nicht entscheiden, was?", die Blonde kicherte albern und sah Sonja aber irgendwie lauernd dabei an.

„Sag mal, geht`s dir nicht gut? Hast du keine anderen Sorgen?" Sonja wurde sauer. Sie hatte gerade weder Zeit noch Lust dieses alberne Gespräch zu führen. Die Blonde zog eine beleidigte Schnute und stemmte angriffslustig ihre Hände in die Hüften. Sonja aber drehte sich wieder zum Pool und hielt Ausschau nach Jessy. Keine Spur von ihrer Freundin. Auch Tomas war nicht zu entdecken. Dafür meinte Sonja kurz ein anderes bekanntes Gesicht gesehen zu haben. Das da hinten, das war doch dieser mürrische Junge, oder nicht?

Sonja ließ die eingeschnappte Blondine einfach stehen und rannte los. Sie lief so schnell sie konnte über die kleine Holzbrücke auf die andere Seite und kam keuchend an der Treppe, die zum Strand führte, zum Stehen. Sonja blickte wild nach allen Seiten und suchte hektisch die Umgebung nach Jessy oder Tomas ab. Nichts. Sie sah nur Sand und kleine Büschel von Seegras. Eine Düne sah wie die andere aus und es gab keine Spur von ihrer Freundin. War

Tomas überhaupt hier gewesen? Sonja hatte sich ja dummerweise kurz ablenken lassen und hatte nicht mal sehen können, ob Jessy überhaupt mit ihm weggegangen war. Sie hatte es vermasselt. Verdammt, verdammt. Sonja fuhr sich panisch durch die Haare und drehte sich suchend herum. Was mach ich jetzt nur? Der Mürrische schien ebenfalls wie vom Erdboden verschluckt, wenn er es überhaupt gewesen war. Mit langen Schritten lief sie wieder zurück ins Hotel. Ihr wurde ganz schlecht vor Angst um Jessy. Sie merkte, dass sie gerade nicht mehr in der Lage war einen klaren Gedanken zu fassen. Während sie an den leeren Liegen entlang stolperte hoffte sie inständig, dass Christian endlich doch noch auftauchen und ihr helfen würde.

***

Tomas hatte sich zwei Handtücher unter den Arm geklemmt und an seinem Arm baumelte eine weiße Plastiktüte, durch die sich deutlich eine Flasche abzeichnete.

„Komm, ich helfe dir", bot er Jessy an und reichte ihr seine freie Hand.

„Nein danke", lehnte Jessy ab und erklomm schnaufend die dritte Düne, die überhaupt kein Ende nehmen wollte. Der Sand rutschte ständig unter ihren Füßen weg und sie hatte das Gefühl jeden Schritt doppelt und dreifach machen zu müssen. Bevor sie allerdings Tomas` Hand nehmen müsste, würde sie lieber auf allen Vieren diesen enormen Sandberg hinauf kriechen. Überhaupt stellte sie sich langsam die Frage wo Tomas denn bloß hin wollte. Er hatte pünktlich um halb neun an der kleinen Treppe gestanden und auf sie gewartet. Ohne große Begrüßung hatte er sie zu sich gewunken und sie sogleich angewiesen, mit ihm durch die kleine Dünenlandschaft zu stapfen. Das hatte sich Jessy ja auch schon gedacht, dass sie sich einen guten Aussichtspunkt suchen würden, von wo aus man die Tretboote gut im Blick hatte.

Leider gab es hier mehr Dünen, als sie es je für möglich gehalten hatte. Hoffentlich kam Sonja da noch hinterher, so wie sie es geplant hatten, dachte Jessy. Sie drehte sich unauffällig um und suchte die Dünen nach ihrer Freundin ab. Sie konnte sie nirgends entdecken und hoffte, dass sie sich hinter einem der etlichen Büschel Seegras verbarg um nicht von Tomas gesehen zu werden. Diese endlose sandige Weite um sie herum machte Jessy etwas Angst. Vermutlich lag das aber eher an ihrer Begleitung, als an den eigentlich harmlosen Sandkörnern. Wäre sie mit Christian hier gewesen, hätte ihr dieses Abenteuer sicher erheblich mehr zugesagt.

Endlich hielt Tomas an und rieb sich über seine verschwitzte Stirn.

„Hier bleiben wir", beschloss er gut gelaunt und deutete auf eine geräumige Kuhle, die mit viel Gras eingerahmt war. „Sieh mal. Wenn du hier durch die

Grashalme schaust, kannst du genau auf die Tretboote gucken." Jessy blieb unschlüssig stehen und betrachtete die Sandkuhle. Sie sah wirklich gemütlich aus, aber das war ja genau das was sie daran störte. Tomas begann eifrig seine Handtücher auszubreiten und legte sich dann schwungvoll auf das Blaue mit den weißen Streifen. Dann klopfte er befehlend auf das gelbe Handtuch daneben und blickte Jessy erwartungsvoll an.

„Na los, mach`s dir bequem. Ich beiße nicht", forderte er Jessy auf und bleckte dabei seine Zähne wie ein Wolf vor dem Angriff. Jessy wäre am liebsten davon gelaufen, aber sie musste jetzt weiter machen. Wenn sie aufgab, würde ihr eventuell Schlimmeres drohen, als die plumpen Annäherungsversuche ihres Ex-Freundes. Sie mussten den irren Verehrer erwischen. Also riss sie sich zusammen und legte sich etwas steif auf das Handtuch. Sie war sehr darauf bedacht, dass ihr dabei nicht etwa das T-Shirt nach oben rutschte, was Tomas vermutlich zusätzlich zum Sabbern angeregt hätte. Als Jessy in einer einigermaßen bequemen Position lag, schob sie mit einer Hand das dichte Seegras auseinander und spähte hinunter zum Strand. Sie sah zwei Stapel Sonnenliegen, die etwas zu dicht beieinander standen und grinste. Dahinter hatten sich garantiert Maik und Frank postiert und warteten auf ihren Einsatz. An den Tretbooten war noch niemand zu sehen. Ein Blick auf ihre Armbanduhr verriet ihr, dass es viertel vor neun war.

„Findest du nicht, dass wir hier etwas zu weit weg sind?", wandte sich Jessy an Tomas. „Ich meine, bis du da unten bist, wenn der Typ kommt, dauert es doch ewig."

„Ach, ich kann schnell laufen", tat Tomas Jessys Besorgnis ab. Er pflückte einen langen Grashalm ab und begann Jessy damit am Ohr zu kitzeln.

„Hör auf damit", zischte sie ärgerlich und schlug den Halm weg. „Konzentrier dich lieber auf die Boote."

Tomas zog beleidigt seine Hand zurück und presste die Lippen aufeinander.

„Jetzt lass uns das hier doch ein bisschen genießen", sagte er dann und griff nach einer Haarsträhne, die sich aus Jessy Pferdeschwanz gelöst hatte.

Jessy sah Tomas angeekelt an und rückte etwas weiter weg von ihm. An den Booten tat sich immer noch nichts.

„Jessy, wollen wir es nicht noch einmal miteinander versuchen", kam Tomas jetzt plump zur Sache und streckte wieder seine sandige Hand nach ihr aus.

Das darf doch nicht wahr sein, dachte Jessy erschrocken. Tomas glaubte doch nicht allen Ernstes, dass das hier sowas wie ein Versöhnungs-Date war. Unfassbar! Sie konnte es sich jetzt jedoch nicht erlauben ihn zu verärgern. Er hatte immerhin noch eine Aufgabe zu erledigen.

„Tomas", begann Jessy zögernd, „wir können später darüber sprechen, aber jetzt sollten wir uns wirklich auf die Tretboote da unten konzentrieren. Deswegen sind wir ja schließlich hier, oder nicht?" Tomas Lippen wurden schmal. Sie musste weiterreden. Mit irgendwas musste sie Tomas von dem Gedanken ablenken ihr weiter auf die Pelle zu rücken.

„Woher wusstest du jetzt eigentlich, dass wir in diesem Hotel hier sind?", fragte sie im Plauderton und rückte wieder etwas näher um ihn zu besänftigen.

„Oh, äh…das weiß ich von Sonjas Eltern. Hab sie angerufen, als ihr schon weg wart."

Jessy schluckte und erstarrte. Ihr Gehirn arbeitete auf Hochtouren. Hatte Sonja nicht gesagt, dass ihre Eltern schon in den Urlaub geflogen waren? Hawaii war es, genau. Wieso lügt er mich an? Woher wusste er denn nun von dem Hotel? Und warum zum Teufel kümmerte er sich überhaupt nicht um die verdammten Tretboote?

„Tomas?"

„Ja?"

„Wieso bist du eigentlich nicht sauer geworden, als du in dieser Trauerkarte was von einem Freund gelesen hast? Du bist doch sonst so eifersüchtig", fragte Jessy jetzt vorsichtig. Sie hatte Angst. Ihr war plötzlich ein Gedanke gekommen. Es passte alles zusammen. Nur konnte sie einfach nicht glauben, dass es stimmen sollte. Wenn sie jedoch Recht mit ihrer Vermutung hatte, befand sie sich gerade in einer sehr gefährlichen Situation.

Tomas nahm eine Handvoll Sand und ließ ihn durch die Finger rieseln. Auf dem blauen Handtuch bildete sich langsam eine Mini-Düne. Er spannte nervös seine Muskeln an und Jessy konnte sie deutlich unter dem T-Shirt erkennen. *Beulen!*

Sie wollte gerade aufspringen und einfach davonlaufen, als Tomas ihr endlich antwortete.

„Ich glaube nicht, dass man diesen dürren Typen deinen Freund nennen kann. Das ist `n Waschlappen." Jessy nickte unmerklich, es fügte sich alles zusammen. Eigentlich hätte Tomas gar nichts von Christian wissen können, es sei denn….

„Es wird niemand kommen, oder?", fragte Jessy langsam. „An den Tretbooten wir niemand auftauchen und auf mich warten. Deswegen schaust du auch gar nicht hin. Du hast mich hier her gelockt um mich umzustimmen. Ich soll wieder deine Freundin sein." Tomas wischte mit einer schnellen Bewegung den kleinen Sandberg von seinem Handtuch und sah Jessy trotzig an.

„Ist das so?!", schrie Jessy ihn erbost an. „War das dein kranker Plan?!"

Tomas sah Jessy mit glasigen Augen an. Sie musste weg, sofort. Wenn sie hier oben auf der Düne schrie, würde sie kein Mensch hören. Maik und Frank lagen da unten am Strand zwischen den Stapeln aus Sonnenliegen und lauerten auf einen vermeintlichen Irren der Jessy an den Kragen wollte. Sie waren viel zu weit weg. Außerdem schluckten diese ganzen Sandberge um sie herum den Schall jedes Wortes, und das Rauschen der Wellen würde sowieso alles übertönen. Was war mit Sonja? War sie ihr nun gefolgt, oder nicht? Sie hatte nicht den kleinsten Hinweis, ob ihre Freundin irgendwo verborgen im Seegras lag, oder nicht.

Jessy klopfte das Herz bis zum Hals. Sie spannte alle Muskeln an, bereit sofort los zu sprinten. Aber Tomas ließ sie nicht mehr aus den Augen. Er fixierte sie, wie eine Schlange ihre Beute. Ihm war jetzt klar, dass er Jessy niemals wieder zurückbekommen würde. Sie hatte ihn lächerlich gemacht, sie fand ihn abstoßend, sie wollte diesen braungebrannten Schönling, sie wollte ein Surfer-Liebchen sein…sie würde bekommen was sie verdiente.

„Du findest mich also krank, ja?" zischte Tomas mit kalter Stimme. Jessy wich noch weiter zurück. Blitzschnell hatte Tomas auf einmal ihr Handgelenk gepackt und drückte so fest zu, dass Jessy aufschrie. Dann warf er sich auf sie. Sein schwerer Körper drückte Jessys zarte Gestalt regelrecht in den Sand und sie bekam kaum noch Luft. Sie schrie und versuchte Tomas von sich wegzuschieben, aber er war einfach zu schwer. Mit der freien Hand packte Tomas Jessy am Hals und versuchte ihren hin und her schlagenden Kopf ruhig zu halten. Er beugte sich noch tiefer über sie und zwang ihr einen brutalen Kuss auf die Lippen. Es war widerlich. Jessy versuchte Tomas zu beißen, sie hatte Todesangst. Der Kuss war nicht nur brutal und ekelhaft, er nahm ihr auch die letzte Luft zum Atmen. Irgendwann hatte Tomas wohl ihr Handgelenk losgelassen, denn sie fühlte benommen, wie er hektisch an ihrem T-

Shirt zerrte und sich Zugang zu ihrem BH verschaffte. Er riss ihn herunter und knetete keuchend ihre Brust. Es tat weh und Jessy hatte unglaubliche Angst vor dem, was Tomas vermutlich vorhatte. Mit letzter Kraft spannte sie ihr rechtes Bein an und rammte es Tomas, so fest sie konnte, zwischen die Beine. Tomas stöhne auf und ließ Jessys Brust los. Leider hatte Sie nicht genug Schwung gehabt. Ihre Aktion brachte Tomas nicht dazu von ihr abzulassen, es hatte ihn nur noch wütender gemacht. Immerhin gelang Jessy ein kräftiger Schrei, bevor Tomas sich erneut auf sie stürzte und beide Hände um ihren Hals schlang.

„Du stößt mich also weg, du Schlampe? Bist wohl auf einmal zu fein für mich, was?" brüllte Tomas in rasender Wut. Speichel flog aus seinem Mund und benetzte ihr Gesicht.

Er bringt mich um, dachte Jessy panisch. Sie weinte vor Angst und konnte sich langsam nicht mehr rühren. Tomas klobige Hände drückten immer fester zu und er brüllte unablässig auf sie ein. Sie verstand seine Worte nicht mehr, aber sie sah wie sich sein Mund unaufhörlich bewegte, und sein Gesicht war vor Hass zu einer grässlichen Fratze verzerrt.

Dann verschwamm auch Tomas Gesicht vor ihren Augen und sie wusste, dass es gleich vorbei sein würde.

***

Sonja war indessen wie aufgezogen im Hotel hin und her gelaufen. Sie überlegte, ob sie schnell zu Maik und Frank gehen und um Rat fragen sollte. Dafür war es aber bereits viel zu spät. Wenn dieser Verrückte schon um die Tretboote schlich, würde Sonja damit die ganze Operation auffliegen lassen.

„Sonja!"

Sonja wirbelte herum.

„Oh Gott, da bist du ja endlich!", stöhnte Sonja erleichtert und rannte Christian entgegen, der mit seinem Fahrrad vor dem Eingang stand. Er war gerade angekommen und hatte erstaunt beobachtet wie Sonja mit verschrecktem Gesicht ziellos umhergelaufen war.

„Wo hast du denn nur gesteckt? Wir haben tausendmal versucht dich anzurufen, aber du gehst ja nicht ans Telefon", meckerte sie auf ihn ein, doch dann stockte sie und trat näher an ihn heran. „Was ist mit deinem Gesicht? Und deine Hände! Hattest du einen Unfall?"

„Lange Geschichte", winkte Christian ab. „Wo ist Jessy?"

Sonja schlug sich konfus gegen die Stirn. „Jessy! Wir müssen sie suchen. Ich hab sie verloren. Ich meine, ich wollte sie verfolgen, aber dann ist sie mit Tomas weg. Glaube ich jedenfalls."

Christian verstand kein Wort und packte Sonja an den Schultern. „Sonja, was ist hier los?"

244

Sonja holte tief Luft und versuchte sich zu beruhigen „Komm mit", sagte sie knapp, „ich erzähle dir schnell um was es geht. Und dann sagst du mir bitte was wir machen sollen." Irritiert stellte Christian sein Fahrrad ab und folgte Sonja, die bereits wieder im Hotel verschwand und sich in Richtung Pool bewegte. Er ahnte Böses.

„Wie bitte? Ihr habt sie mit diesem cholerischen Typen alleine gelassen?" Christian sah Sonja kopfschüttelnd an. Sie standen an der Treffpunkt-Treppe und Sonja hatte eben mit ihrem knappen Bericht geendet. Christian war nun einigermaßen im Bilde, obwohl er nicht alles verstanden hatte.

„So hatten wir das ja auch gar nicht geplant", verteidigte sich Sonja. „Ich wollte den beiden hinterher gehen. Da kam die Blondine dazwischen und…"

„Ist ja schon gut", beschwichtigte sie Christian. „Dann suchen wir sie jetzt."

„Du willst die ganzen Dünen absuchen?", fragte Sonja verwirrt.

„Nein. Nur die vorderen Dünen am Strand. Wenn du sagst, sie wollen die Tretboote beobachten, kommen nur zwei oder drei Dünen dafür in Frage. Ich kenne mich hier aus Sonja, schon vergessen?"

„Hätte ich auch selber drauf kommen können", gab Sonja zerknirscht zu.

„Ich weiß wo wir langgehen können, damit wir nicht alle Dünen hier rauf und wieder runter klettern müssen. Wir sehen uns die Dünen, die ich meine, von unten genau an. Es werden mit Sicherheit Fußspuren erkennbar sein. Also natürlich keine Fußspuren im klassischen Sinne, aber man sieht einer Düne schon an, ob auf ihr herumgeklettert wurde. Jedenfalls solange der Wind die Oberfläche nicht wieder glatt gefegt hat", erklärte Christian.

„Dann los", drängte Sonja. „Ich habe ein eigenartiges Gefühl. Wir müssen Jessy schnell finden."

Zusammen liefen sie durch den weichen Sand und Christian wies ihnen zuverlässig den Weg durch die immer gleich aussehende Dünenlandschaft. Sonja war bald ziemlich aus der Puste und blieb schnaufend neben Christian stehen, als er sich eine Düne genauer betrachtete. Sie war dankbar etwas verschnaufen zu können. Aber er schüttelte den Kopf und bedeutete Sonja ihm weiter zu folgen. Das Meeresrauschen drang jetzt stärker an ihre Ohren, sie mussten also kurz vorm Ende der Dünen sein. Christian legte einen Finger auf die Lippen und deutete auf ein Büschel ausgerissenen Seegrases. Daneben befanden sich großflächige Vertiefungen in der Düne, die nach oben führten.

„Hier könnte es sein", flüsterte Christian und zeigte nach oben.

„Sollen wir da jetzt hochklettern?", flüsterte Sonja zurück.

In diesem Moment hörten beide einen gedämpften Schrei. Er kam vom oberen Ende der Düne. Sonja wurde kreideweiß und schlug sich erschrocken die Hände vor den Mund. Christian erschrak genauso und hatte augenblicklich entsetzliche Angst um Jessy. In Windeseile begannen beide, den rutschigen Sandberg hinauf zu krabbeln. Auf allen Vieren zogen sie sich auf dem, immer wieder nachgebendem Sand in die Höhe, aber es war noch ein weiter Weg.

***

Die Hände um Jessy Kehle saßen fest wie Schraubstöcke. Sie hatte keine Kraft mehr gegen sie anzukämpfen und ihre eigenen Hände sanken erschlafft herab. Unendlich traurig, dass sie jetzt so vieles nicht mehr erleben durfte, dachte sie an ihre Eltern, an Sonja, an Christian…

Tomas war derart in Rage, dass er alles um sich herum vergaß. Wenn er Jessy nicht bekommen konnte, dann sollte sie keiner bekommen. Sein Gehirn war nur noch eine träge Masse aus Wut und verletztem Stolz. So wusste er auch nicht gleich wie ihm geschah, als er plötzlich mit festem Griff von Jessy fortgerissen wurde und unsanft auf dem Rücken landete. Noch bevor er sehen konnte wer ihn da angegriffen hatte, spürte er einen schmerzhaften Schlag in den Magen. Mit einem Gefühl, als würde ihm der Arm ausgekugelt werden, wurde er in Sekundenschnelle auf den Bauch gedreht. Tomas fühlte einen stechenden Schmerz zwischen den

Schulterblättern und hatte Angst sich zu bewegen. Die Schmerzen waren unerträglich und raubten ihm fast die Besinnung. Er lag mit dem Gesicht voran im Sand und fühlte, wie sich die feinen Körner in seinen Nasenlöchern verteilten. Nach Luft schnappend öffnete er den Mund und sog auch damit eine gehörige Portion des feinen Dünenmaterials ein. Hustend und würgend wagte Tomas sich zubewegen. Die Schmerzen waren nicht mehr so schlimm, offenbar hatte der Angreifer von ihm abgelassen. Er versuchte aufzustehen, aber er konnte seine Arme nicht bewegen. Auch seine Beine waren irgendwie fest. Stöhnend rollte er sich auf die Seite und suchte, sich den Sand aus den Augen blinzelnd, die Umgebung ab. Da kniete jemand bei Jessy. Er sah, wie dieser Jemand Jessy half sich aufzurichten und ihr aus einer Wasserflasche etwas zu trinken anbot. Jessy nahm einen kleinen Schluck und rieb sich dann ihren schmerzenden Hals. Er hatte violette Druckstellen von Tomas` großen Händen. Sie stieß einen Schrei aus und deutete mit zitternden Händen auf ihn, als sie sah, dass er sie beobachtete. Ihr Retter stand auf, drehte sich um und kam auf Tomas zu.

Das darf doch nicht wahr sein, dachte Tomas perplex. Wie kommt DER hierher?

Grinsend auf Tomas herunterblickend, stand ganz gelassen Alex da. Er hob einen Fuß und stemmte ihn auf Tomas` Brust.

„Wenn du einen Mucks machst, rollst du wie ein Würstchen die Düne runter und panierst dich", drohte Alex feixend und wippte Tomas mit dem Fuß hin und her. Tomas Hände waren auf dem Rücken mit Kabelbinder zusammengezurrt worden. Seine Beine hatte Alex mit einem breiten Ledergürtel gefesselt. Er lag tatsächlich wie ein hilfloses Würstchen im Sand und konnte nur abwarten, was mir ihm geschehen würde. Alex wandte sich wieder von Tomas ab und ging zurück zu Jessy, die jetzt zitternd auf dem Handtuch hockte. In diesem Moment vernahmen sie ein immer lauter werdendes Keuchen und Sekunden später erschienen zwei verschwitzte Gesichter am Rand der Sandkuhle. Christian stürmte als erster heran und schien zunächst gar nicht zu wissen, was er von der Situation halten sollte. Er eilte zu Jessy und hockte sich besorgt neben sie, die Striemen an ihrem Hals hatte er sofort bemerkt. Er sah mit gerunzelter Stirn fragend zu Alex.

„Ich war das nicht", beeilte sich dieser zu sagen und hob abwehrend die Hände. „Dieser Typ dort …", Alex deutete auf den hilflosen Tomas, „ … hätte sie beinahe umgebracht, es war schrecklich."

„Wie, um alles in der Welt, hast du es fertig gebracht diesen Riesengorilla zu überwältigen?", fragte Sonja schnaufend. Auch sie hatte es endlich in die Sandkuhle geschafft und ließ sich erschöpft fallen. „Er ist viel größer als du und ich schätze mal fast doppelt so breit."

„Glaub nicht, dass ich keine Angst hatte", gestand Alex. „Aber ich habe gesehen wie er Jessy fast zu Tode gewürgt hatte, da hab ich einfach allen Mut zusammengenommen und ihn mir geschnappt.

Vielleicht hat mir auch die ein oder andere Karate-Technik geholfen den Grobian platt zu machen", grinste Alex und rieb sich verlegen die Nase. Sonja nickte anerkennend und lächelte Alex dankbar an, dann krabbelte sie zu Jessy und nahm sie tröstend in die Arme.

„Was machst du überhaupt hier?", wollte Christian jetzt von Alex wissen und deutete mit einer weiten Handbewegung auf die Einsamkeit der Dünen. „War das Zufall?"

Alex wurde rot und trat verlegen von einem Fuß auf den Anderen. „Also, ich hab euch immer beobachtet…ich wusste das Jessy in Gefahr war…er hat spioniert und diese Zettel geschrieben, dann diese Karte…übrigens, ich heiße Alex."

Sonja verstand nicht das Geringste und Christian sah nur verwirrt von einem zum Anderen.

„Die Karte!", rief Sonja und sprang auf. „Was ist jetzt mit diesem Verrückten an den Tretbooten?"

„Sonja, das war Tomas", krächzte Jessy und hielt sich wieder den schmerzenden Hals. Sonja verstand immer noch nicht. Christian schien es langsam zu dämmern. Er stand auf und ging zu Tomas.

„Du hast Jessy also bedroht, ihr Angst gemacht und sie letztendlich fast erwürgt?", fragte Christian mit gefährlich leiser Stimme.

„Verpiss dich", stieß Tomas wütend hervor und spuckte Christian vor die Füße.

„Was machen wir jetzt mit diesem Ekelpaket", fragte Sonja. Sie begriff ebenfalls langsam die Zusammenhänge, obwohl noch ein Haufen Fragen offen waren. Doch das konnten sie später klären. Zuerst mussten sie von dieser Düne herunter.

„Na, zur Polizei bringen", schlug Alex vor. „Aber wie bekommen wir ihn da hin? Tragen können wir ihn nicht. Und freiwillig wird er nicht gehen."

„Ich denke, die Polizei ist gar nicht so weit weg…", murmelte Sonja nachdenklich und deutete über ihre Schulter an den Strand.

Christian grinste und verstand. Er packte Tomas an den Füßen und begann ihn Stück für Stück durch die Kuhle an den Rand zu ziehen. Alex eilte ihm zur Hilfe und gemeinsam hatten sie Tomas bald an der Seeseite der Düne, wo es steil bergab zum Strand ging. Sonja hielt nach Maik und Frank Ausschau. Sie warteten vermutlich immer noch auf den vermeintlichen Kartenschreiber und beobachteten die Tretboote. Von dem Tumult auf der Düne, hatten sie nicht das Geringste mitbekommen. Sonja schob sich zwei Finger in den Mund und ließ einen gellenden Pfiff hören. Und noch einen. Und einen Dritten. Endlich tauchte hinter einem Stapel Sonnenliegen ein Gesicht auf. Da die Dämmerung schon sehr weit fortgeschritten war, konnte Sonja nicht genau erkennen, wer von den beiden es war.

Frank sah Sonja sofort. Sie sprang auf der Düne hin und her und wedelte mit beiden Armen. Dabei rutschte sie immer weiter hinunter und wirbelte eine Menge Sand auf. Frank hob fragend die Arme und deutete zu den Tretbooten, aber Sonja wirbelte immer weiter über die Düne. Jetzt kletterte sie wieder hinauf und Frank konnte noch zwei weitere Personen am Dünenrand erkennen. Und irgendetwas Längliches lag vor ihnen im Sand.

„Maik, komm raus, da stimmt was nicht", meinte Frank besorgt und zog Maik am Arm.

Maik rappelte sich auf und folgte Franks Blick zu den Dünen empor. „Was machen die da oben bloß? Sollen wir hier abbrechen, oder was?"

„Also, nach dem Theater, das die drei da veranstalten, wird sowieso keiner mehr kommen", vermutete Frank.

„Wohl nicht", stimmte Maik zu. Sie kletterten aus ihrem Versteck und eilten zum Fuß der Düne, auf der das Spektakel stattfand.

„Da kommen sie", rief Sonja erfreut und deutete auf Maik und Frank, die sich im Laufschritt näherten.

Christian rollte Tomas in die richtige Position und hielt ihn mit einem Fuß auf der richtigen Stelle. Tomas ahnte jetzt langsam, was sie mit ihm vorhatten und er begann wie ein Wurm zu zappeln. Dabei rutschte Sand unter ihm weg und Tomas sackte ein Stück in die Tiefe. Er schrie auf. Christian schnappte nach dem Ledergürtel, mit dem Tomas` Beine zusammengeschnürt waren und zog ihn wieder nach oben. „Hiergeblieben", grinste er hinterlistig. „Du willst uns doch nicht den Spaß verderben, oder?"

„Das wollt ihr nicht wirklich machen!", stammelte Tomas und versuchte sich noch mehr vom

Dünenrand wegzubewegen. „Jessy, es tut mir leid, bitte hilf mir", flehte Tomas uns sah seine Ex-Freundin bittend an. Jessy sagte nichts, sie schaute Tomas nur verächtlich an und hätte ihn am liebsten sofort in den Abgrund getreten.

„Die Polizei ist da!", rief Sonja aufgekratzt und winkte Maik und Frank wieder zu. „Ich rutsch mal schnell runter und gebe ihnen eine Kurzfassung von der etwas wirren Geschichte." Mit diesen Worten sprang sie übermütig vom Rand der Düne und schlitterte durch den weichen Sand, der sich jetzt in der kühleren Abendluft angenehm warm anfühlte. Die Dauer des Aufstiegs war Sonja wie eine Ewigkeit vorgekommen, aber der Abstieg ging kinderleicht, sie hatte sogar richtig Spaß an ihrer Rutschpartie. Unten angekommen fiel Sonja erleichtert Maik in die Arme, der sie nur verständnislos anblickte.

„Was um Himmels Willen treibt ihr da oben?", fragte Maik kopfschüttelnd und hielt Sonja fest, die sich notdürftig den Sand abklopfte. Es kribbelte ihr überall, sogar in den Ohren schien sie Sand zu haben.

„Tomas wollte Jessy erwürgen, Alex hat sie gerettet und Christian, der spontan wieder aufgetaucht ist, wird euch jetzt Tomas sozusagen vor die Füße werfen, damit ihr ihn verhaften könnt, alles klar?", gab Sonja knapp als Erklärung ab.

„Klar ist eigentlich noch gar nichts, und wer ist Alex?", antwortete Maik verwirrt. „Aber wenn Jessys Ex eben handgreiflich geworden ist, verhaften wir ihn natürlich mit dem größten Vergnügen."

„Gut", nickte Sonja. „Alles andere erzählen wir nachher. Was Alex mit der Sache zu tun hatte, weiß ich selber noch nicht, aber er wird es uns sicher noch erzählen." Sonja winkte nach oben, Richtung Christian und streckte den Daumen in die Höhe, zum Zeichen, dass sie bereit waren, obwohl er das in der schnell zunehmenden Dunkelheit wohl gar nicht sehen konnte.

„Möchtest du Jessy? Oder soll ich es machen?", fragte Christian und deutete auf den leichenblassen Tomas der sich kaum zu rühren wagte.

„Ihr Verrückten!", schrie Tomas angsterfüllt. „Das ist Folter! Das dürft ihr nicht! Hätte ich dir doch gleich deinen Scheißschädel eingeschlagen."

Christian runzelte die Stirn und fixierte Tomas abschätzend.

„Wie meinst du das?"

„Ach leck mich doch", keuchte Tomas.

„Wie bitte?!", fragte Christian laut und schob ihn ein Stück über die Düne.

„Stopp! Ist ja gut. Nicht weiter!", brüllte Tomas.

Christian deutete auf sein lädiertes Gesicht und fragte bedrohlich leise: „Ist das dein Werk? Wolltest du mich in dieser gottverlassenen Hütte verrotten lassen?"

„Wirklich schade, dass es nicht geklappt hat", ätzte Tomas und starrte den Jungen hasserfüllt an.

Christian zwang sich zur Ruhe, obwohl er seinen Peiniger am liebsten sofort mit einem harten Tritt in den Abgrund befördert hätte. Noch mehr Anrecht auf diese befriedigende Tat hatte eindeutig Jessy. Wenn sie wahrscheinlich auch nicht die erforderliche Kraft hatte, Tomas dabei *aus Versehen* ein oder zwei Rippen zu brechen, dachte Christian grimmig. Er drehte sich zu ihr um und winkte sie heran.

„Wenn du möchtest, kannst du dich jetzt mit einem Tritt von diesem Widerling verabschieden. Das ist glaube ich genau das, was er verdient. Und genau das, was du brauchst um mit ihm abzuschließen. Aber wenn du diesen Bastard nicht mehr berühren möchtest, ist das natürlich auch in Ordnung.“

„Ich mach`s“, sagte Jessy und trat entschlossen einen Schritt vor. Christian übergab Jessy das Gürtelende, mit dem er Tomas in Position gehalten hatte und trat einen Schritt zur Seite. Tomas begann zu wimmern und versuchte sich noch einmal zu drehen. Er lag jetzt mit dem Gesicht zum Meer und konnte die glitzernden Wellen sehen, die sich schäumend auf dem Strand brachen. Die weiße Gischt leuchtete und das rauschende Geräusch mit dem die Wellen auf den Strand rollten, kam ihm vor wie ein höhnisches Lachen. Er spürte wie Jessy ihren Fuß auf seinen Rücken stemmte und hielt die Luft an.

„Ich will dich nie wieder sehen!“, sagte Jessy mit lauter fester Stimme. Dann versetzte sie Tomas einen ordentlichen Stoß und mit einem Aufschrei des Entsetzens begann Tomas seine rotierende Abfahrt in die Tiefe. Er rollte geschmeidig und gerade wie ein Nudelholz die hohe Düne hinab. Bereits nach wenigen Umdrehungen hatte Tomas die Orientierung verloren. In schneller Bildfolge wechselten sich Sand und Meerpanorama ab. Er versuchte den Mund geschlossen zu halten, damit nicht so viel Sand hineinkam, aber er würde irgendwann mal Luft holen müssen. Seine Nase war schon seit einiger Zeit mit Sand verstopft, also würde es sich wohl nicht mehr langer vermeiden lassen den Mund zu öffnen. Bevor er also erstickte, tat er einen kräftigen Luftzug mit geöffnetem Mund und sog gierig den Sauerstoff in seine Lungen. Der trockene feine Sand verklebte Tomas sofort Rachen und Zunge, er spuckte aus und biss knirschend auf die kleinen Körnchen. Mit einer letzten schwungvollen Umdrehung landete Tomas, von oben bis unten paniert, direkt vor Maiks Füßen.

„Herzlich willkommen am Strand von Ca'n Picafort, du bist verhaftet", begrüßte ihn Maik und drehte Tomas so, dass er ihn ansehen konnte. Tomas blinzelte und sah durch seine verkrusteten Augen nur verschwommene Schatten. Aber er wusste, dass er verloren hatte. Ergeben blieb er einfach liegen und wartete ab, was weiter mit ihm geschehen würde.

Nachdem Jessy, Christian und Alex das Schauspiel von oben genossen hatten, begannen sie jetzt auch langsam den Abstieg durch den pulverfeinen Sand. Christian stützte Jessy, die immer noch etwas wackelig auf den Beinen war. Ihr Hals tat langsam nicht mehr so sehr weh und es schien nichts kaputt gegangen zu sein.

Als sie unten angekommen waren, hatten Maik und Frank sich bereits mit Tomas auf den Weg zur Polizeistation gemacht, damit Jessy ihn nicht mehr sehen musste. Sie hatten ihm den Gürtel von den Beinen gelöst, damit er laufen konnte. Flankiert von Maik und Frank, und immer noch mit gefesselten Händen, würde er es nicht wagen davon zu laufen. Sonja stürmte auf Jessy zu und schloss sie fest in die Arme.

„Es ist vorbei, Süße. Wir haben es geschafft. Der Alptraum ist endlich zu Ende."

Jessy nickte erschöpft und begann leise zu weinen. Diesmal allerdings vor Erleichterung. Es würde alles gut werden.

vierzehn

Alex' Geschichte

Jessy saß erschöpft, und doch glücklich, auf einem weichen Ledersofa in der Nähe der Hotelbar. Christian stellte gerade mehrere Getränke auf den kleinen Glastisch vor ihr und lächelte sie liebevoll an. Ihr Hals tat eigentlich kaum noch weh, aber hässliche rote Striemen zierten ihre zarte Haut, die der erschrockenen Dame an der Rezeption einen leisen Schrei entlockt hatten. Sie hatte gefragt was passiert sei und ob Jessy einen Arzt benötigen würde. Aber Jessy winkte ab und erklärte kurz, dass der Schuldige sich bereits in Polizeigewahrsam befände. Die Rezeptionistin schien ehrlich erschüttert und gebot den vier jungen Leuten sich erst einmal zu setzen und auf Kosten des Hauses an der Bar etwas zu trinken.

Christian nahm neben Jessy Platz und legte den Arm um sie. Sonja setzte sich mit Alex auf das Sofa gegenüber.

„Dann trinken wir mal auf unseren spektakulären Einsatz, die Verhaftung eines wahren Widerlings und unseren heimlichen Held des Tages", rief Sonja in prächtiger Stimmung, hob ihr Glas und sah dabei Alex mit aufrichtiger Dankbarkeit an.

Alex errötete leicht und hob ebenfalls sein Glas um Sonja, Jessy und Christian zuzuprosten.

„Ja, es war total schrecklich. Ich dachte wirklich ich sterbe dort oben im Sand. Wenn Alex nicht auf einmal dagewesen wäre…." Jessy sprach den Satz nicht zu Ende und nippte an ihrem Tequila Sunrise.

„Ich glaube auch, dass wir eventuell nicht rechtzeitig oben gewesen wären", stimmte Christian ihr zu. „Alex hat dich gerettet."

Sonja sah Alex beschämt an. „Wir hatten erst dich in Verdacht, dass du Jessy nachstellen würdest und ihr diese beleidigenden Botschaften schreiben würdest."

Alex nickte und grinste schief. „Hab ich mitbekommen."

„Du hast uns am Flughafen schon beobachtet, ich dachte du bist ein Stalker", erklärte Jessy zerknirscht.

Alex nickte erneut, holte tief Luft und sah in die Runde. „Ich habe am Flughafen auch noch mehr beobachtet. Ich habe einen Fehler gemacht. Ich hätte es dir gleich sagen sollen."

Sonja und Jessy sahen sich verständnislos an.

„Was sagen? Jetzt bin ich aber wirklich neugierig wie alles zusammenhängt. Schieß los", forderte Sonja Alex gespannt auf.

„Ja Alex, erzähl uns deine Geschichte", lächelte Jessy und kuschelte sich enger an Christian.

Alex räusperte sich. „Also gut, ich erzähle von Anfang an. Es fing alles tatsächlich bereits am Flughafen an. Meine Eltern besorgten gerade noch diese Adressanhänger für die Koffer, und ich stand in der Nähe des Check-Inn und wartete auf sie. Ich sah mich ein wenig um. Da fiel mir ein Typ auf, der sich hinter einer Säule herumdrückte und euch beide beobachtete."

„Uns hat jemand am Flughafen beobachtet?", fragte Sonja erstaunt.

„Ja, ich habe mir auch erst nichts dabei gedacht. Ich hatte euch natürlich auch schon bemerkt. So hübsche Mädels fallen eben auf." Alex kratzte sich verlegen am Kinn und grinste. „Dieser Typ hatte euch also beobachtet und zugesehen, wie der Junge mit dem Ball über einen eurer Koffer stürzte. Ihr habt euch nicht weiter darum gekümmert, aber ich habe gesehen, wie der Junge danach zu diesem Typen gelaufen ist. Er gab ihm etwas, und der Typ belohnte den Jungen mit fünf Euro, ich hab`s genau gesehen."

Jessy richtete sich auf und sah Alex aufgeregt an. „Ich glaube ich weiß jetzt wer der Typ war und was er von dem Jungen bekommen hat."

„Es war mein Kofferanhänger", hauchte Sonja und riss die Augen auf.

„Genau", nickte Jessy. „Es war Tomas, der uns beobachtete. Er hat den Jungen bezahlt, damit er einen Anhänger von unseren Koffern abreißt."

„Gut kombiniert, Sherlock Holmes", lächelte Alex. „Es war tatsächlich dieser Tomas. Ich habe ihn später hier im Hotel wiedergesehen und sofort erkannt."

„Daher wusste er auch in welchem Hotel wir waren", sprudelte Jessy hastig hervor. „Auf der

Düne hat er mir gesagt, dass er es von Sonjas Eltern wisse, aber die waren schon lange im Urlaub. Da war mit dann schlagartig klar, dass Tomas ein böses Spiel spielt."

Alex nahm einen Schluck von seinem Cocktail und redete weiter. „Ich stand genau neben dem Kerl, als er an der Rezeption eine Nachricht für Jessy abgab. Ich wusste zu dem Zeitpunkt noch nicht wer von euch beiden Jessy ist. Aber ich nahm mir vor es herauszufinden und diese Jessy zu beschützen. Dass dieser Bodybuilder-Typ was Übles im Schilde führte, war mir irgendwie klar. Sonst hätte er sich nicht versteckt und wäre euch heimlich nachgereist." Alex machte eine Pause und seufzte tief. „Ich habe so etwas nämlich schon mal erlebt. Es ist jetzt etwas über drei Jahre her. Meine Schwester Katja hatte einen Freund, der so richtig krankhaft eifersüchtig war. Sie hielt es nicht mehr aus und machte Schluss mit ihm." Alex` Stimme kippte etwas und er machte wieder eine Pause. Jessy glaubte Tränen in seinen Augen zu sehen. Als er sich wieder gefasst hatte, erzählte er weiter. „Der Ex meiner Schwester kam danach jeden Tag zu uns nach Hause und bettelte, schimpfte oder drohte. Meine Eltern riefen mehrmals die Polizei, aber es passierte nichts. Sie hatten nichts Konkretes gegen ihn in der Hand. Mein Vater drohte ihm sogar Prügel an, wenn er Katja nicht in Ruhe lassen würde. Dann bat dieser Irre, Katja um eine letzte Aussprache, danach würde er sie endgültig in Ruhe lassen, so sagte er. Eines Abends holte er sie mit dem Auto ab. Er hatte sich richtig in Schale geworfen und ihr Blumen mitgebracht. Katja stieg ein und sie fuhren los." Alex verstummte und legte seine Hände vors Gesicht. Sonja, Jessy und Christian sahen sich betreten an. Sie ahnten fast schon, wie die Geschichte weitergehen würde, aber keiner sagte etwas. Nach einer Weile ließ Alex seine Hände wieder sinken und sah der Reihe nach alle an. „Sie hatten einen *Unfall*. Der Wagen knallte in eine Baumgruppe und wurde regelrecht zerfetzt. Sie waren beide sofort tot. Merkwürdig war, dass es auf einer völlig geraden Strecke passiert ist. Es wurden auch keine Bremsspuren gefunden und laut Gutachter hatte der Wagen beim Aufprall ungefähr 180 km/h drauf. 100 km/h waren erlaubt."

„Du denkst, dass es Absicht war, richtig?", fragte Christian leise. Sonja bekam eine Gänsehaut und zog fröstelnd die Schultern hoch. Jessy war blass geworden.

Alex nickte. „Ich weiß es. Er hat sich umgebracht und Katja mitgenommen. Wenn er sie nicht haben konnte, dann sollte sie keiner bekommen. Er hat sie ermordet, dieser Scheißkerl!" Alex packte wütend seinen Cocktail und trank ihn in einem Zug aus. „Ich hätte Katja aufhalten müssen. Der Kerl war verrückt, das haben alle gesagt. Aber traut man jemandem so etwas zu? Man denkt, dass das nur in Filmen passiert, nicht in Wirklichkeit. Ich hätte meine Schwester retten können, wenn ich mich mehr angestrengt hätte."

Sonja legte mitfühlend eine Hand auf Alex` Arm.

„Auf Jessy wollte ich deswegen aufpassen", fuhr Alex energisch fort. „Ich war mir nicht ganz sicher, ob ich mit meiner Vermutung Recht hatte. Also beschloss ich euch und diesen Tomas zu beobachten. Ich wollte mich natürlich auch nicht lächerlich machen. Obwohl es wohl im Nachhinein besser gewesen wäre Jessy gleich Bescheid zu geben, was ich beobachtet hatte", gab Alex leise zu. „Jedenfalls folgte ich euch an diesem Abend bis in die Tapas-Bar und sah auch dort wieder Tomas herumlungern. Mir entging ebenfalls nicht, wie er einem Kellner den Auftrag gab Jessy ein Glas Sekt zu bringen. Als ich ihren verstörten Gesichtsausdruck sah, nachdem sie den Zettel dazu gelesen hatte, fand ich meinen Verdacht bestätigt. Von da an betätigte ich mich sozusagen ständig als Geheimagent." Alex grinste stolz und ließ den Anderen Zeit, das eben erzählte zu verdauen.

„Du warst also ständig in unserer Nähe? Unglaublich, wir haben nichts bemerkt. Vielleicht denkst du mal über eine Karriere bei der Kripo nach. Ich werde Maik davon erzählen", lachte Sonja.

„Wo bleiben die Beiden eigentlich so lange?", fragte Christian und sah auf die Uhr.

„Dauert sicher etwas, diese konfuse Geschichte zu Protokoll zu geben", meinte Jessy.

„Ich muss ja auch noch zur Polizei", erinnerte sich Christian und seufzte. „In Tomas` Haut möchte ich jetzt nicht stecken. Körperverletzung, Entführung, versuchter Mord. Ich habe keine Ahnung für wie lange man dafür hinter Gitter geht, aber unangenehm wird es mit Sicherheit."

„Er kann von mir aus im Kerker verschimmeln", grummelte Jessy und verschränkte die Arme.

„Ich schließe mich an", grinste Christian. „Wer möchte noch was trinken? Ich hole noch eine Runde."

Nachdem alle mit neuen Getränken, auf Kosten des Hauses, versorgt waren fuhr Alex fort seine Geschichte zu erzählen.

„Könnt ihr euch noch an den Zettel am Strand erinnern, den euch ein kleiner Junge gebracht hat?"

„Und ob, der war schrecklich", erinnerte sich Jessy. Christian nickte.

„Ich habe alles mit einer Videokamera aufgezeichnet", verriet Alex den erstaunten Freunden.

„Ich habe Tomas drauf, wie er dem Jungen Geld und einen Zettel gibt, und wie der Junge dir den Zettel gebracht hat."

„Warum hast du mir das Video denn nicht gezeigt?", warf Jessy empört dazwischen. „Dann hätten wir doch viel früher gewusst, dass Tomas dahinter steckt."

„Das hatte ich vor", nickte Alex und lächelte leicht. „Gleich am Abend habe ich dich angesprochen und wollte mit dir reden. Du hast mich angeschrien und weggestoßen, ich wusste gar nicht was los war. Dann kam dein toller Ex-Freund und hat mich am Kragen gepackt. Ich dachte erst, er hat mich als Verfolger erkannt und aufgespürt, aber es war wohl nur Zufall, dass er gerade in diesem Moment auftauchte. Jedenfalls bekam ich Angst und lief davon, wie du weißt."

„Oh, stimmt", erinnerte sich Jessy beschämt. „Tut mir leid, da hatten wir dich noch im Verdacht der Stalker zu sein."

„Ja, das war schon eine komische Situation", sinnierte Alex. „Ich konnte auch nicht mehr einschätzen was jetzt eigentlich los war. Ich beschloss also abzuwarten und euch lieber noch etwas zu beobachten. Ich verfolgte auch Tomas und sah ihn gestern, wie er in einem Kartengeschäft in den Trauerkarten stöberte. Er fragte den Verkäufer, ob er auch Karten auf Deutsch hätte, worauf dieser ihm welche zeigte. Ich wunderte mich noch, warum er sowas kaufte, im Urlaub verschickt man ja eigentlich nur Ansichtskarten. Jedenfalls blieb ich an ihm dran, bis er sich in ein Café setzte und einen Kaffee bestellte. Ich setzte mich genau einen Tisch hinter ihn und bestellte ebenfalls."

„Hattest du keine Bedenken, dass er dich erkennen würde", fragte Sonja überrascht.

Alex grinste. „Nein, ich hatte ein großes Cappy und ein wahres Ungetüm an Sonnenbrille auf. Er hatte mich nur einmal im Hotel wirklich richtig gesehen. Dafür war die Tarnung absolut ausreichend. Er hat mich auch überhaupt nicht beachtet, sondern zückte einen Stift und begann sofort in der Trauerkarte zu schreiben. Ich wollte unbedingt wissen, was er da schrieb, es kam mir wichtig vor. Aber so sehr ich meinen Hals auch reckte, ich konnte nichts erkennen. Dann kam mir der Zufall zu Hilfe. Bevor Tomas das Café wieder verlassen wollte, musste er offenbar noch einmal auf die Toilette. Er steckte die Karte zurück in die kleine Plastiktüte und ließ sie an seinem Stuhl hängen, während er sich auf den Weg machte. Ich zögerte nur eine Sekunde, dann griff ich zu. Ich hoffte einfach, dass mich keiner beobachten würde. Das wäre vermutlich sehr peinlich geworden. Aber keiner bemerkte mein Tun und ich konnte ungehindert die Karte aus der Tüte ziehen. Ich klappte sie auf und las. Mir war sofort klar, dass die Karte für Jessy gedacht war. Ich nahm mir vor ihr zu folgen, wenn sie tatsächlich zu den Booten aufbrechen sollte. Die Karte steckte ich schnell zurück in die Tüte. Gerade rechtzeitig übrigens. Tomas kam ziemlich schnell zurück, die Hände hatte er sich wohl sicher nicht gewaschen", lachte Alex.

„Hättest du doch bloß etwas zu uns gesagt", seufzte Sonja. „Wir hätten doch zugehört."

„Ja, das war ein Fehler", gab Alex betreten zu. „Ich wollte diesen Kerl zur Strecke bringen. Ich dachte mir, wenn ich Jessy bei den besagten Tretbooten retten könnte, dann würde sie mir endlich glauben. Vielleicht habe ich es auch ein wenig für mich getan. Als Wiedergutmachung sozusagen, weil ich Katja nicht retten konnte." Alex senkte den Kopf und wirkte etwas beschämt. „Ich versuchte also, euch so gut es ging im Auge zu behalten. Dann folgte ich Jessy in die Dünen. Ich war allerdings etwas verwundert, dass sie zusammen mit diesem Tomas loszog, darauf konnte ich mir keinen Reim machen. Ich versteckte mich so, dass ich beide beobachten konnte. Naja, den Rest kennt ihr ja."

„Allerdings", murmelte Jessy und befühlte ihren Hals.

„So, Christian. Du bist dran. Wir möchten alle gerne hören was du seit gestern Abend erlebt hast", forderte Sonja die nächste Geschichte ein. „Du sagtest etwas von Entführung. Was genau war jetzt los?"

„Mit dem größten Vergnügen", grinste Christian und setzte sich auf dem Sofa bequem zurecht. Er deutete theatralisch auf sein verunstaltetes Gesicht und zeigte seine geschundenen Hände vor. „Das, ihr lieben, ist ein weiteres Werk von unserem Psycho. Ich wusste bis vor einer Stunde nicht, dass es Tomas war, der mich entführt hatte. Es ging alles so schnell, ich habe ihn nicht erkannt."

Nachdem alle ausreichend seine Wunden begutachtet und kommentiert hatten, begann Christian mit seiner Entführungsgeschichte. Während er sie bei den deutschen Touristen dramatisch gewürzt und bei seinem Vater eher heruntergespielt hatte, wählte er nun die normale Fassung und versuchte alles genauso wiederzugeben, wie es sich zugetragen hatte.

Doch noch bevor er von dem gewaltigen Schlag auf sein Kinn berichten konnte, gesellten sich allerdings Frank und Maik zu ihnen. Sie besorgten sich schnell etwas zu trinken und wollten die Sache mit der Entführung natürlich auch hören.

Christian erzählte bis zu dem Zeitpunkt, als er Sonja im Hotel getroffen und sich mit ihr auf die Suche nach Jessy gemacht hatte. Als Christian geendet hatte, pfiff Maik beeindruckt durch die Zähne und Frank kratzte sich nachdenklich am Kinn.

„Dieser Tomas sammelt Straftaten, wie andere Leute Briefmarken. Du musst natürlich auch noch zur Polizei und deine Aussage machen", meinte Maik und wirkte etwas erschöpft. „Wir wollten Mister Psycho eben eigentlich nur abgeben und kurz unsere Aussage machen, da fängt der Kerl auf dem kleinen Revier an zu toben. Er sagte wir hätten ihn gefesselt und gequält. Seine Freundin sei einfach nur ein, entschuldige bitte Jessy, *dreckiges Luder*, das ihn fertigmachen wollte. Er verlangte sofort freigelassen zu werden, damit er seinen Flug noch bekommen würde. Wir brauchten vier Mann um ihn zu bändigen und in eine Zelle zu sperren. Daraufhin mussten wir nochmal alles haarklein erzählen, von Anfang an. Sie wollen morgen eine genaue Erzählung von Jessy und allen weiteren Zeugen, die etwas zu Tomas sagen können. Die Polizei will hier keine Fehler machen. Sie können Tomas erst mal nur dabehalten, wenn Verdacht auf Wiederholung besteht. Um Jessy zu schützen könnte er hier im Gefängnis bleiben, bis er nach Deutschland überführt wird."

„Na klar, das machen wir gleich morgen früh", versicherte Christian, wobei er Jessy wieder an sich heranzog. „Wenn dieser Irre im Knast bleibt haben wir wenigstens noch ein paar entspannte Tage zusammen. Das haben wir uns alle mehr als verdient."

Da Maik und Frank nun auch endlich wissen wollten wie alles zusammenhing, erklärte sich Alex bereit seine Geschichte ein zweites Mal zu erzählen. Beide lauschten aufmerksam und waren nicht minder beeindruckt als zuvor Jessy, Sonja und Christian.

„Du bist echt gut", lobte Frank. „Wenn ich mal einen Privatdetektiv brauche, bist du dabei."

„Gerne", grinste Alex und war sichtlich stolz auf die anerkennenden Worte von Frank. Immerhin war er Polizist und Alex dachte bereits ernsthaft darüber nach, ebenfalls in die Kriminologie einzusteigen. Er war unsagbar erleichtert, dass alles ein gutes Ende genommen hatte. Seine neuen Freunde lachten miteinander und unterhielten sich gut gelaunt. Jessy schien die letzten schlimmen Stunden schon fast wieder vergessen zu haben und auch Christian wirkte kein bisschen mehr angeschlagen, wenn man von den Äußerlichkeiten mal absah. Obwohl die Sache für beide ganz übel hätte ausgehen können, wirkten sie gelassen und fröhlich. Alex war so glücklich, wie schon lange nicht mehr. Seine Schwester bekam er dadurch natürlich nicht zurück, aber er hatte verhindert, dass noch ein weiteres Unglück aus verletzter Eitelkeit passierte. Das hätte Katja gefallen. Sie wäre stolz auf ihn gewesen.

Die Freunde saßen noch lange zusammen und ließen die vergangenen Tage Revue passieren. Die

Stimmung war heiter, ja geradezu ausgelassen. Erst jetzt merkten sie, wie angespannt sie die letzten Tage gewesen waren. Immer auf der Hut, immer ein ungutes Gefühl im Bauch. Das war nun alles vorbei. Sie genossen eine neue Freiheit in der keiner den Zwang verspürte sich umzusehen, ob da etwas Böses lauerte.

Am nächsten Tag gingen alle zusammen zu dem kleinen Polizeirevier um die Ecke und berichteten zwei erschöpft wirkenden Polizisten bis ins kleinste Detail die Vorkommnisse der letzten Tage. Der winzige Raum war heiß und stickig. Leider sei die Klimaanlage ausgefallen, erklärten die Staatsdiener. Auf dem, mit Papieren übersäten, Schreibtisch drehte sich leise summend ein kleiner Ventilator. Nachdem die Polizisten noch weitere drei Stühle aus einem Abstellraum geholt hatten, konnten sich alle setzen und es ging los. Der kleinere von beiden schrieb eifrig auf einem Computer alles mit, während der Andere auf einem Zettel Notizen machte und immer wieder mal eine Frage dazwischen warf. Er trank eine Tasse Kaffee nach der anderen und schien schlecht geschlafen zu haben. Es kam sicher nicht allzu häufig vor, dass hier so dramatische Fälle bearbeitet wurden. Meistens handelte es sich um Raub oder Ruhestörung. Im schlimmsten Fall auch mal Körperverletzung nach einer kleinen Schlägerei. Davon gab es täglich duzende. Meistens vor einer der zahlreichen Diskotheken im Ort. Und der Auslöser war größtenteils übermäßiger Alkoholgenuss. Die jungen

Leute fingen an sich zu prügeln und wussten eigentlich gar nicht genau warum. Anschließend vertrugen sie sich wieder und gingen erst mal ein Bier trinken. Oder sie torkelten angeschlagen in ihr Hotel und legten einen Eisbeutel auf ihr blaues Auge. Zur Polizei ging damit fast niemand.

Nach zwei Stunden hatten sie alles erzählt. Die beiden Polizisten atmeten sichtlich auf, als der letzte Satz getippt und das Protokoll unterschrieben war. Es wurde jetzt wirklich Zeit für die Mittagspause. Und solange die Klimaanlage nicht funktionierte würde man sicher auch woanders etwas zu tun haben.

Der warme Sommerwind von Mallorca wehte in einer leichten erfrischenden Brise vom Meer heran. Er duftete nach Salzwasser und frischem Seetang. Jessy hob schnuppernd ihre Nase und schloss lächelnd die Augen. Ihre nackten Füße gruben sich in den lockeren weichen Sand und sie spürte Christians Hand auf ihrer Hüfte. So war es perfekt. Das war endlich das Gefühl, das sie sich für einen Urlaub vorgestellt hatte. Sie öffnete die Augen und sah Sonja mit Maik eng umschlungen dastehen und aufs Meer hinausschauen. Neben ihr hockten Alex und Frank im Sand und versuchten eine etwas schiefe Sandburg zu bauen. Sie alberten herum wie kleine Kinder und hatten offensichtlich einen Riesenspaß. Es war alles so herrlich normal. Heute war bereits der achte Tag auf Mallorca. Es kam Jessy viel länger vor. Sie war hier durch die Hölle gegangen und hatte den Himmel gefunden. Naja, zumindest ihren Prinzen. Sie musste über ihre kitschigen Gedanken lächeln und schob gedankenverloren ein Häufchen Sand zur Seite.

„Was stellen wir mit unseren restlichen Urlaubstagen an?", riss Sonja sie aus ihren Gedanken. Sie hatte sich von Maik gelöst und sah Jessy fröhlich an.

„Mit heute sind wir noch sechs Tage hier", rechnete Jessy und blinzelte in die Sonne. „Ich weiß nicht…vielleicht einfach alles, was man im Urlaub so machen kann, außer von Psychopathen gejagt zu werden."

„Ausflüge fallen wohl aus. Mein Auto ist noch nicht wieder aufgetaucht", bedauerte Christian.

Sonja warf lachend ihre langen Haare zurück und hängte sich an Maiks Arm. „Wie wär's, wenn wir mit Surfen anfangen, uns den Bauch mit fettigem Zeug vollschlagen und es heute Abend mal so richtig krachen lassen. Wir gehen in die beste Disko im Ort und bestellen die größten Cocktails die es gibt. Na wir klingt das?"

„Es klingt nach Urlaub", bestätigte Jessy eifrig nickend. Ihre Augen funkelten und sie war bereit für sechs wundervolle, entspannte, glückliche, lustige, interessante, amüsante, großartige, spannende, sorgenfreie und verliebte Tage auf Mallorca.

Nachwort

Knapp eine Woche später hieß es leider erst einmal Abschied nehmen. Natürlich nicht, ohne sämtliche Adressen und Telefonnummern auszutauschen, wie man das eben mit Urlaubsbekanntschaften so macht. Doch diese Urlaubsbekanntschaften sollten etwas ganz Besonderes sein und auch bleiben. Sonja hatte da etwas mehr Glück als Jessy. Maik wohnte zwar nicht in Hamburg so wie sie, aber ganz in der Nähe, in der schönen Lüneburger Heide. In den verbleibenden Semesterferien sahen sie sich noch häufig. Oft waren sie auch zu viert unterwegs. Mit Frank und Jessy im Schlepptau hatten sie jede Menge Spaß. Frank gefiel das natürlich. Auch wenn er genau wusste, dass er für Jessy nie mehr, als nur ein guter Freund sein würde. Solange Christian nicht da war, war er einfach der Begleiter an Jessys Seite.

Christian wiederum nutzte jede Chance um Jessy in Deutschland zu besuchen. Er hatte angefangen ebenfalls im Palma Aquarium zu arbeiten und schob dort eine Menge Überstunden, um mal für ein langes Wochenende bei Jessy sein zu können. Zum Glück war Christians Vater sehr spendabel und unterstützte seinen Sohn großzügig. Es war ihm eine Freude zu sehen, wie sehr sich sein Sohn um dieses nette Mädchen bemühte. Er hatte Jessy noch kennengelernt und fand sie großartig. Spontan hatte er ihr angeboten, die nächsten Semesterferien auf Mallorca bei ihnen zu Hause zu verbringen. Überglücklich hatte Jessy sofort zugesagt und dachte von nun an jeden Tag an die bevorstehenden Ferien mit Christian.

Auch mit Alex trafen sich Sonja, Jessy, Maik und Frank einmal. Er wohnte ebenfalls in Hamburg und ging noch zur Schule. Kurz vor dem Abitur stehend, hatte er eine Menge zu lernen. Er hatte viel aufzuholen. Der *Unfall* von seiner Schwester hatte ihn damals so aus der Bahn geworfen, dass er in der Schule ziemlich abgesackt war. Jetzt war er wie ausgewechselt. Mit neuer Tatkraft und Ehrgeiz wollte er einen guten Abschluss machen. Er versprach sich zu melden, wenn er wieder mehr Zeit hätte.

An Tomas dachte keiner mehr. Manchmal redeten sie über den Urlaub und die verrückten Sachen, die dort passiert waren. Sie lachten und machten Witze. Das Schreckgespenst vom irren Stalker war schon lange verflogen. Sie mussten alle noch einmal bei der deutschen Polizei ihre Aussagen machen. Dann folgte zügig eine Gerichtsverhandlung und Tomas kam ins Gefängnis. Wie lange er dort bleiben würde wussten sie nicht. Wahrscheinlich würde er wegen guter Führung vorzeitig entlassen werden. Bei der Gerichtsverhandlung hatte er geweint wie ein Baby und immer wieder beteuert, wie leid ihm das alles täte. Sowas kam immer gut an beim Gericht. Aus dem Gefängnis hatte er Jessy einen Brief geschrieben, in dem er sich entschuldigte und ihr versprach, dass sie ihn nie wieder sehen würde.

Was wollte man mehr? Jessy hatte den Brief sorgsam in die unterste Schublade ihres Schreibtisches gelegt, quasi als Versicherung, dass Tomas sie tatsächlich niemals mehr belästigen würde. Dann war sie aufgestanden, hatte sich ihre dicke Winterjacke angezogen und sich auf den Weg zu Sonja gemacht. Sie wollten zusammen lernen. Sie stapfte durch den Schnee und sog die kalte Winterluft ein. Ein bisschen roch es schon nach Frühling, fand sie und lächelte. Heute war der erste Februar und die Winter-Semesterferien würden bald beginnen. Wie es wohl jetzt auf Mallorca war? Sicher nicht so kalt wie hier. In drei Wochen würde sie es wissen.